ノースライト

北光

橫山秀夫／著
張智淵／譯

獻給木村由花

1

大阪地區的天氣從一早就快要下雨的樣子。

青瀨稔悄聲整理服裝儀容。從屋裡的動靜聽來，客戶夫妻也起床了。昨晚談妥了新建自宅的事宜，客戶夫妻盛情款待知名的吟釀清酒，青瀨想回也回不去，直接在人家的客廳席地而寢。一夜過去，現在連借洗手間也有所顧忌。他朝屋內喊了一聲「我趕時間，先告辭了」，堅持謝絕早餐，低著頭在玄關打開摺傘。

趕時間是真的。從此花區的新市鎮快步走到阪神電鐵的淀川站，要十多分鐘。從那裡到梅田轉乘ＪＲ，前往新大阪站，如果搭上九點三十分發車的「希望號」，就能在中午趕回東京。雖然會遲到，但感覺能夠勉強守住跟日向子的約定。

大概因為是星期日，新幹線月台上處處可見攜家帶眷的乘客和情侶的身影。或許還是個好日子，也有一群穿著正式、要去參加婚禮的人；厚重的大衣配上輕盈的禮服，有一種不協調的季節感。天空也是如此。既非寒冬的雨，也不是花季的雨，三月上旬的雨要下不下，令人心情陰鬱。

雖然受委託要設計一戶四千萬圓的住宅，他的心情卻雀躍不起來。「希望您蓋一間和信濃追分一樣的房子。」或許是因為客戶的要求太直接了吧。地理條件和家庭成員不同，怎麼能蓋出一模一樣的房子？而且青瀨也不想拷貝自己的作品，更何況在他心中，信濃追分的案子評價未定。有時候早上醒來會覺得那是一間特別的房子，而在某個漫漫長夜，又會恨不得將親手設計這間房子的事逐出腦海。

廣播聲讓青瀨抬起頭來，展現流體力學之美的七〇〇系列車身駛入月台。

他在車廂之間的通道打開手機。日向子大概還在家，但是他撥打了行動電話的號碼。電話響幾次之後接通了，他快速地告知「我會遲到一點」，收到「我知道了」的回應，便掛斷了電話。短短嘆了一口氣。一個月一次的父女會面，既期待又令人心焦的時光。

正要放回懷裡的手機響起，他看了螢幕一眼，是從所澤的事務所打來的。

「青瀨，現在方便說話嗎？」

是所長岡嶋昭彥，聲音聽起來有些亢奮。

青瀨靠著關上的車門。

「哇~老闆週日加班啊？」

「彼此彼此吧。你還在大阪？」

「我正要回去，什麼事？」

「你那邊怎麼樣？八字有一撇嗎？」

「客戶爽快地表示ＯＫ，說交給我了。」

「真的嗎？可是，連草圖都還沒給吧？」

「全部跳過，直接酒宴款待。」

「太厲害了。不過，欸，總之太好了……辛苦你了。」

每次岡嶋出言慰勞，青瀨都在內心苦笑。他們年紀相同，都四十五歲，也都是一級建築師，而且還是建築系的同班同學，但是一人畢業、一人輟學，所以任誰都能接受一人是所長、一人是受雇員工的差別。

「所以，業主的方案是？」

「土地自有，預算上限是四千。聽說是得到遺產。」

「真是會投胎。要求如何？感覺挑剔嗎？」

講究住家的人，才會找以獨特性為賣點的中小設計事務所，但若是太過講究，也很棘手。

「不挑剔，只有一個要求。」

「什麼要求？」

「很簡單，他們想要信濃追分的複製品。」

「《二〇〇選》的Y宅邸？」

「嗯。」青瀨隨口應了一聲。

大型出版社在年初出版的《平成住宅二〇〇選》，是一本全彩的豪華精裝書，號稱嚴選近十四年日本全國興建的特色住宅；在接近書末的部分，以「Y宅邸」這個簡稱，刊載了信濃追分的那棟房子。

「原來如此。那種書果然厲害啊！」

岡嶋的口吻半揶揄半嫉妒：

「上週從浦和來的夫妻也看了《二〇〇選》。啊，對了對了，那位太太寄了一封電子郵件來。」

「是喔，寫了什麼？」

「她似乎去了信濃追分一趟。」

對方說想要看實屋，所以青瀨畫了簡單的地圖給她，聽到她真的去了，青瀨有些吃驚。

「她說，裡面好像沒人住。」

「沒人住……？」

「應該有人住吧？」

岡嶋語氣認真地問，青瀨下意識地笑了：

「如果沒有出售的話。」

岡嶋也笑了：

「應該只是不在家吧。不過，那位浦和的太太實際看過，說她越來越中意。說不定會成為業主喔。」

「很難說。她沒有看屋內吧？」

「欸，無論如何，這是好事一樁，Y宅邸就像雨後春筍一樣，浦和跟大阪都有。」

Y宅邸就像雨後春筍一樣……青瀨感到既難為情又有些煩悶，從一早就梗在心裡的疙瘩好像終於找到了源頭。

「可是，岡嶋，這樣真的好嗎？土地在大阪，交通費也不可小覷，若要好好監工，利潤微薄唷。」

「沒關係。如果房子在那邊引起話題，事務所也會出名。早就說過了，我可不打算一輩子就這樣。」

聽到岡嶋的這句口頭禪，青瀨正想掛斷電話，卻被他慌張的語氣制止了：

「我急著找個技術高超的製圖師，你心裡有沒有人選？」

似乎這才是正題。專門畫建築物透視圖的人，被稱為製圖師。透視圖是提案不可或缺的，客戶的接受度會依繪圖的好壞，有一百八十度的差別。

「加藤先生沒空嗎？」

「沒，他一直在忙東京的工作。」

「大宮的小塚呢？」

「不行不行，用他的透視圖鐵定落選。」

落選……？

「你的意思是要競圖？」

「嗯，最近可能會參加。哎呀，不是派出所或公共廁所那種沒水準的案子。所以，我想找到能贏的製圖師。」

「最近可能會參加」這句話令人起疑。從岡嶋口中，不時會冒出「縣政府的人」「保守派的人」等籠統的人物，他說不定是從那些人口中獲得了內部訊息。無論是亢奮的聲音，或者週日加班，感覺他變得相當積極。

「或許能拜託西川先生。」

「咦?!誰？」

「西川隆夫啊。我在赤坂的事務所時，經常請他畫圖。」

「喔，我知道。他的透視圖連看不見的東西都能畫出來，讓人看了就很期待。給我電話，我直接拜託他看看。」

「他們事務所搬家了，我回家後找找看明信片。」

「手機呢？」

「不知道。我和他一起工作時，還沒有手機這種東西。」

或許是青瀨的語氣聽起來很敷衍，岡嶋喝令道：「我很急，今天之內就要告訴我他的聯絡方式！」掛電話時完全變成雇主的口吻，青瀨反而覺得痛快。岡嶋八成是盯上了縣政府或市政府發包的「東西」，但他的野心與我無關。

車窗發出轟轟聲，列車和對向電車交會而過。

青瀨走進車廂，突然感到一陣胸悶，眼神空洞地望著前方，沒人住……？他折返車廂間的通道，再度打開手機，調出客戶的電話簿，盯著「吉野陶太」，感覺眼睛隱隱作痛。Y宅邸於去年十一月完工，交屋給吉野一家人已過了四個月。青瀨繼續滑電話簿，尋找Y宅邸的室內電話。那瞬間，視野開始模糊。

拇指無意間按下了通話鍵。糟糕！青瀨訝異於自己的恍神，連忙試圖掛斷，但想想又停下了動作。要說有事，他的確有，或許能以「浦和的夫妻想要參觀屋內」為由，造訪Y宅邸。

電話轉入答錄機。

那表示沒人在家，但Y宅邸的電話還打得通。青瀨不禁放下心來，吁了一口氣，繼而陷入沉思。

在當地將房子的鑰匙交出後，就沒和吉野一家人有任何往來了。《二〇〇選》的採訪是在交屋前。而且事務所規定，一旦交屋，除非對方主動聯繫，否則盡量避免接觸，因為很多客戶不喜歡建築師蓋好房子後再來拜訪；有時是擔心客戶對建築師的工作成果有不滿或失望，或是因為建築師常會把「這是我蓋的房子」的態度寫在臉上。有些客戶和施工的營建公司關係較好，那也就算了，有些連房子的事後維修或改建都交給便宜的業者。是否將建築師視為「朋友」、長期往來，全在客戶的一念之間。

吉野在那之後什麼也沒說。無論是實際居住後的感想，或客訴之類的電話，或者寄一張明信片告知「入住了」……什麼都沒有。

但是一開始不是這樣的。吉野來委託設計時，他們的關係就某種層面而言，「比朋友還好」。

「一切交給你，青瀨先生。請蓋一間你自己想住的房子。」

一瞬間，他像是被施了魔法似的，醺醺然、陶陶然。並非因為上了雜誌，使得這棟房子特別，而是接受委託時的心情就不一樣。吉野在蓋好房子後的長期沉默，讓Y宅邸成為「從未發生的工作」，令青瀨的心情陰鬱，奪走他的熱情，讓他變得固執。

他看了一眼發出聲音的地方，雨滴打在車門的玻璃窗上，幾道水流滑下。遠方是鉛灰色的天空，被雨淋濕而反光的民宅屋頂，無止境地連綿。

好像沒人住……

青瀨將手機放入懷中。雖然很想找出「不在家」以外的理由，腦海中卻沒有浮現任何可以想像的線索。

2

青瀨做了一個棕耳鵯在呼喚幼鳥的夢。

除了看見雪花霏霏飄落在關原，他完全不記得後來車窗外的風景。過了新橫濱一帶，頭腦才漸漸清晰，微弱的陽光從雲間穿射下來，使大樓群的高樓層閃閃發光。

他從東京車站轉乘中央線，來到四谷。沿著新宿大道，前往皇居方向。時不時變更前進路線，超越信步而行的人群。他看一眼手錶，順勢聞聞自己嘴裡和袖口有無酒臭味。一個人時，他頂多只喝一罐啤酒，日向子應該也察覺到他和沉溺酒精時有所不同了吧。

他加快腳步，進入小巷。對了，要先問期末考的結果，然後再問現在正在學的電子琴曲目，也順道問問上次提到的「那通電話」後來怎樣了。日向子說電話突然不再打來了，究竟會是誰打來的呢……？他穿越公寓擁擠的一帶，在有凸面鏡的十字路口轉彎，到達目的地。瞥了一眼「法國號咖啡店」的藍色招牌，搖響大門的牛鈴時，他有些上氣不接下氣。

以薄荷綠為基調、提洛爾風格的清爽內裝迎接著他。不用尋找，日向子一如往常地端坐在內側的雙人座位，知道內情的老闆和老闆娘擠出笑容看著他。

青瀨對兩人輕輕點頭致意，一臉歉然地坐在日向子對面：

「等很久了吧？」

「嗯。等得不耐煩了，正想回去。」

兩人一來一往說著。日向子嘟著小嘴，但是眼角帶笑。她或許只是個普通的十三歲女孩，但是青瀨每次見到她，都有些小驚喜。

「爸爸，你聽我說。我期末考考砸了，說不定升不上二年級。」

青瀨瞇起眼睛，凝視她依然在笑的眼睛：

「那可不妙。」

「不妙，對吧？」

「又是數學嗎？」

「糟透了。我死也不會說考幾分。」

「英文很好吧？」

「也沒很好，所以陷入危機。」

「這樣的確是危機。」

「怎麼辦？」

「嗯，總會有辦法。妳肯努力就做得到。」

「好煩喔～要是被老師說『妳要留級了』，那就完了。」

兩人有點雞同鴨講，他不該說「妳肯努力就做得到」嗎？

「要不要吃點什麼？」

「我吃過才來的。沒關係，爸爸，你吃。」

「我也吃過了，在電車上。」

「是喔。」

日向子微微偏頭盯著青瀨，一臉放過大人的謊言的表情。青瀨心想，她越來越像由佳里了；表情豐富，相對地，省略的話也越來越多。

青瀨點了咖啡歐蕾。日向子的面前放著可可亞的杯子，以及用粉紅色手帕裹住的手機。那是青瀨為了防範壞人，讓她帶在身上的。

「爸爸，你剛才的電話該不會是從電車上打來的？」

「被妳猜中了。因為工作，我剛才是從大阪回來的路上。」

「哇～大阪欸……」

儘管語尾上揚，但她腦海中好像沒有立刻聯想到什麼事物。

「我去了大阪的邊陲，呃，就是日本環球影城、那個有大白鯊和侏羅紀公園的主題樂園附近。」

「爸爸，你去了嗎？」

看到日向子的表情亮了起來，青瀨心裡有些慌：

「沒啊，我只是去附近。」

「是喔，畢竟是工作嘛。」

咖啡歐蕾送上桌。青瀨等到老闆的腳步聲遠去，才鼓起些微勇氣說：「我們下次去吧？」

「嗯……?!」

「日本環球影城。」

日向子的眼神變得黯淡。

青瀨以前常常帶她去百貨公司和游泳池，也曾在她的央求下，跑去迪士尼樂園和三麗鷗彩虹樂園。然而，這兩三年她都不肯出門走走。這代表她長大了嗎？還是擔心由佳里會不高興？

「我會替妳拜託媽媽。」

「可是，很遠吧？」

「搭新幹線一下子就到了。」

「要過夜吧？」

「有什麼關係？住飯店也很有趣呀。」

「嗯，那麼，改天吧。」

「是嗎？欸，如果妳想去的話，告訴我。春假或暑假就可以去了。」

日向子別開視線，微微點頭，彷彿在說「這件事先這樣」。

忽然間，青瀨的目光飄向遠方，斜背在肩上的托兒所背包左右搖晃，像是鴨子一樣輕快走路的背影浮現眼前。他是在那時離婚的，在她還不太會發「ㄙ」的音，疼愛的虎皮鸚鵡口齒還比她流利的時候。第一次的會面日，日向子坐在幼兒椅上，雙腿無聊地晃來晃去，整個人小小的、瘦瘦的，說話時青瀨仍改不掉把她當作嬰兒看待的習慣，但如今……

壁燈柔和的光線在她發育中的胸部一帶形成陰影，身高大幅抽高，連身型都越來越像高䠷的由佳里。不只是外表，日向子的情感也越來越豐富。像這樣持續八年、一個月一次的會面過程中，青瀨甚至感覺，她已經找到和不同姓氏的父親相處的方法。連她毫不羞澀地喊著「爸爸」，青瀨都不覺得是在撒嬌，反而強烈地覺得她是看穿了自己的願望才那麼做的。

她的表情看起來似乎已經知道父母離婚的理由。可能因為她已經升上國中，母親覺得她已是半個大人，趁機告訴她也不足為奇。從去年起，青瀨就一直掛心這件事。由佳里是怎麼對日向子說的呢？

「對了，那通電話怎麼樣了？」

青瀨像是剛剛才想起來似的提問，他沒有幾個能夠表現得像父親的話題。

「什麼電話？」

「就是妳上上次說的那個，之後還有打來嗎？」

之前日向子難得露出了想找人商量的表情，說有人時常打電話到家裡，後來突然又不再打來了，那表示結束了嗎？「結束」這兩個字的語氣，令青瀨的脖子感到一陣涼意。他忍不住反問，是男孩子打來的電話嗎？日向子搖頭否認。青瀨又問，那麼是朋友嗎？日向子依然沒有點頭。那究竟是誰呢？日向子的表情變得遲疑，之後就不肯再回答。明明是她主動提起的話題，卻又丟下一句「唉，算了」，用燦爛的笑容當屏障，將父親阻隔在外。

「沒再打來了。」

日向子輕描淡寫地回答。這雖然不是她喜歡的話題，但舊話重提，似乎也沒讓她不悅。

「一次也沒有？」

「一次也沒有。」

「從什麼時候開始打來的呢？」

「嗯～一年前左右吧。」

「那麼久之前。」

「不過，只是偶爾。」

偶爾？不是時常嗎？

「不是無聲電話吧？」

「不是，不是那種。」

「是喔，這樣啊……」

是誰打來的電話呢？問題卡在喉嚨，但是一問，大概又會被阻隔在外，青瀨自行推斷著。

「朋友邀請妳加入的是什麼？拼布社？」

「對。可是，幾乎變成了回家社。」

「為什麼？」

「因為大家都要補習，很忙嘛。」

小三的時候，日向子曾莫名其妙在班上被當作「透明人」。

「妳和同學處得好嗎？」

「處得好啊。」

青瀨點了點頭，在桌上十指交合：

「如果有什麼想說的，爸爸願意聽。」

「真的處得很好啦。對了，爸爸……」

日向子正要往下說，桌上的手機突然響起，是卡通《海螺小姐》的旋律。那似乎是由佳里專用的來電鈴聲，它一響起，日向子總是露出像是鬆了一口氣，卻又有點嫌煩的表情。

「啊，嗯。他來了。沒關係。」

日向子淘氣地盯著青瀨說。「嗯，好，那我掛了。」講完電話，她滑稽地搖晃肩膀，將身體傾向桌面：

「媽媽問你好不好。」

青瀨笑著當作耳邊風。這種時候，亡父的臉龐會跟日向子重疊。他一喝酒，心情大好，就會吹牛。他喜歡逗家人笑，大家笑說「騙人！」，他就會十分開心地跟著笑。

「剛才妳要說什麼？」

「嗯？」

「妳有什麼說到一半吧？」

「啊，對了對了，我想問你，你的工作是蓋房子吧？」

青瀨有些驚訝，這是日向子第一次問他工作的事。

「是啊，但不是實際蓋房子，因為我不是木工。」

「我知道。你在做設計之類的吧？」

是學校的課題嗎？或者看了最近流行給國、高中生看的職業辭典，而產生了興趣嗎？不，說不定是日向子避免冷場而事先準備的話題。無論理由為何，青瀨都樂意回答。因為對父親的工作感興趣，能夠轉換成對父親的關心。

「我待的設計事務所，有四個擁有一級建築師執照的人，外面的人稱呼我們為建築師，或者設計師。」

「設計師？」

「妳有沒有聽過設計專利登記？簡單來說，就是做設計的人。思考房子的形狀、設計房子的隔間，然後畫設計圖，也要製作模型。接著，和通曉房子構造與設備的人討論，決定細節。」

「構造和……什麼？」

「設備。就算房子設計得很漂亮，如果住起來不方便，或者哪裡容易壞掉，住的人會很困擾吧？」

「嗯，我懂。」

「然後就輪到木工上場。我們會選擇好的營建公司，蓋堅固的房子。這樣才總算能完成夢想的住家。」

「那麼，今天也是這樣？要在大阪蓋房子嗎？」

「是啊。我去見想要蓋房子的人，聽聽他們的要求，這是最重要的工作。等到蓋了之後，對方才說不喜歡，那就太遲了。」

驀地，Y宅邸的影像掠過腦海，但心愛的女兒點頭共鳴的表情，勝過了所有雜念。

「我有一個疑問。」

「什麼疑問？」

「你的公司沒有打廣告吧？」

「沒有沒有，我們是一間小設計事務所。」

「那在很遠的地方，像是大阪這些地方想要蓋房子的人，怎麼會知道你的公司呢？是透過網路嗎？」

「噢，確實，最近透過網路搜尋上門委託的人增加了，但最多的還是口耳相傳吧。」

「咦?!口耳相傳是?……不是網路評價嗎?」

日向子好像一下子會意不過來。

「譬如說,有人去我之前蓋的房子玩,對吧?」

「嗯。」

「假設他非常中意,也想住這樣的房子,那麼他蓋房子的時候,就會跑來我的事務所。」

「啊,原來是這麼一回事啊。」

「另外,也經常有人看到報章雜誌上的房子照片,打電話來詢問。像今天那個大阪的客人就是這樣。」

日向子瞪大雙眼:

「你設計的房子,刊載在書上嗎?」

「啊,嗯。前一陣子。」

「好厲害!」

「還好啦,只是書上許多房子的其中一棟而已。」

「我想看那本書。」

「哎呀,我不知道把它放到哪裡去了……」

「我想看、我想看。」

儘管有些高興,但他也很驚訝日向子會這樣緊咬不放地追問,不禁心想,這也是岡嶋所說的「Y宅邸就像雨後春筍一樣」的擴散效應嗎?感覺有些奇妙。他其實知道《二〇〇選》在哪裡,只是有點抗拒,不想跟日向子提起Y宅邸的事。

「我找看看。」

「找到之後，下次帶來。一定唷。」

「好。我會仔細找找。」

「那個，我也可以給媽媽看嗎？」

霎時，青瀨為之語塞：

「可以啊……可是，為什麼？」

「媽媽啊，說她不太喜歡住公寓。」

青瀨知道由佳里對房子抱持的想法。

「她有想要搬去哪裡嗎？」

「她沒提過這種事……她說現在的公寓上班很方便，離我的學校也很近。」

「是啊。」

「不過，她偶爾會開玩笑地大叫說：『啊～我想住在地面上啦！』」

日向子模仿得太像，讓青瀨忘了笑。

店內的薄荷綠壁紙忽然存在感大增，讓青瀨想起由佳里一腳踩在梯凳上，一邊皺眉思索一邊發出用色指令的身影。丈夫是建築師，妻子是室內設計師，但兩人卻沒有蓋出「自己的家」……

「那麼，爸爸，說定了唷。」

日向子伴著開朗的語氣起身，「海螺小姐」在她手中響著。接下來，她要直接去上電子琴課。青瀨連忙問：「妳現在在學什麼呢？」她回答的曲名，青瀨沒有聽過。或許是塞滿了琴譜，肩上的包包鼓鼓的。

青瀨在店外目送日向子。

走在馬路上的輕盈步伐，隨著遠去逐漸變慢。冬季的大衣感覺好重，白皙的雙腿看起來好冷。她的耳裡塞著耳機，好像掉了什麼東西，撿起來的時候，一頭又直又長的黑髮隨風飄逸，露出了殘留稚氣的紅潤臉頰。

青瀨意識到自己的焦急。日向子的成長一定更悠然，但是每次見面，自己老是在尋找她成熟的徵兆。因為這是青瀨的期望。面對一個不能責罵又不能抱緊的女兒，如果不能一直維持年幼的樣子，青瀨寧願她早點變成大人。

日向子在十字路口回頭，踮起腳揮了揮手。

青瀨也舉起手，一面揮手，一面心想：「自己專用的來電鈴聲是什麼呢？倘若母親是個性直爽的海螺小姐，日向子心中代表父親形象的來電鈴聲會是什麼？」

3

一隻又一隻麻雀翩然降落在殘留雨漬的人行道上。

青瀨走出店外，朝著和來時相反的赤坂見附方向走。走在日向子消失的路上會令他心情沉重，因此回程他總是換一條路。他不想馬上回事務所。即使能夠控制內疚的水位，但是和日向子度過的時間越久，曾經減少的愧疚復又襲上心頭。她是女兒，卻不是同住在一個屋簷下的家人，無法建立起慢火微溫那種悠然的關係。明知如此，不自然的親子相會仍令他感嘆——天底下哪有父女會在假日，笑聲不斷地聊上兩、三小時？日向子還小的時候，縱然聊得不起勁，只要告訴她「今後爸爸也會一直是妳爸爸」，就能保持內心的平靜。會面的最主要目的，是落落大方地坐在女兒面前，以看得見的形式，讓她知道自己沒有失去父親。然而，日向子不再是小孩了，以前的那一套已不管用。青瀨並非感到困惑，而是有些畏懼開始進入思春期的女兒。他明白，期盼她快點長大並沒有錯，試圖風平浪靜地和女兒度過當下這一刻，無所作為，才是罪孽深重。

日向子是基於多少自覺而扮演著孩子的角色呢？每次見面，她都會提起由佳里，想要沖淡父母離異的現實。青瀨也曾探究她的眼神，覺得她似乎抱持著淡淡的期待；如果自己表現得堅強、開朗，和父親、母親都處得好的話，說不定有一天會發生奇蹟。

話雖如此，有時候同樣的眼神，也會讓他瞬間全神戒備，覺得自己在被詰問：爸爸，你為何和媽媽離婚呢？

由佳里八成不願讓她看到地獄。為了避免日向子對原生家庭感到自卑，由佳里肯定編了一個沒有爭吵，也沒有反目成仇的離婚戲碼說給她聽。日向子被不安籠罩的小小內心世界，應該有爸媽積極生活的故事，像是為了彼此著想，分道揚鑣。倘若由佳里現在與未來都不打算讓女兒觸碰人性尖酸毒辣的一面，青瀨對她也只有感謝，沒道理責怪她。但是……

青瀨強烈地覺得，日向子並不相信。總有一天，她會想要知道真相。無關乎父母的想法和大人的隱情，日向子需要真相的日子，一定會到來。因為她會愛上某個人。如果試圖勾勒和某個人攜手生活的未來，就不得不面對與她最親近，但卻放棄共同未來的父母。

麻雀向四面八方輕快地跳躍著，牠們被熙來攘往的人群追趕，眼看就要振翅起飛。一定要做好心理準備，不要沉溺於悔恨和贖罪之海。為了日向子的未來，必須在心中事先準備好一些真相。這是青瀨身為離婚的父親，如今唯一能做、該做的本分。

由佳里會怎麼說呢？

一種像是從陡坡跌落的感覺復甦。

青瀨並沒有忘記兩人同心協力走過的時光。結婚生活在十年畫下句點，是哪裡做得不好？哪裡出了差錯呢？縱然能一五一十地說出夫妻之間發生過的事，真相卻會依每一件事不同的詮釋方式而改變形貌，隨著一年一年過去，越來越搞不清楚，無解地被拋在後頭。

由佳里一定知道。她和青瀨分享相同的時間、相同的空間，意識到了好幾個分岔路。青瀨想要問她，是何時對自己死了心？由佳里真正無法原諒的事情是什麼？

青瀨抬起頭，新大谷飯店的塔樓出現在前方。

啊～我想住在地面上啦！

耳朵擅自重播，明明沒有那種記憶，但總覺得是直接從由佳里口中聽到的。

這代表她依然沒變。由佳里的壞習慣是不會馬上說出想法，累積到一定程度之後，才「碰」地爆發。她會露出有心事的表情，問她怎麼了也不回答，到了該睡覺的時候，才說出真心話。她會拉著青瀨的雙手，扭動身子，痛苦地大叫：「啊～我想吃烤焦的秋刀魚啦！」青瀨會哈哈大笑，拍著自己的膝蓋說：「我也想吃啊！」一天經常結束在兩人嚥下口水，互相發誓明天的晚餐要吃秋刀魚的情景中。如今回想起來，那是泡沫經濟瓦解的前夕，是欲望和不滿都極為有限的幸福時代。

那時青瀨進入赤坂的設計事務所，在白手起家的強大老闆手下，四十名建築師激烈競爭著，在樓層的角落畫著小店鋪的圖稿。景氣直線攀升，但是真的感覺忙到暈頭轉向時，已是泡沫經濟的鼎盛時期。只有一開始稱得上是痛並快樂著，承攬大量工作的事務所宛如戰場，殺氣騰騰，年輕建築師在化為不夜城的大樓裡，持續被考驗著精力、體力和潛力。

不久之後，有人被淘汰出局，也有人被別間事務所挖角，為了避免這種情況發生，公司幾乎每個月都加薪，支付額外的獎金。青瀨像是著了魔似的，持續畫著店鋪的圖稿。鐵、玻璃和混凝土，就是一切。精品店、美髮沙龍、餐廳、展示廳、婚禮教堂，製作一比一比例尺的模型，美觀比任何事都重要。唯有美麗的事物能夠存活，青瀨試圖在那個遊戲規則簡單、令人莫名感到害怕的業界，成為一號人物。

當時，由佳里也在室內裝潢業界展露頭角。她隸屬於以原宿為據點的年輕設計師組織，並以西歐各國的國旗和徽章為主題，使用日本傳統暈染技巧和色彩搭配的室內裝潢，趕上了時代的潮流。屢次被雜誌報導，工作接連不斷地上門。

赫然回神，領取高薪的雙薪夫妻過著只是回兩房兩廳的公寓睡覺的生活。印象中在某個時刻，似乎有什麼在腦內炸開了，青瀨宛如咆哮般奮起，砸大錢搬到六本木的公寓，看型錄買了一輛雪鐵龍新車。只要肚子餓了，就拉著由佳里的手，趕上高級餐廳的最後點餐時間。三天兩頭泡在流行的酒吧和酒館，像是在灌蟋蟀一樣，將大量酒精灌入筋疲力盡的身體。有一晚，他告訴由佳里：等忙到一個段落之後，我們生個小孩，蓋我們的家吧。自求婚以來，他首次如此亢奮。這是他一直非常想說出口的話。前途無量的建築師和室內設計師，額頭貼著額頭，計畫「我們的家」，那應該會將夫妻能夠共度的須臾片刻，化為格外歡樂的時光。但是……

事與願違。由佳里彷彿等待已久，提出了「木造房子」的方案。但青瀨的腦海中，已經有了一幅鮮明到難以僅稱為印象的畫面——一棟外牆的表情會隨著陽光移動而變化的清水模洋樓。由佳里輕描淡寫地迴避了那間「刻畫時間的房子」；那種房子，你蓋給別人吧。如果是暫住，我還可以忍耐，但是要一直與混凝土共度人生，我簡直無法想像。

聽由佳里這樣說，青瀨被拉回現實，整個人都清醒了。並非室內設計師的職業感性使她想住木造房子，對由佳里而言，培育她這個人的有形和無形事物，使得她的家必須是木造的。

青瀨是建築師，所以明白。人對於房子抱持的堅持，不僅止於單純的興趣或嗜好，而是顯露出個人的價值觀和隱藏的欲望。與其說是未來志向，不如說是扎根於過去，經歷會在耳畔竊竊私語。什麼重要、什麼不重要；什麼能夠容許、什麼不能容許，由佳里有著明確的答案。據說她國中以前，一直住在位於濱松的家，那是一戶由農家的主屋加上增建的懸山式屋頂的日式民宅、寬闊得不得了的房子。剛認識的時候，由佳里喜歡聊孩提時代的事。她既懷念又開心，像是訴說人生大事一樣，講述自己衝上晾衣台眺望夜空中最閃亮的星星有多美、在緣廊下築巢的蟻獅有多神奇，以及第一次挨父親罵，被罰坐在冰冷泥地房間的記憶。

「我們的家」的計畫懸在半空。

青瀨從此絕口不提。如果只是因為自己的專業遭到否定、那種單純的憤慨也就罷了，但青瀨是因由佳里坦率又自信十足的架勢而退縮，覺得自己的過去被瞧不起了。徜徉在故鄉懷抱的由佳里，睥睨著沒有故鄉的青瀨。

這是日向子出生之前的事。說起離婚的理由，他可以屈指數出幾個因為泡沫經濟瓦解而承受的嚴重打擊。然而，真是如此嗎？只是輸給了金錢嗎？他能夠斷定，和妻女分離，如今像這樣獨自生活的現實，跟孕育他這個人的人事物毫無關連嗎？

青瀨停下腳步。

總是在這裡。他總是在同一個地方止步，仰望新大谷飯店的塔樓。他喜歡這個角度，彎曲的牆面，使他聯想到拱型的巨大水庫。

今天也看得見。

父親攀附在距離地面一百多公尺的水庫頂部，身體向後仰，組裝混凝土面板的驕傲背影。

4

西武新宿線空蕩蕩的。

青瀨神情恍惚地看著車窗。他不曾告訴過日向子「遷徙」的事。結婚前，他曾向由佳里坦言。但是與眾不同的成長過程，會對戀愛產生有利或不利的影響，所以實際上他只是說了一個對自己有利的故事。

川俣……高根第一……早明浦……豐平峽……刀利……矢木澤……下久保……奈川渡……矢作……新豐根……藏王……草木……三保……桐生川……也有想不起來的水庫名稱。如果從被母親背在背上時算起，遷居二十八次，國小、國中的九年內，轉學七次。工棚像是鰻魚的窩一樣，又細又長，隔間的房間每一間都好窄。聽說在嬰兒時期，父母、兩個姊姊和他，一家五口還曾睡在一個一．五坪大的房間。

家裡並不貧窮。水庫建設是象徵高度成長期的當紅公共事業，灌入大量混凝土的板模，要在現場拼組，不但要求分毫不差的精準度，而且是伴隨危險的高處作業。父親是技術純熟的板模師傅，因此人人搶著要。母親也擔任女廚師賺取工資。家裡有一台畫面不太清楚的十八吋電視機，不管書、玩具或昂貴的顏料組，只要央求，父母大多會買。不過，家裡的餐具，無論碗、盤子或杯子，都是便宜的塑膠製品。因為要輾轉來去各個工棚，母親說「打破就太浪費了」，所以絕對不買玻璃或陶製的餐具。

不管住哪一個工棚，從學校回家的路，都是漫長的上坡。沿途總會經過漂亮房子和破舊房子形成鮮明對比的地方；聽姊姊說才知道，那些是獲得補償金而新蓋在高台的房子，以及不肯搬走、死守的釘子戶。他也曾經夢過自己衝進嶄新房子的玄關，直接前往廚房，用自己專用的玻璃杯，攪拌哈密瓜口味的果汁粉，咕嚕咕嚕地大口喝。

他很少被邀請去當地孩子的家，在任何一間學校，「水庫之子」都令人退避三舍。如今回想起來，胡蘿蔔與棍子式的收購使用地，導致山村的差距和對立，也連帶使孩子們不開心，讓自己被嘲笑、孤立、丟擲碎石子。但記憶中他也不曾真的為此煩惱，因為馬上又要轉學了。只知道遷徙的幼小心靈，無法產生定居的概念。因此，衝進新蓋的房子，喝光果汁之後，想像就落幕了。

青瀨閉上雙眼。

他對於不同的土地都有回憶，偶爾也會懷念當地才有的花、鳥、樹木。然而，到了這個年紀，他一次也不曾想要造訪過去待過的地方。一再地打掉重來，一大堆片斷的生活，這些有頭無尾的記憶，不會互相混雜，而是在內心的陰暗處，雜亂無章地橫亙。站在人生的岔路口，或者諸事不順時，倘若令人緬懷的地方是故鄉的話，那麼青瀨沒有這種東西。

他只有光的記憶，偶爾渴望回到那片柔和的光線中。

輾轉走遍的工棚，非常不可思議的，北邊的牆壁都有一大片窗。他喜歡在那片窗戶引進的光線中看書、畫畫。來自北邊的柔和光線不是穿射進來，也不是灑落下來，而是彷彿有些顧慮似的包覆著房間。和東邊窗戶的明快、南邊窗戶的暖和大異其趣。北光，像是開悟般寂靜……

電車減速。

請蓋一間你自己想住的房子。

青瀨睜開眼睛，站起身來。

他在信濃追分蓋了一間「木造房子」，遠眺淺間山，盡情納入來自北邊的光線。

5

日已西傾。

青瀨走出所澤站西出口的驗票口，走向被稱為「Prope」的鬧區。假日總是人滿為患，他縮攏肩膀地走著，以免和人碰撞，穿越丸井百貨A館和B館之間的商場，來到昭和大道。「岡嶋設計事務所」位於面向大馬路的住商大樓二樓。

事務所的門沒鎖。原本以為岡嶋在，卻不見他的身影，倒是滿臉鬍子的石卷豐面向電腦桌，正使用設計支援系統CAD在研擬隔間的方案。

「你不用陪家人嗎？」青瀨說。

三十八歲、有四個孩子的石卷有點刻意地嘆了一口氣之後，轉過椅子回答：

「當然要，但是屋主在催。」

屋主、客戶、業主，建築師稱呼客人的方式各不相同，通常由一開始任職的事務所而定。

「有趕著完工的理由嗎？」

「屋主高齡八十八歲的母親待在養老院，屋主說想在母親在世時蓋好，接她回來住。」

「哇～真感人。她還能走嗎？」

「聽說從好幾年前就坐輪椅了。」

「既然這樣，不是你最拿手的嗎？」

「嗯，話是這麼說沒錯。」

石卷是滿分的全能建築師，在所有領域中，特別擅長設計無障礙空間住宅，如果有這方面的需求上門，他會將每間房子都設計成「高齡者顧慮對策等級四」以上。自從泡沫經濟瓦解之後，建築業界也不能不兼顧福祉和環境，所以石卷如今是事務所不可或缺的員工。他原本是大型建築工程承包商的設計師，因為預料到會被裁員便獨立門戶。但面對大餅急劇縮小的搶食競爭，他迅速舉白旗投降，在妻子娘家的肥料工廠工作幾年之後，透過親戚的關係，混進了這間事務所。

青瀨也沒有資格說別人，他也一樣是泡沫經濟瓦解的「殘兵」。在赤坂的事務所失去立足之地又離婚後，他自願做非正職員工，輾轉於沒沒無名的設計事務所之間。收入減少至過去的三分之一，但是只要能支付日向子的養育費，其他的一點也不重要。他不挑工作，整天依照指示畫圖，任人驅使。甚至曾替以破壞價格為賣點的不良建商，把基礎工程和隔間完全一樣的七戶房子，設計成七種不同外觀。整個人埋在這些賣弄小聰明的工作中。晚上如果不喝酒，時間便不知如何打發，酩酊大醉到連牢騷都發不出來那種。岡嶋大概是聽到風聲，三年前打電話給他：「別賤賣自己！如果不嫌棄的話，要不要來我的事務所？」

「不過啊，問題不在無障礙空間。」

石卷彎曲手指，做出一個圓形：

「屋主要我用一坪四十萬圓完成。」

「全包？」

「對。不只起居室的照明，還包括外部供水、排水，以及淨水槽。不合理吧？」

「不合理。」

青瀨爽快地拋下一句。石卷將視線拉回電腦，以他困擾時的習慣動作摩擦著落腮鬍。

「我找竹內討論看看好了。」

「嗯，他一定很開心。」

竹內健吾是這裡最年輕的建築師，從大學的建築系畢業四年，有些地方還像學生一樣乳臭未乾。但是相對地，他比任何人都熱中研究，尤其是對於興建低成本住宅，更有不尋常的熱情，最近關心範圍還擴展至環保住宅。

「對了，所長怎麼了？」

「什麼所長怎麼了？」

「他在吧？」

「噢，剛才在，三十分鐘左右前離開了。他說要去一個地方之後再回家。」

是喔，青瀨應著。說不定是在為那個公共競圖四處奔走。

「啊，對了對了，我聽所長說，大阪進展得很順利。」

「嗯……但只是口頭約定。這個月內應該能簽監工契約。」

「屋主想要Y宅邸的複製品？」

「嗯，就是那麼回事。」

「屋主看過了？浦和的屋主因為Y宅邸的事，寄了一封電子郵件來。」

青瀨來事務所就是想看那封郵件。

他坐在靠窗的位子，啟動眾人共用、俗稱「1號機」的電腦。事務所員工，包含負責會計的津村真由美在內，一共五人，但是因為作業需要，九台電腦占據了六張辦公桌。

浦和的依田節子寄給青瀨的電子郵件，埋沒於業者寄來的公務信件中。

「青瀨先生，前幾天在您百忙之中……」

青瀨的目光跳到正題。

「我馬上依照您給我的地圖，來到了信濃追分的Y宅邸。外觀果然很棒！像別墅一樣，但外觀形狀卻非常複雜，我又發現了幾個不同於書上照片的魅力。蓋在有點高的地方也很好！我先生也非常中意，我們聊得很開心。雖然認為這麼做很冒失，但是我們按了門鈴，想請屋主讓我們參觀，可惜屋主不在。不知怎的，總覺得房子好像沒人住。屋主一家人是不是只有週末來，把這裡當作別墅使用呢？我很想參觀屋內的光的世界，能不能請您拜託屋主呢？麻煩您了……」

青瀨皺起眉頭。別墅？吉野從未說過要這樣使用房子。他們一家退掉田端的租屋，應該當天就在信濃追分展開了新生活。

青瀨關掉電腦的電源，靠在椅背上，椅背嘰嘎作響。

腦海中交替浮現吉野夫妻的臉。他們正好是去年這個時候造訪事務所，說是對於青瀨在上尾蓋的兩層樓房子一見鍾情。他們是一對四十歲上下、個頭矮小的夫妻，一開始表情十分緊張，青瀨的應對也有些不起勁。因為上尾的房子相當勉強地蓋在周遭屋舍擁擠、用地狹小、形狀怪異的土地上，儘管他費盡心力、用盡巧思，但是客戶抱怨不休，彼此的關係變得很尷尬，完成的房子也不夠理想。

吉野對那間房子卻讚不絕口，說它的造型美，小歸小，但是存在感驚人。妻子香里江則對於彌補採光不足的頂窗配置、廚房的動線合宜等讚不絕口。那種欣賞態度，像是佩服青瀨的設計，卻沒有將他當大師崇拜的盲目感。聊了一陣子之後，青瀨對於這對性情沉穩、個性契合的夫妻產生了好感。據說他們有兩個讀國中的女兒，以及一個小學一年級的兒子。家庭組成和青瀨的孩提時代一模一樣，讓他內心不禁湧現一股親切感。因為有人打電話來，青瀨中途離席。回來之後，夫妻端正坐姿，彼此點頭示意，接著，吉野作為代表說：

「我們在信濃追分有一塊八十坪的土地，建築資金能夠拿出三千萬圓。一切交給你。青瀨先生，請蓋一間你自己想住的房子。」

青瀨注視吉野的眼睛時，內心深處已經開啟了開關。

自己想住的房子……

眨眼的瞬間，他看見了木造房子。不，並不是看見一間具象的房子，是樹木、樹林、森林、晨霧、鳥語啼囀、輕撫臉頰的風，那些堪稱五感記憶、讓人愉悅的事物，一起匯聚到眼皮底下，恍恍惚惚但又十分確切地向他傳遞著木造房子的畫面。青瀨只覺驚訝，混凝土的外牆默不作聲。一直持續醞釀的那間陽光和陰影連動、刻畫時間的清水模洋樓，並沒有出現在腦海中。隔了幾天仍是一樣。刻畫時間的房子很諷刺地輸給了時間，蒙上厚厚的塵埃，無力地躺臥著，甚至連抬起頭來的動靜都沒有。

青瀨接納了木造房子。他相信那個直覺不同於屈服或對過去的清算，而是一種純真的衝動，為他和由佳里之間的姻緣，披上了新的頭紗。也因為腦海中從未有過要蓋一棟像她老家那種傳統日式房子的想法，他開始平心靜氣地反覆自問，不陷入現有工法的框架，亦不囿於形式之美。「自己真正想住的房子」，究竟是怎樣的房子？

他頻繁地往返信濃追分。站在Y宅邸的建築預定地，一面進行用地調查，一面天馬行空地想像。有了靈感，就徹夜研擬計畫，草圖一張又一張，畫了好幾十張。酒精戲劇性地減少了，但他全神投入，連這都沒有注意到。這也是他來事務所之後，第一次如此投入。雖然對收留他的岡嶋感到過意不去，但之前一直喪失熱情地工作。泡沫經濟瓦解後的殘兵，已經降低了自尊心的高度，這並非單純的後遺症，只是沒有心力去顧及什麼生命的意義。滿腦子只想著要順利完成客戶委託的工作，為了避免摩擦和爭議，而不惜扭曲自己的主張。勉強維持著一級建築師的面子，實際上卻在看客戶的臉色、畫諂媚的圖稿，心態比起殘兵時代絲毫沒有改變。

青瀨在吉野陶太的眼眸中，看見了自己垂死的身影。那個委託果然是一個魔法。青瀨被賦予了「蓋一間你自己想住的房子」這種暗示，原本形同消失、對建築的熱情，像是獲得新細胞似的迸發。

蓋一間「坐南朝北的房子」，當這個發想蹦出腦海時，青瀨緩緩地緊握雙拳。找到了，他如此確信。信濃追分的土地面向淺間山，位於坡道的頂端，四方開闊，沒有比這個地方更得天獨厚的居住環境了。若在這裡，就能夠盡情開一扇都會禁用的北側窗戶。將北光提拔為採光的主角，其他光線轉為輔助。青瀨的心情雀躍。沒有建築師不曾因光量不足而煩惱，若有的話，他倒想見一見。對於建築設計者來說，南方和東方是神的存在，他要拋棄這個信仰，蓋一間環繞天際，充滿北光的木造房子。不是因為地理條件只能從北面採光才不得已這樣做，而是在能夠從南方和東方獲得大量光線的地方，刻意為之。「終極的逆轉計畫」，這正是一間適合如此稱呼的房子。

青瀨像是著了魔似的畫圖稿，平面圖、立面圖、展開圖、斷面圖，畫了又丟，畫了又改，一再反覆。採光的理念決定了房子的外觀，一間以北面牆為最高屋簷的兩層樓建築，有著北邊盡情拉長、南面豪邁縮窄的梯形一面坡屋頂。製作比例尺二十五分之一的大模型，來斟酌內部光線的照射方式。計算各個季節、各種時間的射入角度，來決定屋內的構造和窗戶的位置、形狀。接著，為了補足還不夠的光量，不，是為了使這間房子變成真正的「北光之家」，他絞盡腦汁，給屋頂加上了「光之煙囪」。

工期整整四個月。青瀨隔不到五天就前往工地監工，持續對細節下達工程指示。目標是經得起大雪的堅固房子，因此大量使用楠木和橡木這種闊葉樹。玄關迴廊和隔間則採用軟木檜木的原木材，讓淡淡香氣和北光的柔與美互相融合。能做的事全都做了。他蓋了一間心滿意足的房子，吉野夫妻也那麼認為。Y宅邸變成吉野宅邸的那一天，夫妻一臉感慨萬千地仰望著房子。進入屋內，置身於充滿清透感的晚秋光線的空間，他們又連聲感嘆：好驚人啊，太棒了。笑容在兩人的臉上漾開，吉野還又哭又笑地說：抱歉，我太感動了。完成時，Y宅邸受到了客戶的祝福，實乃無庸置疑。

「那個我知道。」

石卷的聲音傳入耳中，他和竹內講了好久的電話：「所以，若是降低材料的品質，壓低成本的話，我也做得到。我就是因為不想那麼做，所以才問你……」

青瀨望向窗外。

已經過了四個月。從結果來說，青瀨徹底遵守了事務所的規定，沒和客戶聯絡。起初那陣子，他滿心盼望著吉野的電話，以為馬上就能夠聽到他們住進去的感想。半個月後，他開始不安。無論外觀和內裝再好，不實際住看看，就不知道房子的好壞。漸漸地，青瀨害怕知道結果，他數度拿起電話又放下。一想到吉野夫妻那天的笑容蒙上陰影，他就鼓不起勇氣，只能假裝忙於累積的工作，放任不安的情緒在心中蔓延。「請自由設計」的奇特委託不可能常有，青瀨一如過往，被拉回了為客戶的任性要求而煩惱的日常中。

那只是鄉愁產生的幻想，那只是一間平凡無奇的房子。青瀨養成了每次Y宅邸掠過腦海，就如此告訴自己的習慣。它既沒有值得客戶特地打電話或寄明信片來的優點，也沒有需要客戶專程跑來事務所抱怨的缺點，就只是一間隨處可見的木造房屋。若不是這樣，那就是青瀨將一間顛倒南北、自以為是的房子，硬塞給了吉野一家人。身為屋主，他們雖有一籮筐想說的話，但因為是全權委託，顧慮到青瀨的心情而保持沉默。吉野夫妻對於創作者的自我感覺良好感到束手無策，嘆息道：「房子不該是這樣。」負面的想像永無止境，而正面的想像在第一步就受挫。無論如何，吉野夫妻不希望和建築師長期往來，他們沒有將青瀨視為朋友。青瀨對於之前自己一頭熱的日子感到厭惡。《二〇〇選》寄到事務所，青瀨沒翻幾頁就丟進辦公桌抽屜，彷彿受夠了自己的自命不凡，將之封印起來。但是……

沒來由地總覺得，房子好像沒人住。

假如這是真的，那到底是怎麼一回事？

「青瀨兄……」

石卷講完電話，呼喊青瀨。

「什麼事？」

「要不要去吃飯？」

被他這麼一問，青瀨看了一眼壁鐘：

「會不會太早？才五點半。」

「因為感覺會弄到很晚。」

「我不餓，你自己去吃吧。」

瞬間，石卷露出詫異的表情，但又馬上竊笑道：

「那我瞞著老婆，去吃豚骨拉麵好了。」

看著他撫摸大肚腩的身影，青瀨背過身去。是因為自己心情不好，才覺得石卷的舉止顯得高高在上嗎？縱然一樣是殘兵，石卷卻能將五個家人緊緊地繫在身邊。

「不過，我真羨慕你。」

青瀨心頭一怔，回過頭去。以為已經出去的石卷，還站在半開的門前。

「羨慕什麼？」

「Y宅邸啊。陸續被人注意到，獲得好評。我想，代表作就是這樣產生的吧～」

「哪有那麼誇張。」

「可是，我很意外。我一直以為你是不折不扣的現實主義者。」

現實主義者？

「我沒有浪漫情懷，也沒有膽量提案那種奇特的房子。這代表我就算能夠蓋出建築物，也創造不出作品嗎？」

青瀨含糊敷衍，趕走了石卷。等到腳步聲消失在走廊，他才掏出懷裡的手機，撥打Y宅邸的電話號碼。心想，假如是吉野本人接聽，他也只能笑笑了。

然而，依然是答錄機。

所以，他們只是一天，不，半天不在而已吧？青瀨在心裡自言自語，改撥吉野的手機號碼。耳邊傳來聽慣了的自動錄音：您撥打的電話未開機，或者在收不到訊號的地方……

既然如此，試著撥打田端的電話吧。

您撥打的號碼是空號。頓時，青瀨的心涼了半截。吉野一家人退掉了原本的租屋，那是當然的，因為他們搬到信濃追分了。除此之外，無法另作他想。天底下哪有笨蛋會丟下新蓋好的房子不住，跑去別的地方？

青瀨吁了一口氣，輕快地拍了雙膝一下，站起身來。他將手機放入懷裡，將公事包拿過來，但是擔心的念頭沒有停止。他盯著1號機，咂了個嘴，掏出手機，再度打到信濃追分。

「我是岡嶋設計事務所的青瀨。」

青瀨在答錄機留言：

「好久不見，非常抱歉打擾。我有話想跟您說，請回電。再晚都不要緊。」

6

戶外暮色遲遲。

青瀨走到事務所承租的停車場。起風了，並不只是因為初春，所謂的高樓風也助長了風勢。

青瀨抬起頭，街區雜亂無章，有時還覺得混沌不堪。在這個分辨不出是商業區或住宅區、街道錯綜複雜的地區，三、四棟巨大的高樓大廈，頂端扎入天際，腳邊卻有排門面狹小的古早味店鋪，像是包圍格列佛的小人們一樣，低矮的屋簷櫛比鱗次，香菸店、鞋店、五金行、二手書店、武士人偶的店、工作用品專賣店……視野的前方還有開放式咖啡館風格的可麗餅店、反對興建高樓大廈的看板、透明玻璃的雅致美容院、古樸的稻荷神社鳥居，和快傾倒的土地公。

不協調的景象甚至有點魅惑人心，但是青瀨仍未有生活在這個街區的真實感和認同感，或許是因為找房子時沒怎麼用心吧。當時只想著要在岡嶋的事務所工作，所以打算住在附近，漫無目的地走在街頭，邊走邊看，提不起任何興致。偶然看到「星宮」這個區名，便決定選擇這裡。找到了房屋仲介公司，便在房仲的建議下，落腳在位於隔壁區「西所澤」的一間老公寓。青瀨意識到，雖然他長期置身於建築業界，卻不知道自己想要住在哪種地方、過怎樣的生活。

青瀨自嘲地嗤笑。

胸口的煩悶逐漸消退。在Y宅邸的答錄機留言，讓他的心情好像越過了病入膏肓的階段。接下來只要等待吉野的來電即可。倘若這四個多月的鬱結能在今晚消除，不管聽到多麼不愉快的事，感覺都能接受。

在馬路的轉角拐彎，青瀨在包月停車場坐進雪鐵龍。它可說是赤坂時代唯一剩下的資產，已經老舊，而且對一個人來說未免太大。他曾考慮換車，但是每次念頭一起，心情就會盪到谷底，如同亂麻，想說乾脆就這樣連同赤坂的記憶開到不能開為止算了。

開車到公寓只有幾分鐘的距離，青瀨順道前往便利商店，買了壽司卷和一罐啤酒。穿越門廳，站在電梯前面，和撐著助行車走路的老婆婆一起等電梯，彼此輕輕點頭致意。助行車的把手掛著和青瀨一樣的便利商店塑膠袋。老婆婆住十樓，青瀨往上搭到十二樓。公事包之所以沉甸甸，是因為他離開事務所時，從辦公桌的抽屜拿出了《平成住宅二〇〇選》。

屋內的地板冷寂，唯獨電話醒目。按下閃爍的紅色指示燈，有一通留言。明知是由佳里打來的，但是耳朵卻期待聽見吉野陶太的聲音。

「今天辛苦了，日向子非常開心。下個月也麻煩在第一個週一會面。」

青瀨短吁了一口氣，發現自己試圖從這段快速、千篇一律的話語中讀取某種情感。他和由佳里並非完全不會互通電話，日向子遭到霸凌時，他們幾乎每天聯絡，但不會直接見面，也不會在電話中訴說彼此的近況。規則很清楚，身為父母，只有為了日向子而必須交談時，才會聽到彼此的聲音。

總有一天，日向子會想要知道真相。

這毫無疑問是必須未雨綢繆，事先和由佳里討論的事。傳達自己的想法、聽取由佳里的意見，好像是件簡單的事，但他懷疑自己能否說出口。只要是和離婚相關的內容，說錯一個字，就不是為了日向子，而會變成青瀨和由佳里的問題。

青瀨打開啤酒罐的拉環就口而飲，走向靠窗的沙發，打開壽司卷的包裝。紗窗的對面，是一片普普通通的夜景。

蓋房子的話題無疾而終，從此之後，夫妻的對話微妙地雞同鴨講。話雖如此，在泡沫經濟時期，彼此生活錯開，表面上還過著和之前沒有兩樣的日子。由佳里不曉得是從哪方面感受到夫妻間的漸行漸遠，而產生了危機感。有一天，她因為貧血而接受診療，趁機說要減少工作。實際上，她也真那麼做了。早晚一定在家，有點蓄意地努力經營生活，並且像新婚時期一樣笑臉常開，將雙薪家庭常見的制式冷淡氣氛從家裡趕出去；好菜擺滿餐桌，而且冀望有個孩子。

她捏著鼻子狂吃豬肝，希望把身體養好。日向子帶來了燦爛的陽光，她令由佳里歡呼、大叫，照亮家中的每一個角落。無論回到家有多累，青瀨都不會忘記去看日向子軟綿綿蠶繭般的睡姿。看著由佳里彷彿結束一天戰爭，終於等到日頭西下可以休憩了的陪睡姿態，便深深地感覺這就是家；隨處可見，但此處僅有。

儘管如此，他們還是避談蓋房子的事。由佳里偶爾會提起，但馬上又會岔開話題說「以後再說吧」。青瀨不知道「以後」是指多久之後，就在這種情況下，季節更迭，泡沫經濟瓦解了。宛如被推土機鏟倒的樹木，工作一個接一個消失，連做到一半的工作也無疾而終。客戶逃跑、撒手不管，所有工作的管道都斷裂不通。

事務所裁員，和老闆對上眼，看到老闆悲傷點頭的人就黯然離開。商業建築的負責人被迫站在懸崖邊，隨時會墜落。勉強能夠留下來的，似乎只有今後可望零星接單的公共部門專家，能勢琢也便是其中一人。他的才華眾所公認，而且迷戀由佳里，死纏爛打地追求她，因此青瀨提早了兩個月求婚。想像自己在能勢的眼前被開除，青瀨就忍不住腦充血、但這早晚會變成現實。於是，青瀨在老闆點頭要他走人之前，寫了辭呈。當老闆和他握手說「抱歉，將來我會找你回來」，青瀨還能從容地用力回握。他以為自己有證照和經歷，總會找到下一份工作，但他太小看社會了。

「你辭職了？你主動辭職了？」

結果，青瀨束手無策。他找不到肯雇用他的事務所，無論透過任何管道、拜託任何人，都找不到設計的工作。許多被裁員的同事也是如此。半年、一年過去，電話經常在深夜響起，一群男人做著抽佣制的銷售員、家庭式餐廳的服務生、大樓清潔人員等工作餬口，打電話來發牢騷和埋怨。掛斷電話前，他們一定會問：「你怎麼樣？還堅持要做設計嗎？」

青瀨成天捧著電話簿，一手拿著紅筆，日復一日地持續打電話到市內的設計事務所。若是店鋪設計，他有自信。如今正是錄用能幹人才的好機會，不是嗎？他擴大區域，也到大阪和名古屋毛遂自薦。知道打電話不會有下文，沒預約就親自登門。眼看著存款越來越少，他還是不死心。如果出示圖稿和照片，對方一定會知道他的實力，景氣也遲早會回升，但卻不斷吃閉門羹。他悔恨不已，氣得渾身發抖，終於啐了一句：開什麼玩笑?!這種窮酸的事務所，我敬謝不敏。那種夜晚，他會喝酒逃避，酒量越來越好。

「我們搬回去那裡吧。就算是兩房兩廳、沒車子什麼的，還是很快樂。」

青瀨轉身不聽由佳里勉強擠出的安慰話語。他不想搬出公寓，也不想把車賣掉，只感到火大。他並不執著於闊綽的生活，其實，他根本沒有物欲。別看扁我！妳連這都不懂嗎？我只是想要善用工作技能。我明明拚命在找下一份工作，妳為何要說這種觸我霉頭的話？青瀨第一次暴怒回應，用拳頭捶打牆壁。由佳里嚇壞了，她也沒給好臉色，像是在譏諷青瀨似的到處打電話，試圖增加自己的工作。那又成為爭吵的火種。室內設計業界當然也很蕭條，家庭經濟不見起色。兩人三天一大吵、兩天一小吵，夫妻間的最後一個規定是，不在日向子面前大呼小叫。日向子是個超級黏媽媽的孩子，只要由佳里一沉下臉，她就會抽抽搭搭地哭起來。

沒有錢了，真的沒錢了。

就那麼一百零一次，青瀨前往就業服務中心。裡頭擠滿了身穿灰色西裝的男人，令青瀨聯想到曾幾何時，在電視上看到俄羅斯或哪裡等著領取救濟食物的隊伍。他跟著排隊，後方也形成了人龍。他喘不過氣，感覺反胃，嘴巴一張一闔，一股酸氣在喉嚨來來去去。他抵達不了徵人的窗口。有那麼一瞬間，他詛咒自己的軟弱。脫離隊伍時，周圍一群男人的驚訝表情，令他產生一種難以形容的優越感，回家的步伐變得輕盈。從此之後，他沒有看過由佳里的笑容，哭泣的臉倒是幾乎每天看到，也會聽到尖叫聲。青瀨打從心底知道了金錢的可怕，但當時，他開始從白天就大口喝酒。

「這個，給你。」

那天早上，由佳里的聲音好輕。離婚協議書攤開在純白的餐桌上。所有項目都是空白，半個字也沒寫，甚至沒有由佳里的簽名，只是一張紙。她不是認真的，她不想離婚。青瀨知道，她一心想要他重新振作起來，這只是她想不開而孤注一擲的方法。知道歸知道，但是內心凍結了。他只看見「離婚協議書」這幾個字，報復的話語已在喉頭。他能夠輕易地想像，那句話說出口之後，空空蕩蕩的世界。所以，他在腦海中反覆命令自己：「你不要說、你不能說。」但是，他說了。為何他說了？

「幸好沒有蓋我們自己的房子。」

青瀨停下筷子，闔上壽司卷的包裝，套上橡皮筋。他討厭那個聲音。伸手將公事包拉過來，一把抓出《二〇〇選》，封面的照片是由無名建築師所設計，在半地下樓層設置石庭的房子。嶄新。青瀨感到輕微的嫉妒，將剩下的罐裝啤酒一飲而盡。

「爸爸，你的工作是蓋房子吧？」

青瀨在日向子的年紀，不，從更早之前，就已經夢想成為建築師了。學校圖書館裡，只有一本介紹全世界代表建築、破破爛爛的攝影集，他看幾百遍也不厭倦，最後偷偷帶回工棚，因為潛移默化而經常畫建築物的圖。只要青瀨一出手，連工地的棚屋也會變成有大廳的宮殿，感覺能養大象或長頸鹿。姊姊們競相嘲諷他，而母親則笑道：「真想住看看這種地方。」

對建築的熱情，上國中後不減反增。他忘不了在鎮上的書店，看到「考夫曼宅邸」照片時的驚訝。那棟房子又被稱為「落水莊」，由二十世紀首屈一指的建築大師——法蘭克・洛伊・萊特（Frank Lloyd Wright）設計，在新綠得令人眩目的斜坡中間，跨越瀑布而建。與大自然融合並協調，青瀨記得書上寫了類似意思的解說。但看在他眼中，是房子征服了大自然。房子與人，制伏、控制著大自然，他記得那種激昂的情緒。

應該是深受父親的影響，因為興建水庫就是制伏大自然，治水、供給電源、確保水資源。當時，傾國家之力興建基礎設施被視為當務之急，父親身為板模師傅，在第一線挑戰大自然，是年幼的青瀨心目中的英雄。他經常央求父親讓他坐在肩上。父親的肩膀像岩石一樣堅硬，坐在他的肩上眺望即將完成的水庫，總覺得連自己也變成了英雄。父親說：「小稔，水庫啊，就像是神明的手一樣，將落在山上的雨和雪，一滴不漏地聚集儲存起來，盛情款待眾人。」

青瀨報考高職的建築科，父親似乎以為那是培育木工的學校。青瀨考上的那一天，父親心情愉快地喝著酒說：「好，我買一把好鋸子給你。」青瀨沒辦法像母親和姊姊們一樣開懷大笑。父親只認識工匠的世界，青瀨第一次意識到只在工地和工棚生活的辛勞。他想要展翅高飛，建築師已經不是夢想，而是目標。學習令他感到樂趣無窮，天天埋首於製圖和測量。升上三年級，他立刻在全國高中生比賽得獎。他的作品是蓋在郊外恬靜風景中的低樓層集合住宅，那是他在思索怎樣能讓工棚那種「鰻魚的窩」變得適合住人時，靈光一閃的創意。擁有建築師資格的老師對他青眼有加，除了製圖之外，也經常誇獎他的素描。老師說，沒有愛畫畫的心，就無法成為建築師。青瀨感謝小時候無限量地買畫具給他的父親，以及絕對不讓他加入遊戲的山村孩子們。

青瀨翻動《二〇〇選》的書頁，第一次認真過目。比起主題和解說文字，照片訴說更多，自信、挑戰、名譽、逞強，感覺任何一個作品都能聽見創作者的心聲。青瀨深吸一口氣，翻開Y宅邸那一頁。天空藍的一面坡屋頂躍入眼簾。接下來不用再看，一切在腦海中復甦。命名為光之煙囪的橢圓形大型採光有三個，以等間隔從屋頂突出，是綜合天窗和屋頂窗功能的嘔心瀝血之作。納入透光性高的聚碳酸酯材質，調節螺旋狀的反射板，直接將北光納入屋內，讓來自其他方向的光線，在圓筒中的曲面反射，分配至天花板和牆壁……

青瀨閉上雙眼，闔上《二〇〇選》。

總有一天，要蓋自己的房子。從滿臉青春痘時就有的抱負與殷切想法持續存在，所以吉野的邀請才能變成魔法。青瀨如今認為，坐南朝北的房子的創意，以及選擇木造房子，都是必然。他並非只是看著父親興建水庫的勇敢背影長大，他記得父親有些歉然地指著即將因爆破而崩塌的茂密森林，告訴他有哪些注定沉入人造湖的房子、田地和石橋。在各個遷徙地看到的所有事物，對於青瀨而言，都是最原始的風景。原本不存在的故鄉，被北光柔和地包裹著，越過了時空而來。之前他因為無法和妻女共同生活，迷失了自己的心，徘徊在黑暗之中，而吉野的委託讓他感受到了光。他戰戰兢兢地打開包裹，看到屬於自己的世界，使他不再抗拒，也不再羨慕由佳里成長的世界。

青瀨看了壁鐘一眼，七點半。家用電話隱入柱子旁的陰暗之中，應該會響的手機，在面前的茶几上待機。

到底怎麼了？青瀨自問著，吉野家老么的臉，像是某種惡兆般掠過腦海。他是一個剛上小學的男孩，因為有兩個年紀相差很多的姊姊，明明沒見過幾次，但青瀨總覺得自己了解他。破土典禮那一天，他將半個身體躲在香里江的身後，忸忸怩怩，青瀨問他：「期待新家嗎？」他沒有回應，只是微微抬起頭，雙眼望過來。那是已經學會懷疑人的眼睛，或許是害怕父親，青瀨不記得看過他待在吉野身旁的樣子。

即使到了八、九點，兩支電話依舊沉默。青瀨待在沙發上，一動也不動。把空啤酒罐用力壓扁，想像自己前往便利商店的身影。打開電視，用遙控器轉了一輪，然後關掉。吉野還沒回家嗎？香里江也不在嗎？他們的女兒和那個男孩呢？應該在，不，他們一家人不會打電話給青瀨。吉野因為工作而晚歸，可能還沒聽到答錄機的留言。

該不會拋棄了吧？青瀨心中突然升起一股怒火。那間房子糟到被他們拋棄了嗎？倘若如此，早點說不就好了嗎？

到了十點那一刻，青瀨目不轉睛地盯著手機的待機畫面。手指滑出Y宅邸的電話號碼，卻無意撥打。如果Y宅邸依然是答錄機，等於會留下第三次來電紀錄。青瀨並沒有急事，這樣可能會變成一齣滑稽的獨角戲……

響了，是家裡的電話。手機上依舊顯示Y宅邸的電話號碼，所以青瀨彷彿做壞事被逮到一般，震驚地從沙發上跳起。他的心臟狂跳，不知道在對什麼道歉的話語竄過腦海。

「我是青瀨。」

「你在家啊？」

青瀨花了幾秒鐘才認出是岡嶋：

「搞什麼，幹嘛打到家裡？」

青瀨惱羞成怒，岡嶋不服輸地尖著嗓子反嗆：

「是你說回家就知道西川的聯絡方式！」

青瀨「啊！」地出聲道：「抱歉，你等我一下。」

青瀨保留子機的通話，衝進隔壁房間，從牆壁扯下代替信插的肩背包。他將一疊明信片倒在地板上，馬上找到了要找的那一張。西川隆夫。青瀨確認上頭記載的新地址、電話和手機號碼，解除子機的保留鍵。

岡嶋連謝謝也不說一聲，就掛斷了電話。

青瀨吁了一口氣，站起身來。收拾啤酒罐和壽司卷的包裝之後，除了看壁鐘之外，沒有任何事情可做。思緒鬼打牆。吉野還沒回家嗎？他不想打電話來嗎？還是信濃追分的那間房子，真的沒有任何人在住呢？

寂靜得針落可聞。窗外的夜景很寒酸，感覺跟東京不太一樣。過了午夜十二點之後，燈火的數量驟減。忽然，眼前浮現一起搭電梯的老婆婆的身影，總覺得她也睡不著，正在看著窗外，和青瀨注視著同樣的夜景。

午夜十二點整，青瀨按下了手機的通話鍵。對方還未出聲，吵鬧的卡啦ＯＫ聲已先震動耳膜。

「喔，怎麼了？」

岡嶋的語氣和剛才大不相同，十分開朗：

「電話號碼謝啦。我後來打電話過去，他二話不說就答應了。反而向我道了好幾次謝……」

「岡嶋。」

青瀨打斷他的話說：

「我明天可以出趟遠門嗎？」

「出遠門？去哪裡？」

「信濃追分。我想去看一看。」

7

隔天一早晴空萬里。

肯定是適合兜風的好日子，但是青瀨沒有那種心情，更何況有個同伴。方才，岡嶋坐進了雪鐵龍的副駕駛座。昨晚在電話中，他說要一起去，青瀨說這件事不用所長擔心，予以拒絕，但是他執意要去，說：「我才不擔心。我想要再去看一看Y宅邸。」

引擎的狀況還算可以。岡嶋問要怎麼去，青瀨回答：「從入間交流道上圈央高速，接關越高速，再走上信越高速，只走高速公路。」道路的積雪不用太擔心，青瀨一大早打電話到輕井澤的區公所確認過了。

「我睡覺你別生氣唷。我昨晚喝太多了。」

岡嶋稍微放倒座椅。他好像不想說公共部門競圖的事，青瀨也不想問。即使是辦公桌相鄰的同事，也不會探問彼此的工作內容，這是青瀨在赤坂時代養成的習慣。四十名野心勃勃的建築師互相競爭，探尋創意是家常便飯，事務所裡經常有誰在懷疑誰。

「很遠唷。你真的要去嗎？」

在等第一個紅燈時，青瀨提醒岡嶋。

「都到這兒了，還問什麼問？」

「因為感覺你這陣子很忙。」

「我不是說過了，我想要看人氣扶搖直上的Y宅邸。」

他是打算在競圖之前，看一看可能獲得靈感的建築物吧。這證明看到完成的Y宅邸，他的確又驚又妒，只是不肯承認。事實上，有數不清的無名建築師，對於自稱「建築師」頗感躊躇，他們的內心十分複雜，許多人因為自尊心受挫而心焦，又懷抱強烈自負，認為自己與眾不同，會情緒激動地想：「若不排他且利己，怎能完成好設計？」但是另一方面，所有人都知道，如果無法認同別人創造出的作品有多好、多美麗，連自稱建築師的資格都會喪失。

岡嶋變了，青瀨深切地如此認為。

學生時代，他是個俗不可耐的男人，怠惰且自大，而且對女人非常不挑。大學畢業後，靠爸開了事務所，結婚後，擔任保險業務員的老婆也賺大錢回來。所以他可以整天叼著菸斗，翻閱建築雜誌，明明沒有工作成果，卻自以為是大咖。聽同學說，他多次以「新銳建築師」

的名義登上地區工商會的會報，夸夸其談地陳述如何以宏觀的設計打造朝氣蓬勃的街區。

但幾年不見，岡嶋已變了一個人。簡單一句話，他變踏實了。過去耀武揚威，擺出一副少年有成的建築師架子，如今收斂氣焰，以穩健的工作態度獲得信賴，往四面八方擴展人脈。最令人驚訝的是，狗眼看人低的言行消失，儘管依然喜怒無常，但卻是個能夠交往的人。原因只能任憑想像。因為泡沫經濟瓦解，和一般人一樣嘗到了辛酸？也或許是因為父母相繼辭世，又喜獲麟兒，兒子對他意義重大？無論如何，換成以前的岡嶋，打死也不會說他想要看青瀨的作品。無論暗藏著什麼野心，事關建築，他變謙虛了。

「一創好嗎？」

青瀨看著前方問，知道岡嶋在鄰座笑綻顏開。

「好到不能再好了，我有給你看去長瀞時的照片嗎？」

「還沒。他幾歲了？」

「十一，接下來要升六年級了。」

「已經要升六年級了啊？別人的孩子長大真快。」

「日向子國一了嗎？」

有那麼一瞬間，青瀨覺得他是自找不快，回應道：「如果期末考沒有考得太糟的話，馬上要升二年級了。」

「她們住在四谷，對吧？」

「嗯？你為什麼知道？」

「嗯？之前聽你說的。你說她們住在低樓層的大廈。」

「比公寓好一點而已。」

「你不會跟由佳里聊天嗎？」

岡嶋認識由佳里，所以有時會問這種事。大學的建築系有個認真負責的萬年幹事，一年會負責舉辦一次聯歡會，而且還會記得找中輟的青瀨。因為可以攜伴參加，青瀨想這或許能幫由佳里建立人脈，數度帶她同去。岡嶋總說「我和青瀨是死黨」，親暱地靠過來逗由佳里笑。那是遙遠的記憶。隨著泡沫經濟瓦解，聯歡會自然而然也不再舉辦，認真負責的萬年幹事在幾年後自殺了。

「你們這個月也見面了吧？」

岡嶋立刻拉回日向子的話題。

「昨天見了。」

「啊，昨天嗎？然後呢？」

「她看起來很好，這對我來說就是最大的救贖了。」

「別那樣說嘛。人好就好了啊！」

「因為她是女生，很多事變得很難教。」

青瀨語氣輕快地說，但是說出口後，感覺像是坦承了一個天大的祕密。

「我想也是，男生也很難教。不過，那也是一種樂趣。」

「她說她想要看Y宅邸。」

「哇～那孩子真討人喜歡。你會讓她看嗎？」

「我會讓她看照片。」

「既然要看，就讓她看實品。這是你的自信之作吧？」

「自信之作嗎？」

「不是嗎？」

「嗯，算是吧。」

「我就說吧。你那麼投入。」

「算是吧。」

「算是吧。」

「你蓋了一間自己滿意的房子吧？」

「算是吧。」

「你在不高興什麼？」

「問題在於客戶滿不滿意吧？」

「客戶只是不在家，你別擔心。」

「我沒有擔心。」

「好好好。不過啊～那個……」

岡嶋不自然地縮小音量。

「那個是哪個？」

「總覺得……」

「要說就說！吞吞吐吐的，令人不舒服。」

岡嶋咂嘴：

「只是很多人會那樣說啦。是不是過度用心蓋的房子，反而不好住？」

原來是這麼回事。岡嶋也感到有些不安，他固然是真的想看看Y宅邸，但另一半則是站在經營者的立場而跟來。

岡嶋說：「到了之後，叫我起來。」青瀨瞥了逃避對話的岡嶋一眼，使勁踩下油門。

8

下了上信越高速公路的碓冰輕井澤交流道，已將近中午。

筆直開向和美嶺，聳立於前方的「高岩」奪人眼目。由雄岳和雌岳這兩座岩峰所構成、充滿象徵性的山嶺，應該可以進入奇岩之列。茶褐色的岩石表面陡峭得令人心驚，賦予周邊的恬靜景觀不和諧感與張力。

青瀨感到雪鐵龍的馬力不足，在山路的連續彎道上，對著中線切方向盤。之前為了監工數度往返，但不可思議的是，內心卻沒有這是一條走過N遍的路的感覺。回想起來，那一陣子也不覺得從所澤到信濃追分的距離很遙遠。

廣播正播報午間新聞，某個城鎮又發生了女人和前夫生的孩子被同居男友殺害的案件。坐在副駕駛座的岡嶋還在睡，發出酒臭味的氣息。他在收費站曾睜開一隻眼，僅止於此。

「是不是過度用心蓋的房子，反而不好住？」

「沒來由地總覺得，房子好像沒人住。」

自己設計的房子沒人住……青瀨自嘲地駁斥了這種想像，天底下哪有建築師會想像那種蠢事？沒有任何不祥感的風景，在車窗外向後流逝。即使跨越山嶺，馬路還是空蕩蕩的，路肩的積雪也比聽說的更少。因為紅燈而停下，耳邊響起了鳥叫聲。

嗞嗞乒～嗞匹嗞匹……

看不見身影，但八成是煤山雀。白頰山雀也會發出類似的叫聲，但是啼囀的節奏較快，還會發出別的聲音，啾吲～啾吲～

青瀨一面發車前進，一面稍微降下駕駛座的車窗，車外的冷冽空氣輕撫臉頰。從白樺的樹林傳來十分清澈的美麗叫聲，是冬鳥黃雀，牠會在村落留到晚春。大概是遷徙的時候終於逼近了，叫聲比平常尖細，聽起來像是下定決心要從此地出發。

青瀨的心神被吸引過去，關於鳥的記憶陸續浮現。那不同於鄉愁，過去的記憶和青瀨一家人的遷徙重疊，有點像在窺看迷你庭園盆景的感覺。

上下學的路上，鳥兒們從高空傳來的啼囀，就像是蓮蓬頭灑下的水霧，令人心情舒暢，但也像是在嘲笑水庫之子、壞心眼的叫罵聲。隨著靠近工棚，鳥的叫聲逐漸遠去。巨大水庫在山谷間威勢凜凜，吞噬無數野鳥的樂園——森林，朝著峻工前進。

青瀨曾救過翅膀受傷的長尾雀，那是體長十五公分左右，頭部白色、長尾巴的可愛小鳥。放學途中，青瀨發現牠蜷縮在落葉中，實在不忍棄之不顧，於是像掬水似的把牠輕輕捧在手中，心跳因鳥的體溫而加速。他一溜煙地衝回工棚的家，將紅藥水塗在羽毛根部的傷口，在瓦楞紙箱鑿開通風孔，鋪滿麥稈製作牠的窩。他預料到家人會反對，於是高聲宣稱：「牠會死掉，我要養牠。」母親說「啊～不行不行」，但青瀨不肯罷休。母親用「野鳥不能養」來說服他，兩個姊姊也站在母親那一邊。當時，一家五口生活在三坪大的房間，小鳥當然是不速之客。

父親一臉事不關己地喝著酒，母親說「你倒是說句話啊」，逼迫父親表態。父親含糊其詞地說：「嗯～這個嘛～」青瀨拚命地拉攏父親，說「我會好好照顧牠，白天放牠出去」，最後還緊緊摟住父親的脖子，央求要一個鳥籠。

幾天後的假日，父親下山到市區，手上提著鳥籠回來。青瀨大吃一驚，因為籠中的棲木上，站著一隻全身黑色羽毛的小鳥，是九官鳥。「小稔，這傢伙高級多了。如果教牠，牠會說話唷～」接著父親以假裝在說悄悄話的語氣，補上一句：「候鳥若不遷徙，就會死翹翹。跟我們家一樣。」

父親大概只是不想被兒子討厭，也同情兒子接連轉學，交不到朋友。反正不能繼續養野鳥，但他又不想看到即將到來的離別與兒子哭泣的臉。青瀨想，是疼愛孩子的心讓父親買了怪異的禮物。母親和姊姊們大為光火，但是父親像是做了公正又有人情味的判決似的，一臉心滿意足，將鳥籠塞到青瀨的懷裡說：「首先，替牠取個名字。」

青瀨聽了卻號啕大哭。他想不起當時的心情，或許是因為做好了要和長尾雀道別的心理準備，或者覺得父親少根筋，居然送給他替代的小鳥。又或者是「跟我們家一樣」這句話，令無法理解悲哀為何物的幼小心靈產生了恐慌。

後來青瀨替九官鳥取名為「九太郎」，對牠十分著迷。原本不惜離家出走也要保護長尾雀的心，不知飛到哪兒去了。工棚裡有個父親偏愛的年輕板模師傅，名叫敏夫，青瀨只模糊記得聽說他治好了長尾雀的傷，放回了森林。如今回想起來只能苦笑，覺得自己是「薄情的孩子」。但是九太郎有一種魅力，立刻擄獲了沒有朋友的孤獨少年的心。牠來到家裡的那一天只會說「晚安」，隔天就已經會說「早安」「你回來了」和「小稔」。

事實上，九太郎似乎比其他九官鳥更聰明，不知不覺間，除了家人之外，牠連附近鄰居的長相和名字都記得，令眾人吃驚。牠學會了一兩百個詞彙，甚至會哼流行歌曲的副歌。青瀨最懷念的，自然是「小稔，你回來了」「學校怎麼樣」。如果讓牠自我介紹，牠會說：「我是青瀨九太郎。住在水庫的工棚。請多指教。」牠愛開玩笑，但有時候也會心情不好地轉向一旁，實在很有人性。母親和姊姊們也完全忘記之前的反對，對牠疼愛有加。所以七年後九太郎死掉時，除了父親之外，大家都哭了。

全家人有一段所謂「痛失毛小孩」的時期，但隨著時間不藥而癒了。好幾年後，父親不知道哪根筋不對，又買了一隻九官鳥回來。當時大姊剛嫁到山梨不久，他們則待在神奈川三保水庫的工棚。父親無論吃飯或出門，若是全家人沒有到齊，就會垮著一張臉，所以或許買鳥是為了填補大姊不在的內心空洞。

父親替那隻九官鳥取名為「小黑」，青瀨不太理牠。比起九太郎，牠的能力和魅力都差了一截，重點是青瀨已經升上高三，滿腦子都是考大學。「喂～青瀨稔。」即使小黑從窗邊呼喚，打擾他念書，青瀨也鮮少搭理牠。

小黑是造成父親死亡的原因。父母結束三保水庫的第一線工作，遷往當時正在興建的群馬桐生川水庫。青瀨沒有跟去，他投靠在川崎市內日本料理店找到工作的二姊，住進了店家準備的宿舍。考試進入最後衝刺的階段，他不想將時間花在交通往返，而是待在圖書館K書。小黑被父親帶去了群馬，因為青瀨如此要求。

青瀨順利考取第一志願的建築系，搬到東京的廉價公寓。兩年後，突然傳來父親的死訊。小黑打開鳥籠的門逃出去，父親追著牠，在附近的雜木林到處尋找時，從懸崖跌落。母親哽咽著打電話來，青瀨感覺好不真實，整個人呆掉了。據說父親到處尋找小黑，找了三天。黎明前起床，進入樹林，結束工作後，也拿著手電筒在山路到處找。他覺得「小稔會難過」，因此耿耿於懷。母親說了好幾次「小稔不會難過」，他也不聽。父親說：「我還是對小稔過意不去。」第三天的傍晚，父親出門前對母親說的這句話，成了他的遺言。

匆匆忙忙地舉辦喪禮，轉眼間過了七七四十九天，然後又過了一段時間，青瀨單獨走在通往桐生川水庫的山路。走著走著，日暮西山，四周籠罩在黑暗之中，甚至無法區別周圍和道路。青瀨眼前浮現父親一面走在那片漆黑之中，一面呼喊小黑的身影，淚流不止。他一直和父親在一起，看著父親高大的背影長大，在他寬闊的胸膛守護下長大。花、樹木、鳥的名字，全部都是父親教的。天底下哪有兒子如此受到父親疼愛呢？如果跟著父母去群馬就好了，在工棚也能準備考試。父親可能希望青瀨和他們在一起久一點，起碼在一起到上大學也好。父親或許夢想著全家沒有少任何一人，永遠在一起過著遷徙的人生。

方向盤的震動變大，青瀨看了岡嶋一眼，馬上將目光拉回前方，用力眨了眨眼。馬路一直是筆直的。

半年後，青瀨輟學，倒不是因為經濟原因使他那麼做。父親死後，他開始在赤坂的設計事務所打工，只是一般的跑腿。在休息時間閱讀勒．柯比意（Le Corbusier）的傳記，為他帶來了幸運。老闆像個青年一樣，眼眸生輝地靠過來問：「你喜歡柯比意嗎？」他是個靠自學爬上今日地位，一路苦過來的人。一說起話來就停不了，只要一有空，就教授青瀨建築的基礎。他似乎很中意青瀨一針見血的連珠炮提問，所以允許青瀨一同前往他稱為「巡邏」的建築工地監工。那是能夠具體實踐且令人興奮的學習場所，相較之下，大學的課程感覺像是在打發時間。令人聯想到柯比意的「底層架空」手法吸引了青瀨，以柱子將建築物架高、使地面挑高的設計，在當時相當先進。青瀨自然地遠離校園，學分也岌岌可危，但那時他已經無法壓抑亢奮的心情。他獲得事務所的試用約定，提出了退學申請書。他想，父親應該也會替他高興吧。他坐在最後面的一張製圖桌，沉浸在工作中，像海綿一樣吸收所有能夠吸收的知識。老闆將鐵、玻璃和混凝土崇敬為「三種神器」，青瀨以成為善用它們的好手為目標。

喀、喀、喀。

像是敲打石頭的特別叫聲傳入耳中，青瀨放鬆油門。這個時期，在這種高地有黃尾鴝，令他感到驚訝。牠是初春經常會在郊外的公園和民宅庭院看到的冬鳥，比麻雀小一圈，也是由佳里第一個愛上的野鳥。

「欸，紅梅花雀是不是有點像黃尾鴝？」

新婚的時候，由佳里曾經突然要求想養紅梅花雀。青瀨說「死掉的時候會很難過」，不肯答應，由佳里鼓起臉頰問：「是誰害我變成鳥迷的？」這是標準的開場白，接著就把話題轉到剛交往不久的時候，青瀨在新宿御苑說中五、六種鳥叫聲的回憶，接著說：「那一招真有效啊～害我想跟你結婚。」

後來由佳里的工作也忙了起來，實在沒空養鳥。但是日向子出生後，兩歲多時，由佳里先斬後奏地買了一對虎皮鸚鵡回來。儘管在「我們的家」上意見不合，他們並沒有因此而發生齟齬，兩人之間隔著一天比一天可愛的日向子，夫妻關係還算不錯。是只有青瀨自己這麼想嗎？那段時間由佳里漸漸不再提起想蓋房子的事，一定是青瀨的緣故。事到如今，青瀨總算能夠明白由佳里試圖藉助一對小鳥的力量的心情。紅梅花雀之所以變成鸚鵡，應該是因為她記得青瀨說過九太郎和小黑的事，而選擇了會說話的小鳥。由佳里或許在以她的方式，發揮所有的想像力，試圖走進青瀨由漫長遷徙生活所建構的內心世界。

開朗的「皮皮」和有點神經質的「皮可」，變成了幼小日向子的好玩伴。皮皮能夠記住簡單的單字，日向子聽到牠叫「小向」，就會手舞足蹈，用臉頰摩蹭牠的黃綠色羽毛。因此，決定離婚搬出公寓時，青瀨沒打算帶走鸚鵡。但由佳里希望他將鳥帶走。青瀨說「這樣的話，日向子很可憐」，由佳里反駁道：「皮皮每天早晚都會喊『爸爸』，她聽到會更可憐。」日向子也很疼不會說話的皮可，所以青瀨原本心想「起碼留下一隻」，但是想到連小鳥也要分離，實在太諷刺，話到喉嚨就卡住了。

搬進新公寓不到一個月，青瀨在附近的公園將皮皮和皮可放了。因為由佳里擔心的事，如今發生在青瀨身上。皮皮沒有忘記「媽媽」和「小向」，而青瀨就算能夠忍受「媽媽」，但每次聽到「小向」，整理好的心情就又潰堤。他在悄然無聲的屋內，害怕皮皮不知何時會說話。縱然想要送給別人，皮皮的記憶是家人的記憶，也是祕密，所以青瀨沒有一個主意。

從鳥籠被放出來的一對家禽，無力地振翅飛起，停在附近的銀杏樹枝上，靠攏身體靜止不動。一股罪惡感猛然襲上心頭，青瀨非但像棒打鴛鴦似的拆散了牠們和日向子，又捨棄了恐怕過不了寒冬的小生命。青瀨雙腳打結似的走近銀杏樹，輪流呼喊皮皮和皮可的名字。他在樹下待到天黑，一對小鳥沒有回來，隔天早上消失蹤影。

由佳里是如何安撫日向子的呢？在那之後，她一次也沒有在青瀨面前說出皮皮和皮可的名字。當時想必大哭了一場，但卻這樣絲毫不露聲色地過了八年。

「這是那一招嗎？」

副駕駛座發出聲音：

「計程車司機弄醒醉漢的祕技？」

岡嶋似乎是在說從降下的車窗灌進來的冷風。汽車進入國道十八號線，根據剛才看到的電子顯示板，戶外氣溫是「2℃」。

「對於宿醉也立刻見效吧？」

青瀨滿臉笑容地關上車窗，岡嶋侷促地伸了個懶腰：

「到了嗎？」

「快到了。」

「午餐怎麼辦？」

「看完再吃可以嗎？」

「當然是回程再吃。既然來了，去吃『鍵本屋』的蕎麥麵吧？」

青瀨應道：「好耶。」那是一間位於中輕井澤站前的老店，蓋Y宅邸時，他在吉野夫妻的邀請下曾數度光顧。

「你好像對這一帶很熟啊？」

青瀨一說，岡嶋洋洋得意地點了點頭：

「學生時代我研究別墅，來這裡就像是走自家廚房一樣。Y宅邸在石碑前面嗎？」

「右斜前方。」

「我想起來了。夏洛克．福爾摩斯像的附近吧？」

「再上去一點的地方。」

青瀨一面回答，一面凝視前方。已經進入信濃追分，一不留神就會錯過豎立於北國街道和中山道分歧點的「左右分道碑」。

「哎呀，就在那裡呀，福爾摩斯。」

「什麼?!是要我叫你華生嗎！」

青瀨嗤之以鼻，減速切方向盤。附近變成保留驛站風情的街道，看著右手邊的夏洛克．福爾摩斯像，駛入北上的道路。那一帶擠滿了企業和大學的休閒設施。不久後，建築物開始變得稀落，引擎發出怒吼，爬上兩側均是雜木林的道路。淺間山露出山頂，得以一窺全貌。青瀨感覺脖子變得僵硬。相隔四個月，又看到Y宅邸，朝天增加寬度的梯形藍色屋頂，從屋頂突出的三根光之煙囪。

岡嶋發出「哇～」一聲，自座椅挺身向前。

「那三根煙囪果然很醒目。外形與其說是房子，倒比較像是豪華郵輪。」

「是嗎？」

「《二〇〇選》讚不絕口，說是『分配四個方向的光線，而且不會積雪的奇蹟造型』？」

「因為這一帶很會下雪，煙囪的斷面是往北側縮窄的淚滴形。」

「讓屋頂師傅感動得想哭的設計啊。」

「屋頂師傅真的哭了。也花了不少錢。」

「幸虧有屋頂師傅的巧手，才能將北光納入整間房子。據說是媲美鋸齒屋頂的發明耶。」

「好像是這樣。」
「突窗好多啊。」
「因為有必要。」
「呃～『斜斜的牆壁搭配突窗，完美地馴服了奔放的直射光』。」
「那也是《二〇〇選》說的？」
「是啊。你看過了吧？」
「粗略地看過。」
「木頭露台是緣廊風格吧？」
「模仿外圍緣廊，幾乎環繞一周。」
「白色部分是灰漿嗎？」
「不會淋到雨的部分是。」
「外牆下方的裝飾木板是松木皮吧？」
「裝飾木板？那是用來防寒的。」
「嗯～明明是傳統建築，卻一點也不日式。話雖如此，既不西式，也不是日西合璧。真是不可思議的無國籍外觀。」
或許是又驚又妒吧，他的眼神沒有笑意，眼睛一眨也不眨。
Y宅邸逐漸靠近。周圍沒有民宅，而且沒有進行外構工程，所以建築物完全曝露在眼前。吉野一家人在嗎？還是不在呢？青瀨感覺血流加速。岡嶋將頭探出車窗外：
「不過，風格好強烈。確實挑起人們想要擁有它的欲望……」

青瀨用力踩下剎車，讓岡嶋閉嘴。用眼睛和耳朵探尋眼前的Y宅邸以及周圍有無人煙。

9

碎石子在腳邊沙沙作響。

青瀨站在房子的正前方，額頭感覺到比戶外空氣更冷的東西。停車空間沒有汽車，幾條輪胎壓過的印痕也乾涸了。客廳的窗簾緊閉，從這裡看得見的一、二樓窗戶也一樣。

「浦和的太太或許猜中了。」

岡嶋輕快地說，青瀨瞪了他一眼：

「你是指沒人住嗎？」

「不是，是當作別墅使用。」

岡嶋的安撫只有反效果。

「既然如此，委託設計時明說不就好了。」

門口旁的銅製面板上，沒有刻上「吉野」的姓氏。不，即使不確認名牌，建築師一眼就能判斷房子是否有人住。

「這是什麼狀況？」

隨著粗重的喘息，這句話脫口而出。

岡嶋也皺緊眉頭，按響門鈴。發現無人應門之後，便說「我們繞一圈吧」，往房子的西側邁開步伐。

青瀨也隨後跟上。吉野夫妻的臉在腦海中閃過，交屋那一天，他們一再低頭致謝，恭敬有禮地收下鑰匙。

探查一下子就結束了，兩人回到門口。西方、東方、北方的窗戶也全部拉上窗簾，或者降下百葉窗，無法窺見屋內的樣子。房子周圍沒有倉庫、晾衣架，也沒有自行車。電錶的圓盤微微在動，但是遠不到供應生活的程度，八成連冰箱也沒有插電。

「這代表他們搬走了嗎……？」

岡嶋嘟囔了一句。青瀨的看法不同：

「他們會不會根本沒搬進來？」

青瀨知道吉野陶太之前有準備入住。交屋的同時，完成水電、電話的過戶手續，連桶裝瓦斯也送到了後門。正常來想，岡嶋的解讀是正確的，或許吉野一家人先入住，然後搬走了。但是……

青瀨感覺，這間房子是全新的。

青瀨掏出手機，按下通話鍵，側耳傾聽。隔一會兒，聽見房子裡的電話響起。和昨天一樣，切換成答錄機。青瀨重新撥打吉野的手機，他的手機也和昨天一樣，甚至沒有轉接到語音信箱。

「業主的老家在哪裡？」

「田端，但是室內電話已經解約了。」

青瀨將手機塞入懷裡。他的恐懼變成了現實，吉野一家人不在這間房子。

「青瀨……」

岡嶋提高聲音叫他：

「你看一看這個。」

岡嶋用手指向大門的鑰匙孔。青瀨將臉湊近，鑰匙孔傷痕累累，連周遭的木門也有幾條像是刮傷的痕跡，看起來似乎是以螺絲起子之類的工具粗暴對待造成的結果。是小偷嗎？這麼一想，岡嶋按下門把手，大門發出「喀嚓」一聲，開了一條細縫。

岡嶋的眼睛閃過懼色：

「打一一〇嗎？」

「我們進去吧。」

這是我的房子！還殘留著的感覺令青瀨立刻下了決定。

「這麼做不妙吧？又不知道裡面變成怎樣。」

岡嶋一臉想像吉野一家人慘遭殺害的表情。

「進去看看就知道。」

「且慢。等一下，業主的職業是什麼？」

「不是放高利貸的。」

「認真回答我！」

「進口雜貨的批發商。」

「打電話去公司看看！」

「我不知道電話。」

「不知道？」

「你呢？你會叫客戶給你名片嗎？」

興建自宅是極為私人的事，幾乎不會有客戶想在自己的工作地點討論。

「公司名稱呢？我查號碼。」

「不用了！」

青瀨語氣粗暴地說，推開岡嶋，打開大門。

檜木的香味刺激鼻孔。打開大門之前，就能看見門廳內淡淡的光線，以及鋪滿馬賽克瓷磚的脫鞋處。小張的紙片散落一地，是電費和自來水的「用量通知單」，從大門上的信箱孔投進來的。應該安裝在內側收信的信箱被拆卸下來，隨手放在鞋櫃上面。

「糟了。」

岡嶋彎腰凝視走廊，是腳印。薄薄沉積的灰塵上，夾雜泥土的腳印朝內側而去，紋路看起來像是運動鞋的鞋底。不是一人，起碼兩人。不，三人嗎？

「還是報警吧？」

「又不一定是小偷。」

「是小偷還好，萬一是綁架或炸彈客怎麼辦？」

「確認之後，再報警不就好了？」

青瀨打開鞋櫃的門，空空如也，連一雙鞋也沒放。

「我說，青瀨……」

「說不定是客戶的腳印。」

「聽你在唬爛。」

青瀨無視岡嶋畏怯的聲音，脫掉鞋子。

「喂，真的假的？說不定有人還躲在裡面耶。」

青瀨踏上屋內的地板。確實令人害怕，但是憤怒遠勝於恐懼。精心蓋的房子被業主當作閒置的空屋，而且被陌生男人侵門踏戶……

青瀨打開走廊的電燈，嵌燈灑下暖色的光線。腳印清晰，筆直地朝客廳而去。

嗐～嘎～

松鴉在戶外尖銳地鳴叫。岡嶋發出小聲尖叫，縮起脖子：

「鳥、鳥？」

「別擔心，牠沒有烏鴉那麼不吉利。」

青瀨轉過頭來，邁開步伐。沙塵的粗糙感隨著木頭地板的冰涼觸感，透過襪子傳到腳底板。

「別踩到腳印喔！」

岡嶋緊跟在後，悄聲說道：

「小心點！說不定真的還有人在。」

青瀨不理會他，打開門，進入客廳。他停下腳步，追上來的岡嶋也呆立在一旁。

鋪著地毯、低幾個階梯的客廳空蕩蕩的，沒有沙發、茶几，也沒有電視。除了交屋時已經裝好的燈具和窗簾之外，沒有任何裝飾品之類的東西。只有一支電話，直接放在地毯上，留言的指示燈正在閃爍。

「這代表整個家被偷光了嗎？」

「看起來像那樣嗎？」

泥腳印幾乎沒有踏過客廳的地毯，直接走向隔壁的餐廳。這代表從一開始就沒有可偷的物品。青瀨開燈，看著地毯的表面。如果入住的話，沙發和茶几的腳，以及客廳櫃會在地毯上留下凹痕。但是，一點痕跡也沒有。已經無庸置疑，吉野一家人沒有搬進這間房子。連電視也沒有搬進來，所以可以斷定，他們也沒有打算當作別墅使用。

青瀨四面望了一圈。貫通屋外和屋內的三個大圓筒，從高高的天花板往下突出，預料中的北光使白色珪藻土牆壁顯得更白。費盡心思確保的寬闊空間，如今令人憤恨，突顯出狀況的匪夷所思和不合理。青瀨不懂，吉野一家人沒有搬進好不容易完成的新家，空著四個月的理由究竟是什麼呢？還是沒有所謂的理由，而是難以啟齒的隱情？

青瀨搖了一下頭，將身體面向餐廳，那裡的大型圓桌和五張椅子，可說是全部的家具。那是青瀨留下來當作禮物的「家俬」，入侵者好像連碰都沒有碰。或許是因為桌子以粗圓木為支柱，固定在地板上。青瀨找來專門製作訂製家具的師傅，告知工棚生活的矮飯桌的感覺，委託製作。一家五口圍著圓形矮飯桌，享用晚餐的樂趣，拜圓桌曲線的魔法之賜，大家才能挨著彼此面對面。想像一樣是五口之家的吉野一家人，熱熱鬧鬧、嘰嘰喳喳地圍著這張圓桌，強烈地刺激了青瀨的設計熱情。「自己想住的房子」，當然不是意謂著「自己一個人住的房子」。房子和家人是密不可分的。然而，這間房子現在卻沒有發出團圓的聲音。

青瀨感到胸悶：

「岡嶋。」

「怎樣？」

「你真會覺得這裡難以住人嗎？」

「你在鬼扯什麼?!快點看完走人！」

岡嶋已經進來廚房，吊櫃的門散亂地開著，沒有看到餐具，也沒有冰箱或洗碗精、海綿等廚房用品……水槽有自來水，瓦斯爐的火也點得著。對面的中島抽屜半開，抽屜內似乎被亂翻過，熱水器和洗碗機的使用說明書雜亂地疊放著。標著「後門」牌子的鑰匙混在其中，即使入侵後的小偷用不到，這樣晾著也不太好。青瀨拿走鑰匙，塞進褲子的口袋。

沒有洗衣機的洗衣間冷冰冰的。青瀨也粗略看了一下廁所，洗臉檯和馬桶旁別說是日用品了，連一個小瓶子都沒有。浴室亦然。小偷已經放棄尋找下手對象了嗎？櫥櫃的門全部關著。青瀨走向走廊。走廊是繞屋內半圈，能回到玄關的設計。青瀨已經看慣了腳印，能夠斷定進來的小偷有兩人，只有一人上樓。他彷彿能聽見當時的對話：我還是上二樓看看……

青瀨對岡嶋留下類似的話上樓。之所以採取鋼管構造的圓形樓梯，是為了讓北光遍布屋內的每個角落所用的巧思。牆壁和隔間用了凹室或複雜的凹槽，也是因為如此。一切都是為了有效地呈現光影。就這層意義上，Y宅邸也可說是蘊含了「刻畫時間的房子」概念的建築。

青瀨也看了三間兒童房，人去樓空，連書桌都沒有放進去。每一個房間都設了閣樓，因為房子的梯形構造，只有一個房間是方正的長方形。青瀨原本有點擔心三個孩子會互相爭奪，但事到如今，只是杞人憂天。

青瀨凝視主臥室的門片刻，然後推開。光線微暗是因為窗簾緊閉，小偷大概也是如此行動的吧。青瀨已經不期待有任何發現，或許該說因為如此，即使看到一張破舊的椅子放在約五坪大的房間正中央，也沒有馬上認知到它是異物。除了電話之外，它應該是吉野唯一搬進這間房子的物品。一張有扶手，平凡無奇的樸素木椅，孤伶伶地面向窗戶。是年代久遠的物品，鑲嵌竹片的背板和座板都歪斜了。但不可思議的是，感覺作工並不粗劣，似乎頗有來歷。

「喂～怎麼樣？」岡嶋在樓下叫道。

不怎麼樣，青瀨應道，進入了更衣室。門開著，固定櫃的三層抽屜都被拉出來，露出內部的原木。地上紛亂的鞋印給人焦躁的感覺，氣得跺腳就是這樣嗎？

青瀨悠悠地吐了一口氣。小偷已經無關緊要了。

他面向窗邊。其實一進入屋內，他就想要這麼做了。北邊的窗戶不是制式規格，訂製的窗框從胸部高度一直延伸到將近天花板。用力拉窗簾繩，打開窗簾。光線造訪室內，不是一條線，也不是一束，而是延展到極限、像是薄紗一樣的光線，輕盈地包覆整個房間。

興建時，青瀨曾多次站在這裡，每次看到窗外雄偉的全景，都不禁發出感嘆之聲。近距離看到的淺間山氣勢壯闊；染上銀白色的山頂帶著婀娜流動的雲，亦有一股神聖的氛圍。然而，這一切還是不如房間真正的主角——北光。現在這一瞬間也是如此。窗戶不是作為畫框，將景色化為一幅畫，而是成為這間房子的「光之玄關」。

父親曾說，太陽也是房子的客人。後來知道吉野的妻子香里江有繪畫才華，更喚醒了沉睡在青瀨心中的光之計畫。造訪田端的租屋時，他注意到掛在起居室牆壁的一幅油繪小品。那是一幅靜物畫，以淡淡的筆觸，描繪插在花瓶裡的繡球花。青瀨一誇「好棒的一幅畫」，沒想到香里江羞紅了臉。一旁的吉野調侃地說「她說她在高中是美術社社長」，香里江說：「這只是業餘嗜好，等到不用照顧孩子之後，我想要繼續畫畫。」

讓北光從天窗和高窗灑落的採光法，過去常被用在藝術家的工作室，因為能夠營造出最適合創作繪畫和雕刻的自然光環境。青瀨說：「我想以工作室為主題來設計主臥室，將來孩子們長大離家之後，可以作為享受嗜好的房間。」香里江和吉野欣然接受了這個提議。然而，他們也沒有忘記說出那句咒語：「我們希望蓋一間建築師青瀨稔自己想居住的房子，所以請不用顧慮我們。」青瀨說：「是我想這麼做。我想要蓋一間能引進光線、充滿光影的房子。」

那是一場白日夢嗎？

現實擺在眼前，吉野一家人消失了。沒有留下任何線索，消失得一乾二淨。

不，並非全部消失。

青瀨轉頭看了背後的椅子一眼。一張椅子面向窗戶，為何將這種東西放在這裡呢？當然是為了坐下來。不難想像，吉野應該曾經坐在這張椅子上。他從樓梯搬上二樓，放在房間中央坐下來，然後眺望窗外……

青瀨走向椅子。椅子果然相當老舊，能夠穩穩坐下來嗎？不會壞掉吧？青瀨小心翼翼地落坐。

山從視野消失，雲也繼而消失。整個人坐在椅子上之後，唯有蔚藍的天空被巨大的窗框包圍。腦袋一陣暈眩，那是一種不可思議的視覺體驗。好藍，已經不是景色，也不是空間，而是純粹的藍。遠近感喪失，被吸入其中的感覺襲上心頭。那種感覺並非不愉快，好像似曾相識，在哪裡看過。彷彿從宇宙看著地球，美麗且令人懷念，而且內心獲得釋放。

椅子的柔韌也令人驚訝，十分貼合腰部和背部。這張椅子沒有木製產品特有的、壓迫背骨和尾骨的硬度。委身其上，意識到背板和座板的彎度一開始看似「歪斜」，但其實是「弧度」，也可說是彈性，隨坐的人的體重而彎曲。青瀨以指尖探索其祕密，座板和本體不是以螺絲固定，而是以銅線綁住。扶手的部分亦下了一番巧思，木板稍微向前斜傾，增添了手放上手肘向前垂落時，令人感到輕鬆的角度。

坐起來的感覺很舒適。椅子傳達至身體的觸感十分輕柔，帶來一種飄浮感，飄向擄獲視覺的藍天。

縱然閉上雙眼，眼底也有一片藍天。看得見悠游的鯉魚旗，那是父母在下久保水庫的工棚，縫合幾個米袋做給自己的。姊姊們的雛人偶也是母親親手製作。央求父母買的東西寥寥無幾，身邊的物品樸素，但是觸感十分溫馨。走在種了一片梅林的坡道前往學校，鼻子聞得到梅花的香味。被姊姊們輪流牽著手，在奈川渡水庫，讓步調配合索道的聲音；哐噹哐噹哐噹，搬運木材用的流籠在山麓緩緩攀升。學校是小學和中學一起，一個年級只有十名學生左右。曾經因懸崖崩塌的落石堵住通學路，將近半年在家自習。搬到藏王水庫的工寮住時，有生以來第一次吃了西洋梨，因為太美味而寫在作文裡。放學回家的路上，摘百合和月見草回來，種在窗戶下方。冬天很辛苦，每天要撥開深及腰部的積雪，走兩公里以上。因為工棚的自來水結凍不能使用，青瀨和父親要下山到濕地，弄碎冰塊，以凍僵的手汲水到桶子，回程重到手臂快脫臼。父親會撫摸他的頭說：「小稔好強，真努力啊，你一定能夠成為超人力霸王！」汲回來的水儲存在工棚的木桶。喝著有木桶味的水，渴望春天到來。九太郎討厭喝木桶的水，牠會嚷嚷「好臭、好臭，給我喝果汁」，惹全家發笑。

岡嶋在樓下呼喊。

光線在矢作水庫真的是客人。工棚位於V字型的谷底，太陽在上午十點上升，下午三點落下。山腳才被旭日染紅，馬上就變成青黑色，一大群烏鴉化為黑色暴風雪，攪亂天際。青瀨會和姊姊們玩撲克牌，度過沒有陽光的漫長午後。一天只有五小時的北光，彌足珍貴。

「喂～你在嗎？回一聲！」

語帶責難的叫喊完，岡嶋以一副提心吊膽的樣子現身：

「啊？你在放鬆個什麼勁啊?!」

「放鬆？少胡說八道！」

青瀨口乾舌燥地回嘴，站起身來。

岡嶋用提高警覺的眼神，窺視更衣室：

「有什麼發現嗎？」

「什麼也沒有，只有這個。」

岡嶋看了椅子一眼：

「不是你搬進來的嗎？」

「我沒有。」

「那麼，你的意思是業主搬進來的囉？」

「如果不是小偷搬進來的話。」

「這種時候少鬼扯了！」

岡嶋皺緊的眉頭一下子鬆開了，眼眸中浮現好奇之色：

「喂～這張椅子搞不好是……」

岡嶋一面說一面彎曲膝蓋，手伸向椅子。青瀨問：「怎麼了？」岡嶋滿臉興奮地回頭：

「這是不是陶特的椅子？」

「陶特……？你是指布魯諾．陶特嗎？」

「還有其他陶特嗎？」

岡嶋八成有過一段崇拜他的時期，難以置信地反嗆。

布魯諾．陶特（Bruno Taut）是德國的建築師。昭和初期，他受到納粹政權的迫害，逃離柏林，遠渡重洋來到日本，「重新發現」了桂離宮的建築之美，致力於普及日本的工藝品並提升設計品味，這點知識青瀨好歹還有。對於學生時代錢全花在勒．柯比意和喬賽亞．康德（Josiah Condor）的他而言，陶特只是記載於近代建築史年表的一個名字。他對陶特印象不深，是因為陶特幾乎沒有機會在日本展現建築設計的本領。相對地，旅居日本時的康德，有鹿鳴館、尼古拉堂和岩崎宅邸等知名作品。

但是，岡嶋說的「陶特的椅子」這個關鍵字，他似乎也在哪裡聽過。

「這是在骨董店買得到的東西嗎？」

青瀨一問，果不其然被岡嶋狠狠地駁斥：

「怎麼可能？現存的作品應該全部被妥善保管著。」

「那麼，代表這是贋品？」

「一般來說是這樣沒錯。可是，它看起來很像真品。」

岡嶋一臉認真地說，一屁股坐在椅子上。

「你看過真品嗎？」

「我坐過。」

他的語氣變得有些得意：

「熱海的別墅有，就是那間有名的日向宅邸。現在歸某間公司所有，直到幾年前都還被當作休閒設施使用。這是陶特待在日本時，某位企業家拜託他改建自有的別墅，當時的日用品也是陶特設計的。我是大學畢業後馬上去的，椅子應該是放在大廳……嗯～坐起來也是這種感覺。」

青瀨想到了，不是聽說，而是看過報紙報導的文章；相隔幾十年，在某處發現了陶特設計的椅子。但是，他不甚感興趣，就跳過了。

青瀨以指尖戳了戳椅子的背板：

「假如它是真品，會怎麼樣？」

「會怎麼樣……」

岡嶋露出皺眉沉思的表情：

「如果是業主搬進來的，說不定他和陶特有某種關係。」

青瀨含糊地點頭。和吉野一家人不在這裡的理由一樣，感覺這不是思考就能想通的事。

「所以，接下來怎麼辦？」

岡嶋起身說道。不知不覺間，臉上恢復了略顯不安的表情。

「如同預定計畫，去吃午餐。」

青瀨回道。岡嶋瞠目結舌：

「不報警嗎？」

「又沒有東西被偷。」

「亂講！這明顯是被侵入住宅了吧？」

「嚴格來說，我們也一樣。」

「你認真聽我說！大門的門鎖被破壞了欸！」

「我之後找業者修理。」

「你啊……」

「我不想把事情鬧大。」

青瀨加強了語氣。如今，他只是替沒有主人的這間房子感到強烈的悲哀。他無法忍受再讓警察進入搜查，變成被人說三道四的房子。

岡嶋沉默，然後故意長嘆一口氣之後，又開口說：

「撇開小偷不說，應該在的業主不在，這件事也不告訴警察，可以嗎？」

「你看到腳印了吧？那是三流的小偷，也沒有和屋主家人爭鬥的痕跡。業主只是沒有搬進來。如果有必要調查，我來查。」

「怎麼調查？」

「我就說了到蕎麥麵店再討論。」

「青瀨，不要不耐煩嘛！」

「你才是，不要像個縮頭縮尾的鄉巴佬一樣。」

岡嶋嘟起嘴巴：

「我是在說社會的常識。」

「大學畢業和大學輟學的常識不一樣。」

「喂～別說得好像你很自卑一樣。」

「既然這樣，那就是老闆和受雇員工的責任感差異……走了，吃飯去。」

「椅子就這樣放著嗎？業主來之前，大門自由通行耶。」

「不然要搬出去嗎？那麼一來，我們才是小偷。」

「說不定是陶特的椅子喔。」

「就算是，對於小偷而言，也只是破銅爛鐵。」

結果，他們將椅子搬進更衣室。岡嶋說「別撞到，也有萬分之一的可能性是真品」，小心翼翼地搬移。

青瀨先來到走廊，岡嶋沒有跟過來，他只好折返，看到岡嶋面向北邊窗戶站立的背影。岡嶋一動也不動地站了好一陣子。

「不過啊，幸好沒有被縱火。」

岡嶋一面下樓，一面碎唸。

從他的口吻來看，似乎不只是在說陶特的椅子。

10

早已過了中午，鏈本屋的客人也稀稀落落。青瀨和岡嶋點了名產手工蕎麥麵和當季的天麩羅，兩人像是在向老闆致敬似的，吸食蕎麥麵的聲音響徹店內。

來這裡之前，青瀨搜尋鎖匠，打了電話，對方說傍晚能來Y宅邸。青瀨無意欺騙，但是對方好像認定他是Y宅邸的屋主。

青瀨檢查了所有散落在玄關瓷磚地板上的紙片，公共費用有確實支付，每個月的電費、瓦斯費和水費都在基本費用內，從帳戶扣款。

「這代表業主有意思要住吧？何況電話也沒有停止通話。」

岡嶋一面倒著蕎麥麵湯一面說。

青瀨默默點頭，吃太飽也是他懶得和岡嶋爭論的原因之一。

「就算是這樣，聯絡不上業主，還是令人擔心。」

「嗯。」

「首先，到公所申請戶籍謄本，確認業主是不是從田端遷入了這裡。」

「好。」

「最近就算循正常程序向戶籍課申請，也申請不到。你在建築指導課有沒有認識的人，可以協助確認申請？」

「倒也不是沒有。」

「你請對方有技巧地問一問住民課。如果沒有遷入，就到北區的區公所查遷出。你在那邊有沒有認識的？」

「我待會看一下名片。」

「啊，如果松井主任還在，就能問他了。交給我辦吧。」

「是嗎？那就拜託你了。」

「假如區公所不肯出示證明，只好去孩子的學校打聽了。如果田端和這邊雙管齊下，應該能知道他們一家人在哪裡。」

每一種方法都是在車上想的。但是，第一件該做的事，應該是去田端的租屋一趟。雖然電話解約了，但是沒有吉野一家人搬走的確證。

「我想應該申請不到，但也申請看看房屋登記簿謄本吧。如果持有者換人了，就代表事有蹊蹺。」

「是啊。」

「我問你，你真的不知道業主的工作地點嗎？」

「我不是說過我不知道了嗎？」

岡嶋說「好啦、好啦」，避免被炮轟，接著說：

「在上市企業工作的人，就算不被問自己也會說。呃，你說是進口雜貨的批發商？不大間吧？再說，那種公司在東京多的是……」

青瀨說「不」，打斷了他：

「說不定他辭職了。」

「咦?!」

「他說過，有一天要自立門戶。」

「自立門戶？何時？」

「就是有一天。他說過，他想要做網路販售，正在學習。」

「你早點說嘛！」

「他說正在學習。言下之意是，有一天想做。」

岡嶋左耳進右耳出，以一副不置可否的表情說：

「這代表他有可能已經辭職，開始進口雜貨的網路販售了。」

「是有這個可能。」

「網路販售啊～真要找，或許會比找公司更困難。」

「或許吧。」

「話說回來，進口雜貨的範圍太廣了。他有沒有說賣哪裡的哪種商品？」

「我沒問。他只說過，他工作的地方什麼都賣。」

岡嶋做出舉手投降的動作：

「不過啊，要自立門戶，代表他有點錢吧？Y宅邸也是沒有貸款，全額支付。他是資本家嗎？」

青瀨偏頭不解：

「就算是資本家……他在田端的住處是屋齡四十年的租賃屋，而且生活也說不上奢侈。」

「也有可能是因為這樣才有錢啊。他幾歲？」

「比我們小五歲。」

「四十啊。好年輕～也就是說，和大阪那個客戶一樣，資金是來自父母的遺產嗎？」

「他從沒提過資金的事。」

「說不定自立門戶，生意失敗，資金用完了。」

「你的意思是，他欠了一屁股債，跑路了嗎？」

「有可能吧。所以等於我們公司是在他還有錢時，收取了設計費和監工費，所以才沒被倒帳的吧？」

「倒帳？這可是《二〇〇選》介紹的房子耶。快要競圖了，你是不想被人傳出奇怪的謠言吧？」

青瀨說出了事務所老闆的真心話。岡嶋轉向一旁，噗哧一笑，隔一會兒才把頭轉回來：

「話說回來，業主為什麼選擇信濃追分？」

「嗯？」

「隱居山林的理由啊。從東京搬到這種鄉下地方，工作和生活都不方便，孩子的教育應該也很辛苦。」

青瀨曾經若無其事地問過吉野同樣的問題。吉野說：「總有辦法。公司的工作很彈性，而且如果自立門戶，就能在家工作。我想讓孩子在大自然中輕鬆長大。小學很近，國中也能騎自行車上學，沒有任何不便……」

這樣說著一家人的未來藍圖，吉野的表情卻有些陰鬱。可能孩子當中，八成是最小的男孩，在學校有嚴重的問題。之所以這樣想，是因為青瀨有段期間也為發生在日向子身上的霸凌事件煩惱不已，認真地考慮讓她轉學。

「最大的原因應該是想要改變孩子的就學環境吧。」

「孩子？像是遭到霸凌嗎？」

「業主沒說，但是我這樣覺得。」

「原來如此啊……在都市的話，天真的孩子很辛苦。恰好父母從很早之前也嚮往鄉下生活，既然如此，乾脆搬到鄉下，是這樣嗎？」

「如今並不罕見吧？」

「是啊，移居鄉下倒也是一股風潮。」

岡嶋一臉能夠接受的表情點頭，然後突然茫然地注視空中：

「進口雜貨和陶特的椅子啊……好像正好吻合，又有點不太對勁。」

「是啊。」

「真是令人好奇，陶特為何牽扯其中呢……？啊，我給你陶特的書，你看一下。我有一箱。」

「書啊……寄來再說。」

「還有，如果你要去熱海，告訴我。我替你帶路。」

「嗯，到時候拜託了。」

「如果從陶特的方向下手，再來是高崎和仙台。你知道『洗心亭』嗎？」

岡嶋的說話速度變快，手伸進懷裡，好像手機在震動。

「啊，您好您好。讓您特地打電話來，真不好意思。我原本想要今晚打電話給您。」

青瀨蹙起眉頭，揚了揚下顎，指著店外。岡嶋已經起身了：

「咦?!真的嗎？袴田議員也在？哎呀，真榮幸。」

青瀨看著岡嶋消失在店外的躬身背影，他聽過袴田這個名字。岡嶋稱他為議員，所以肯定沒錯，他是保守派的有力縣議員。

青瀨啜飲蕎麥麵湯。一個人時，輕微的厭惡感被胸中憤怒的洪流吞沒。

吉野這傢伙！

不知不覺間，他握緊了拳頭。自從和由佳里離婚以來，潛藏在某處，甚至連是否真的存在都不知道的凶猛情緒，像是找到爆發點般匯聚而來。青瀨告訴自己這件事不會就這樣結束，一定要做個了結，找出吉野陶太，質問他踐踏那間房子的理由。視事情和情況而定，他要……

「嗨！歡迎光臨。」

青瀨心頭一怔，抬起頭來。

看起來像是店主的老人，站在桌子的另一頭，面露和藹可親的笑容，表情和語氣顯示他記得青瀨之前來過店裡。

因此青瀨把心一橫，試著問：

「老闆，之前和我一起來的那個個頭矮小的男人，在那之後還有來嗎？」

老人開心點頭：

「有啊，他來了一次。」

來了？

「什麼時候？」

「我想想，去年十二月吧，不，當時還是十一月。」

十一月下旬……Y宅邸是在十一月三日交屋。

「他一個人嗎？還是跟妻子或家人？」

「兩個人，他和高個子的太太一起來的。」

青瀨面不改色地道謝。

就算問一百人答案也會一樣，除非是幼童，否則沒有人看到吉野香里江會說她是高個子的女人。

11

薄暮眼看變成夜色。

青瀨在看得見所澤街道的一帶，點亮雪鐵龍的車頭燈。半路上，他在S市放要去別的地方的岡嶋下車。青瀨知道那裡是袴田縣議員的地盤，但是他的思緒一直停留在信濃追分。

離開蕎麥麵店之後，青瀨和岡嶋前往區公所。建築指導課的主任記得青瀨，替他們傳話給住民課。或許該說是不出所料，沒有吉野一家人遷入該區的事實。為了慎重起見，他們也跑了一趟登記所，但是吉野宅邸的名義沒有變更，也沒有設定抵押權的記載。網路販售的生意失敗，欠一屁股債跑路這種假設立刻不攻自破。

青瀨重新握住方向盤。

尋找失蹤的客戶。對於展開如此非比尋常的調查，他的內心充滿困惑。昨晚還在腦海裡發生的事，如今成了事實。搜索沒有屋主的Y宅邸，親眼看到幾份公文書，想像世界之謎轉換為現實之謎。無論在地點或文件上，吉野一家人都沒有抵達Y宅邸。為何呢？他們究竟在何處漂流？

他和高個子的太太一起來的……

蕎麥麵店老闆的話要如何解釋呢？吉野香里江的身高約莫一百五十公分，因此可以認定去年十一月下旬，和吉野陶太連袂光顧蕎麥麵店的女人另有其人。但是，青瀨也和吉野夫妻三人去過那間店。然而，老闆卻誤以為高個子女人是吉野的太太。三人上門時，老闆是否待在廚房或者做別的事情，沒有看到香里江的身影呢？或是貿然斷定香里江為青瀨的伴侶呢？

後方響起喇叭聲，前方的交通號誌變成綠燈了。進入昭和大道，停車場已經很近。

換句話說，是這麼一回事：期待已久的自宅完成，但是吉野沒有搬家，也沒有變更住處，反而和不是妻子的女人出現在同樣位於輕井澤的蕎麥麵店。吉野和高個子女人，表現得形同夫妻……

不，且慢，事情未必如此。青瀨聽到老闆說吉野有來店裡，於是問：「他一個人嗎？還是跟妻子或家人？」老闆口中冒出「太太」這兩個字，說不定是因為考慮到自己是服務業，將乍看為中年情侶的人視為夫妻，是接待客人的禮儀之一，或者也可說是安全的應對之道。

但是，這樣的猜測一旦萌芽，就不會輕易消弭。兩人之間，是否有一種看在任何人眼中，都會誤以為是夫妻的親密感呢？吉野是雙面人，背後有另一張臉，而那正是吉野一家人遠離Y宅邸的理由？他不禁如此臆想。

青瀨下車，邁開步伐，後悔沒有更詳細地詢問蕎麥麵店的老闆。Y宅邸的答錄機也是如此，如果播放看看，說不定能夠獲得什麼線索。

「青瀨先生，你回來了。很晚耶。」

半熄燈的事務所內，剩下會計津村真由美。

「所長不是跟你在一起嗎？」

「我在半路放他下車……妳呢？不用去接勇馬嗎？」

真由美總是準時六點從座位起身。她三十二歲，離過一次婚，平時將三歲的兒子托給無照的托兒所。

「我拜託媽媽了。每次拜託，她都樂不可支。」

搞笑的口吻，令青瀨苦笑。青瀨曾經聽她親口說，她從前是不良少女，但現在除了有些鋒利的眉毛角度外，看不出半點痕跡。她從函授制的高職畢業，雖然不知道事情經過，但從岡嶋開始認真經營事務所的時候起，她就在這裡工作了。

「石卷和竹內呢？」

「竹內夜宿東村山，石卷先生從敷調直接回家。聽說今天是他太太生日。」

「是喔。」

昨晚吃豚骨拉麵，今晚吃蛋糕嗎？難怪他瘦不下來。

大概是受到石卷委託，真由美剛才正剪下燈具的照片，貼在要向客戶提案的板子上。在報紙大小的板子上畫隔間，以色鉛筆分別替各個房間的示意圖塗上不同顏色，在房間內貼上提案的燈具和家具的型錄照片。真由美挺胸說：「比起用電腦製作，這樣做客戶接受度絕對比較好。」雖非耳濡目染，但她一面做會計，一面開始幫忙做室內搭配，進步神速，令人佩服。圖稿她也能相當正確地解讀，若是資歷尚淺的竹內要畫什麼奇怪的線，她也會挖苦說：「啊，這種叫做『斯咪媽線』，對吧？」

「那個很趕嗎？」

青瀨問，真由美停下手邊的作業，一臉像是下定某種決心的表情，轉過頭來：

「不趕，只是……我很好奇。」

「好奇什麼？」

「Y宅邸怎麼樣？你見到吉野先生了嗎？」

青瀨覺得她將手迅速地插入他心裡。

這表示岡嶋告訴真由美出差的理由，不是「視察」。當然，眾人皆知Y宅邸的後續服務不順利，但顧慮到青瀨，大家平常都絕口不提。就算岡嶋只是說「我很擔心，去看一下」，但是連真由美都出口詢問，和岡嶋一鼻孔出氣，仍令青瀨感到不是滋味。忽然，石卷的玩笑話掠過腦海：真由美和所長絕對有一腿，這是男人的直覺……

「今天沒見到。但是不知道為什麼，入住好像延後了。」

「不會吧？還沒搬家嗎？」

高八度的聲音很刺耳。

「我這一兩天會去田端問一問。」

「你的意思是，吉野先生待在之前的家嗎？」

「因為沒搬家，所以應該是這樣。」

「試著打過電話了？」

「聯絡不上，所以想直接拜訪。」

「為什麼會聯絡不上？」

「因為有時候會先遷電話。」

這是回程車上，岡嶋像是安慰青瀨所說的一句話。青瀨照句搬來說，真由美也露出一副難以接受的表情。

「這個麻煩妳列印。」

青瀨從公事包取出數位相機，遞到一臉還想說什麼的真由美面前。青瀨拍下了Y宅邸主臥室內的「陶特的椅子」。他們和鎖匠碰頭之後，青瀨給他看大門的門鎖，鎖匠表示能夠上鎖。上鎖之前，岡嶋說「不行，要拍椅子的照片」，拉了拉青瀨的手臂。

「明天再印就好。」

青瀨想自己印，但是偷偷摸摸的也很奇怪。

眼前的電話響起，青瀨制止真由美說「我來接」，然後拿起了話筒。是金子營建公司的年輕老闆，青瀨設計的寄居市公寓正在施工。

「青瀨先生回來了嗎？」

「怎麼了？」

「啊，是青瀨先生嗎？我一小時前打過電話……」

青瀨看了真由美一眼，她好像才想起來有過這通電話，十分驚慌地做出雙手合十乞求原諒的動作。

「有什麼問題嗎？」

「是的。關於您上次指示的外牆ＡＬＣ高壓蒸汽輕質混凝土面板，廠商似乎怎麼也趕不上交期。可以變更成其他公司的同級產品嗎？」

「廠商說會晚多久？」

「十天到兩週。」

如此一來，會超出工期。

「我知道了，可以變更。」

「是嘛！哎呀，太好了。您果然通情達理。」

年輕老闆開心地列舉了幾款ＡＬＣ面板的名稱。青瀨指定金額接近的商品，補上一句「緊急時，可以打手機」，掛斷了電話。

真由美仍舊一臉抱歉的表情，雙手合十地面向青瀨。

「沒關係，不是什麼大不了的事。」

但青瀨的語氣變得不悅。

您果然通情達理……

毫無堅持的建築師，青瀨從年輕老闆的歡聲中嗅到一股侮蔑的味道。

「我先走了。」青瀨打了聲招呼，走向大門。刺耳的跟鞋聲追了過來。

「青瀨先生……我認為，那間房子是傑作。」

青瀨半轉著頭聽她說。

「這樣說或許很自以為是，雖然我只看過照片，但是我覺得很了不起。」

該說謝謝，但想到吉野一家人，青瀨吞下了到嘴邊的話。

真由美沉下臉來：

「我是說真的。它具有無人能夠模仿的獨創性。連所長也嫉妒，他說『哪怕只有一次也好，我想要設計那種房子』。」

青瀨留下僵硬的笑容，離開了事務所。

哪怕只有一次也好，我想要設計那種房子……假如岡嶋真的對真由美說了那句話，青瀨就無法嘲笑石卷的直覺了。

12

青瀨在外頭解決晚餐，回到公寓的住處，答錄機的指示燈在閃爍。他踢掉鞋子，衝進客廳，祈禱是吉野的留言，但是期待落空了。

他重振精神，按下子機的重撥鍵，整個人陷入沙發。是製圖師西川隆夫。撥號聲響了幾次之後，他本人接聽：

「嗨～阿青，還活著嗎？幾年不見了？十年？自從在『Candy』喝完酒之後，就沒見面了吧？你知道嗎？小媽媽桑加奈，跟那個裝腔作勢的亞曼尼大叔結婚了耶！」

西川一開口就重提紙醉金迷時代的記憶。

「你好嗎？」

「還好啦，老樣子。畫飽吃、吃飽畫，永無止境的人生。」

西川從設計專科學校畢業後，專畫建築的透視圖維生。使用透視技巧所畫的完成示意圖，又被稱為效果圖，西川似乎比較喜歡這種說法，自稱「效果師」。

「岡嶋好像跟你聯絡了？」

「是啊，所以我打電話給你。謝啦，介紹好工作給我，真的謝謝。」

青瀨為之語塞，這不像是西川的說話方式。

「別客氣了。我才覺得不好意思，擔心會不會在你忙的時候，塞麻煩的工作給你。」

「沒那回事，我閒得發慌。就算有，上門的也不是什麼好工作，真傷腦筋。總之，太好了。我老婆也很高興。」

「是嘛，那就好。」

「你記得一個叫做山根的製圖師吧？」

「啊，記得。他之前和你搭檔吧？」

「嗯。因為很多緣故，我們拆夥了。你猜那傢伙現在在做什麼？」

「他不幹了嗎？」

「他在新線一帶開計程車。我有一次碰巧搭到他的車，他說他和大多數人一樣，泡沫經濟瓦解之後，生意越來越差，沒飯吃了。我們講得大笑。聽說現在收入還勉強可以，不過啊，他完全不認識路，很笨拙地設定汽車導航。他也不是專業小黃。如果讓他畫圖，畫得可好了……」

剎那間，青瀨嘴唇顫抖，記憶在腦中閃回。

你辭職了？你主動辭職了？

大量的設計師事務所被景氣逼得形同停業。連原本靠政府吃飯，設計公共建築，受惠於協議契約的主流事務所，也因為協議契約的配額銳減，經營惡化。製圖師被淘汰也是理所當然的趨勢，但是連在業內獲得「一流」「一．五流」評價的西川和山根都站在失業線上，實在超乎想像。

「不過，阿青，你們公司的頭頭，相當能幹嘛。」

「什麼能幹？」

「他的眼光精準啊。那個『藤宮春子紀念館』超棒的。如果能夠順利得標的話，也能替事務所盛大地宣傳。」

青瀨不禁「啊」了一聲，藤宮春子，他清楚記得這個名字。

「這邊在地的那位畫家？」

「就是她啊。咦？奇怪，阿青，你不知道你們頭頭盯上了紀念館嗎？」

「啊，嗯，因為我們彼此都有點忙……那麼，正式決定要興建紀念館了，對嗎？」

「似乎是。或者應該說，你們頭頭最近要競圖。」

青瀨無聲地吁了一口氣。

哎呀，不是派出所或公共廁所那種沒水準的案子……

的確不是。藤宮春子的經歷接二連三地浮現腦海，她三年前，因為在巴黎郊外發生公車意外而喪生，是S市出身的畫家。一輩子從未結婚，單身了七十年，而且幾乎沒有公開作品，只靠在街頭販售明信片維持生計。但是死後，從她在巴黎市內的公寓，發現了超過八百幅的油畫和素描，大部分是以街頭的貧窮勞工和孩子為模特兒的人物畫。因為法國畫壇的重要人物讚不絕口，日本媒體也大肆報導，使遺屬在東京舉辦的追悼展大排長龍。去年春天，S市的篠塚市長相中她的高人氣，發布了興建紀念館的構想。他在記者會上極力主張要保護、保存遺作，但真心話應該是因為當地沒有像樣的觀光資源，想要將其當作招攬遊客的主打商品。

這在事務所內也有一段時間成為話題，但是岡嶋一臉意興闌珊地說：「媒體連續報導市政府和遺屬的交涉牛步，而且就算興建計畫變得具體，也是以億為單位的物件，應該會是以東京知名設計事務所為對象的指定競圖。」

「欸，阿青，今後就麻煩你了。我也會全心全意地畫。那麼，請替我向你們頭頭問好。」

「啊，西川兄。」

青瀨快速地制止西川掛斷電話：

「你可以當作我們沒有講過這通電話嗎？」

「什麼？」

「從所長口中聽到紀念館這件事時，我想要表現得很驚訝。」

青瀨用笑聲掩飾著說，但是對於熟知建築師心理的西川不管用。在他開朗地回應「了解、了解」之前，停了一小段時間，八成在揣測青瀨和岡嶋的關係。

青瀨握著啤酒罐來到陽台，想要稍微吹一吹風。他神情恍惚地注視夜景，街燈閃爍得很用力，因為空氣在晃動。

難道是市政府和遺屬談妥了嗎？興建紀念館原本沒有下文，如今死灰復燃。岡嶋迅速掌握資訊，努力行動以獲得指定。要參加競圖，首先必須被列入S市的指定業者，所以岡嶋頻繁地和縣市官員見面，推銷「岡嶋設計事務所」。之所以透過關係接近袴田縣議員，也是因為S市是他的地盤，岡嶋想私下拜託，請他向市長和委員會說項吧。青瀨想起在赤坂的事務所跑腿時，上頭曾經要他到處跑公所「播種」，以獲得指定，但建築課的官員個個冷淡地問他：

「你沒有議員的介紹信嗎？」

青瀨以啤酒潤喉。

被局外人西川知道岡嶋的心思，青瀨甚感尷尬。另一方面也覺得，如果不是自己而是別人，是否會大為光火？以億為單位的物件競圖，單一名建築師根本無法勝任。如果事務所不團結一心，研擬創意、構畫圖稿，就無法站上戰場。但是，岡嶋只拜託青瀨介紹製圖師，還因為自己沒有追問，甚至完全不打算透露紀念館的事，儘管今天一整天他們都在一起。他知道青瀨喜歡驚喜，難道是打算等到確定成為指定業者，再開香檳公布嗎？不，或者他……

想要排除青瀨，自己做這個案子。

當所長的人也會嫉妒啊。

青瀨看得出來，岡嶋拚命地經營事務所。興建紀念館，可說是天賜良機。如果以東京的事務所為對手，在競圖中獲勝，打造一定水準的建築物，就可望被其他地方政府指定，累積公共競圖的成績。縱然金額小，也能定期獲得協議契約。泡沫經濟瓦解的後遺症，滲透至各行各業的末端，如今所到之處都在進行淘汰，或許必須具備積極進攻的態度才行。前提是，岡嶋的想法究竟是否僅止於此？青瀨凝望沒有星星的夜空，想像力朝某個方向延伸。

八成有什麼引爆點。紀念館競圖這件事，點燃了岡嶋心中的火。有一瞬間，不是身為經營者，而是作為建築師的靈魂振奮了起來。岡嶋試圖打造「岡嶋昭彥的作品」，而不是讓事務所出名的廣告塔。

話先說在前頭，我可不打算一輩子就這樣了……

過去一直以為那是經營者的野心，但是或許小看他了。不過，岡嶋已經四十五歲，不可能還夢想走「建築師升官路」——在大型事務所完成數間商業建築，自立門戶，在公共競圖中不斷獲勝，不久之後，接受國際競圖的邀請，完成名留青史、入選一等賞的建築物，名利雙收。做這種「人生贏家」的夢，應該是從前的事，現在想起來都會臉紅。不只是岡嶋如此，包含青瀨在內，每天為了工地的工作忙得不可開交，有數不清的建築師也都是這樣。

倘若如此……

是魔法嗎？如同青瀨之前一樣，岡嶋也被施了魔法。替死於非命的高傲畫家，蓋一間能夠獲得永恆生命的藤宮春子紀念館，讓她雖死猶生。假如這個甜美的想像，是驅動岡嶋的咒語……

青瀨回到客廳。風完全奪走了他的體溫，但是額頭有低燒般的微溫。

他直接走到隔壁房間，一把抓住幾本書櫃的雜誌，拖了出來。那是廣告雜誌，向沒沒無名的設計事務所和營建公司收取廣告費，刊載他們的「自信作品」，並極力稱讚。青瀨盤腿坐在地板上，翻開其中一本。那一期是特輯，刊載蓋於形狀怪異、狹小土地的住宅。貼著便利貼的那一頁，刊載著吉野夫妻說讓他們一見鍾情的那棟位於上尾的房子。青瀨忘了問，但他們八成是看到這本雜誌而跑去當地。

「我們在信濃追分有一塊八十坪的土地，建築資金能夠拿出三千萬圓。一切交給你，青瀨先生。請蓋一間你自己想住的房子。」

青瀨從白天就一直在尋找躲在那個咒語背後的欺瞞把戲。

吉野一家人的臉依序浮現，據說夫妻一起生活久了，連長相都會越來越相似，吉野和香里江正是如此。兩個就讀國中的女兒、小學一年級的老么，面貌果然也和父母是一個模子刻出來的。看起來幸福的一家人，被擁有自宅的喜悅和亢奮感包覆的一家人。只有一點除外，就是那個稚嫩的眼眸，那個以猜疑的目光盯著青瀨的眼眸……

難道他們是假面家庭嗎？一家人的心其實已支離破碎，但卻各自掩蓋現實，發揮媲美演員的演技。只有男孩訴說真相，吶喊著：我再也受不了這樣了！

這種想像，令青瀨背脊發涼。

當初懷疑是學校的霸凌，但後來又想，說不定他只是不高興，純粹是個被慣壞的孩子。如今，青瀨看到了別的原因。「高個子女人」撕裂了吉野一家人的情感。因為沒有其他資訊，所以思緒漂流到那個狹小的海灣。

青瀨喝了一大口啤酒，將啤酒罐放在翻開的雜誌上，水滴逐漸滲入上尾的狹小住宅。這就是起源，這間小房子和吉野夫妻的偶然相遇，產生了魔法。

青瀨注視自己的手。

有什麼改變了嗎？

蓋Y宅邸前和蓋好之後，自己心中有了什麼改變呢？

肯定變了。他從原本逃進的敗犬巢穴中爬出來，拋棄自虐的姿態，按照被賦予的新生命，冀求自己想要打造的房子。內心像是長出了翅膀一樣，十分輕盈。自由地來去過去和未來，澆鑄所有經驗、知識、感性和靈魂。站在完成的房子面前，深吸一口氣，讓空氣填滿胸腔，向無邊無際的天空，傳達百感交集的情感。好想讓父親看到，好想讓由佳里知道，融合木頭和光線，「青瀨稔的作品」完成了。那一天，那一瞬間，青瀨是「建築師」。雙腳踏著大地，堂堂正正地抬頭挺胸，對世界報上姓名說：「我在這裡。」

不久之後，魔法解除了。吉野音信全無，時光流逝著，像是一層一層被剝掉薄皮似的，自信越來越消瘦。那不是一間特別的房子。青瀨成為自己說出口的話的俘虜，召喚暗鬼進入心中，最後內心被啃破一個洞，逃回巢穴，變回一介建築工，屏息躲藏。人生開倒車，他又變回那個看客戶的臉色、被營建公司的人抓住弱點卻不心痛，無感而遲鈍的建築工。但是……

他建造了，建造了那間房子。

他以有形的物體，實現了自己的理想。

不可能什麼都沒有改變。應該有證據可以證明，這具身體、這股熱情、這個精神的哪裡有了改變。

青瀨將拳頭落在大腿上，兩下、三下地捶打。

咚……咚……咚。

什麼也沒有發生，一點反應也沒有。青瀨若是住手，這個大得可怕的一房兩廳便唯有寂靜。

13

接下來的幾天，青瀨忙於和客戶開會、辦理事務手續，即使想要動身卻不能出發。他到了週末才前往田端。地址位於田端，但是在駒込站下車比較近。走出位於鐵橋下方的東出口驗票口，在「Azalea 大道」步行一陣，穿越名為「田端銀座」的商店街。這一帶保留濃厚的老街風情，彎曲細長的路旁，各種傳統店家櫛比鱗次。銷售員發出中氣十足的吆喝聲，烤雞肉串和熟食的香味撲鼻，整個街道生氣盎然。擁擠的人潮和悶熱的感覺讓人產生錯覺，以為是有祭典或廟會的日子。

每次走在這裡，青瀨會想，水庫的工棚也是如此。人與人之間的距離好近，對話親密。唯一不同的是，這裡的時間持續流動，工棚的時間卻不是。水庫一峻工，時間和人的關係就一刀兩斷，一個社區隨之消滅。沉入水底的並不只是「故鄉的村子」而已。

青瀨在店頭請老闆將糯米糰包起來，茫然注視著來來往往的老人們的臉。倘若在這個城鎮生長，自己會過著怎樣的人生呢？能夠不離開不想離開的事物、不逃離想要逃離的事物，若是他被賦予的是這種人生的話……

青瀨收下找零，邁開步伐。這個城鎮其實也在漸漸改變形貌。在商店街的前方轉彎，稍微走幾步路，傳統住宅區慢慢遭到蠶食，大樓或公寓的嶄新外牆開始映入眼簾。聽說有許多人在泡沫經濟時期，因為付不出遺產稅而出售土地。在這個新舊街景互別苗頭的街區，林立著兩間獨棟的老舊租屋。北側蓋著雅致的公寓，南側是空地，變成了包月停車場。

「吉野」的門牌被卸下來了。

青瀨悠悠地吁了一口氣，內心深處做好了嘲笑自己過慮的準備。岡嶋去區公所查詢遷出，得知對方並未提交遷出申請書，所以青瀨還抱著一絲希望。但是，沒有門牌。如果吉野一家人不在信濃追分，也不在這裡，那麼「一家人間蒸發」就越來越有可能是真的。

青瀨按了門鈴，但是沒有人應門。門口的拉門上了鎖，和Y宅邸一樣，每個窗戶的窗簾都毫無縫隙地拉上了。

青瀨一籌莫展，繞到隔壁的租屋看看。面向馬路的房間落地窗敞開，一名滿臉鬍鬚的老人，躺臥在又薄又硬的棉被上，正在咒罵一名看似居家照顧服務員的中年女子。青瀨伸長脖子，等待老人的目光轉向這邊，向他搭話：

「不好意思，隔壁不在家嗎？」

「我哪知道！」

青瀨結結實實地被颱風尾掃中。

「我們完全沒有來往。倒是這個老太婆，居然嫌我髒，叫我去洗澡。我髒？玩笑話去說給妳老公聽！」

青瀨只打聽到房東的住處。據說房東姓野口，住在十字路口右轉、往前走一段路一間有庭院的紅色屋頂房子。青瀨一下就找到了。他是一個五十歲上下、邋遢的胖男人，將水管拉到房子前面的馬路上，正在洗比屋頂更紅的ＢＭＷ。

青瀨遞出名片和一包糯米糰。他原本想要在租屋處和吉野重逢之後，請他泡茶，一起吃糯米糰。

青瀨簡短地說明原委，吉野沒有搬到新蓋的房子，自己擔心他而來看一看……

野口好像一點也不驚訝：

「噢，說到這個，吉野先生說他要搬去長野。」

「他有說嗎？」

青瀨忍不住確認道：

「他有說具體地點嗎？像是信濃追分或輕井澤？」

「沒有，他只說長野。」

「只說長野……他是什麼時候說的呢？」

「搬家的前一陣子。」

「這邊什麼時候退租的？」

「呃～去年的十一月中旬。雖說是搬家，但是他一個人，行李應該也不多。」

一個人？青瀨懷疑自己聽錯了。

「他有家人吧？」

「好像很久以前就離婚了。」

離婚？很久以前？青瀨的腦袋在空轉。

「請問，離婚是什麼時候？」

「不曉得，什麼時候呢？租屋的事一直是家母在處理，她最近住院了。我只聽說，他老婆帶著孩子回娘家去了。」

「回娘家去了……這樣的話，說不定不是離婚，而是分居兩地吧？」

「原來如此，或許是那樣。」

眼前的中年男子看起來非常青澀，難道他到了頭髮開始變得稀少的年紀，還一直依靠父母生活嗎？

「為什麼會變成那樣？」

「你指什麼？」

「他老婆回娘家的原因。」

青瀨的腦袋中央浮現「高個子女人」。

「不知道。家母也說她完全不知道。」

「你知道他老婆的娘家在哪裡嗎？」

「不曉得，完全不知道。」

中年男子沒有提供任何一個有用的答案。

「他老婆很久以前就帶著孩子離開了……那麼，吉野先生後來獨自住在那間房子，對嗎？」

「我想是這樣沒錯。」

我想是這樣沒錯？

「很久以前，是多久以前？」

「啊，我不太知道。我和他們沒有接觸。」

「可以請你問令慈嗎？」

「哎呀，這個嘛，她在住院，開始痴呆了。因為這個緣故，總是發脾氣，對內人亂丟東西，最後在玄關摔了一大跤。」

「這樣啊……」

「欸，就算吉野先生離婚，也跟我們沒有關係。只要房租確實匯入帳戶，我就不會去管他。現在跟從前不一樣，房客囉哩叭嗦，動不動就說要保留隱私什麼的。」

青瀨隱藏厭惡，點了點頭。

他一時之間理不清思緒。無論是離婚或分居，吉野一家人離散了。既然中年男子說「很久以前」，應該是半年或一年前，不，說不定是更久之前。倘若如此，事情就怪了。難道他來委託青瀨設計房子時，就已經……

懷裡的手機震動，青瀨稍微向後退，向野口簡短道謝，然後背對他。

「啊，我是金子營建公司的金子。非常抱歉在您外出時打擾。我照您所說，打您的手機。」

下一秒，年輕老闆的恭敬態度突然瓦解：「哎呀～傷腦筋啊，又出包了。送來的紗窗窗框，不是指定的灰色，而是黑色。這是廠商方面的發包疏失，我叫廠商處理了，但是如您所知，工期很趕。我想這時讓廠商欠我們一個人情，請廠商在其他材料的報價單回饋，您覺得如何？」

青瀨閉著眼睛聆聽。

「青瀨先生……？青瀨先生……？您在聽嗎？」

「請按照指定，使用灰色。」

「咦……?!」

「按照指定。」

這不是憤怒。他想要保護Y宅邸，所以想藉此在信濃追分的台地、在自己心中，釘入一根木樁，以平息自己的動搖。

14

隔著民宅的屋頂，看見彷似校舍的建築物。

青瀨加快了腳步，他的內心著急，思緒卻正好相反，在原地踏步。他的驚訝程度達到了驚愕，吉野夫妻分開了？是真的嗎？

看到小學的側門上垂吊著掛鎖，他才想起今天是週六。不，想要跑來學校詢問吉野的兒子轉去的學校，就證明了他已經失去平靜。吉野的兒子剛上小學，若是吉野夫妻「很久以前」就分開的話，當時還是學齡前。

青瀨轉身，但是走沒幾步，就意識到自己沒用大腦，咂了個嘴。吉野還有就讀國中的女兒啊。無論「很久以前」是幾年前，在一家分崩離析之前，起碼小女兒應該還在念這間小學。如果知道轉學的學校，自然就能找到香里江的娘家。

青瀨隔著滑動式的鐵門，環顧校園，杳無人影。凝眸注視四層樓的校舍，一樓有看似教職員辦公室的大房間，但是室內昏暗。眼前的鐵門掛鎖生鏽了，當他下意識摸到緊密嵌入的上鎖部分時，背後發出女人僵硬的聲音：

「有什麼事嗎？」

青瀨大吃一驚，回過頭去，一名中年女子從自行車下來，目光詫異地從眼鏡後頭注視著他。就算不開口詢問，大概也猜得到她是這間學校的教師。

「沒有……」

青瀨支支吾吾。女教師之所以露出明顯的戒心，是因為最近發生了幾起男子侵入學校的殘暴案件。或許是青瀨躊躇之間舉動顯得可疑，教師蹙起眉頭，像是在威嚇般地抬頭挺胸說：

「如果有事的話，請說。」

青瀨立刻從懷裡探尋名片夾。一級建築師的名片大多能夠獲得對方的信賴，但是今天和平常去勘察土地而遭人起疑的情況略有不同。

女教師的目光落在名片上，表情依舊僵硬，微微抬眼望向青瀨：

「你不是家長吧？」

那確信的口吻，令青瀨稍受打擊：

「嗯，不是。事情是這樣的……」

青瀨想要證明自己不是可疑人士，極度謹慎地訴說內情。他替吉野這家人在長野蓋了房子，但是他們沒有搬過去。以為他們還住在田端而造訪租屋，但是已經退租了……

「所以我想，如果知道孩子轉學的學校，就能找到他們的父母。」

女教師沒有點頭。

「妳記不記得姓吉野的女學生？說不定她們姊妹有一段期間在這裡就讀。無論如何，我想，她們念到一半就轉學了。」

「這件事很奇怪。」

女教師以強烈的口吻反駁：

「你蓋了房子，為何不知道那個叫吉野的人的住處？」

「那是因為……」

「錢嗎？」

「嗯?!」

「譬如他沒有付蓋房子的錢。」

原來如此，突然聽到人間蒸發，會往那個方向去想。

「不是，錢方面一點問題也沒有。」

「既然這樣，為何有必要找他？」

「因為擔心。」

這句話自然地脫口而出，女教師霎時露出了畏怯的表情。

「我很擔心，不知道他去了哪裡，希望獲得尋找他的線索。能不能設法幫我查一下呢？」

青瀨不該連珠炮地說個不停，女教師似乎想扳回劣勢，目光再度變得犀利：

「你們如果關係那麼親密，不用問學校，應該也有許多辦法查吧？」

「我們並不親密，充其量只是客戶和設計師的關係。」

「既然這樣，告訴警察不就好了嗎？」

「我也想過，但是假如吉野先生什麼事也沒有，我擔心會給他添麻煩。」

「就算是這樣……」

女教師窮於應答，但這反而又讓她振奮起來：

「我們也很困擾。你說的盡是些令人無法相信的事，如果輕易相信，怎麼能保護學生？最近才發生這樣的事，有一個奇怪的男人，想要獲得學生名單，在家長之間到處打聽，他撒了個煞有其事的謊，說是因為印刷疏失，想要回收。一個三年級的女生，也被開車的男子問了名字和電話號碼。之前還有個學生，差點被人拖進車裡。總之，最近人心惶惶。」

青瀨失望地吁了一口氣：

「妳待在這間學校很久了嗎？」

「很久了。怎麼樣？」

「妳對吉野這個女學生有印象嗎？」

「我說過了……」

「能不能讓我和校長或教務主任聊一聊？」

「我不能傳達家長之外的人的話。」

女教師斬釘截鐵地說，指尖夾著青瀨的名片退還給他。

青瀨氣得腦充血：

「如妳所說，說不定改天會演變到警察介入。如果警察來的話，妳就會說了吧？」

多說無用，她已經滿腦子只有趕走眼前男人這件事了。

「那很難說，因為也有壞人假扮警察。」

15

沒有葉子的樹木，無法訴說起風與時間的流動。

青瀨沒有原路返回，而是穿越細窄的小巷，來到不忍大道，因為他想起動坂下的馬路旁，有從前和吉野陶太去過的咖啡店。

如同記憶，「角落」咖啡店就在十字路口的轉角。店內有幾個客人，服務生請青瀨落坐四人座，他點了咖啡。吉野說不定是這間店的常客，青瀨是來確認這一點的，但是他不想馬上詢問。

如果假裝偵探，到處打聽毫無關係的人，會被人起疑。剛才的女教師就是好範本。

你不是家長吧？

這代表青瀨看起來不像是有孩子的父親，否則，就是被視為不適合出現在教育環境裡的人。是因為穿著黑色皮革的短大衣嗎？或者不是打扮，而是身上散發的氛圍嗎？自以為是獨行俠的建築師多的是，看在青瀨眼中，也覺得他們身上有一股不同於一般上班族的氣質。凡事都必須有特色，從事這份工作，這種接近強迫觀念的自我意識總是如影隨形。

不，和這種事無關，或許只是青瀨這個男人的真面目，或本性被看穿了而已。身為父親的情感和責任，都在一個月一次的會面強塞給女兒，然後像毫無家累般，厚顏無恥地在社會上行走。這種奇怪的生活方式，被初次見面的女教師察覺到了嗎？

身材瘦高的老闆端了咖啡過來，青瀨靜靜看著，在心中說：「我不是福爾摩斯，也不是華生。」實際上，如果是偵探，會怎麼做呢？一定還在租屋的周邊徘徊，徹底搜尋附近的人家，找出吉野的孩子們的同學。應該也會尋找搬家業者，試圖查明吉野將家具從租屋處搬去了哪裡。但他呢？首先，要冷靜。要讓頭腦冷靜，掌握實際狀態。若是結合蕎麥麵店老闆的證詞以及剛才房東說的話，會浮現什麼真相？

青瀨喝了一口咖啡，將杯子放回碟子，雙臂環胸。

很久以前……吉野香里江帶著孩子們回娘家去了。從此之後，吉野陶太獨自生活在那間租屋。Y宅邸交屋是去年的十一月三日，同一個月的中旬，他告訴房東要搬去長野，退了租屋。但是，他沒有搬到Y宅邸，反而在下旬，和高個子女人出現在中輕井澤站前的蕎麥麵店。

大腦在抗議著，覺得整件事聽起來像是充滿惡意的鬼話。Y宅邸交屋那一天的記憶很鮮明，吉野夫妻對於房子完成，打從心裡感到高興。當時，他們兩人已經不是夫妻？怎麼樣才能相信有這種事呢？

然而……然而，他們一家沒有搬到Y宅邸，如今下落不明，這是無可動搖的事實。

青瀨閉上雙眼，眼皮顫動著。

假設他們從很久以前就處於分居狀態，這種狀況持續到Y宅邸交屋時。往前回溯，委託設計時如何呢？吉野夫妻第一次拜訪青瀨，是去年的三月，那是「很久以前」的更久之前嗎？

還是之後呢？

應該是「之前」。當時，吉野夫妻相處和睦，所以提起了興建自宅的事。也就是說，吉野夫妻的感情交惡，是在委託設計之後。在青瀨畫圖稿，進行Y宅邸的興建，到交屋為止的八個月之間……

什麼時候？吉野夫妻的感情是在八個月的哪個時間點，出現了裂痕？

什麼也想不出來。吉野夫妻的樣子從委託到完成，一直沒有改變。縱然不算鶼鰈情深，但看起來是會分享許多事，並對一些事睜一隻眼閉一隻眼，相當融洽的夫妻。青瀨曾經想像由佳里和自己的關係與他們重疊，注視兩人的臉，心想：「我們為何無法變成他們這樣？」青瀨有眼無珠嗎？不，姑且不論夫妻吵架之類的事，倘若分居或離婚，應該能夠察覺到某種異常。但是，他們沒有婚姻破碎的徵兆，甚至感覺不到不和協。吉野夫妻一心盼望著房子完成，時至今日，青瀨也覺得唯獨這一點無庸置疑。

既然如此，是「之後」吧。很久以前，吉野夫妻的感情一度陷入危機，然而，他們重修舊好了。雖非雨過天晴，但是正因為家人的情感更加堅固，所以興建自宅才得以實現。

這樣很合理，但是，和房東說的話不一致。房東說：「吉野退掉租屋時是一個人。」一再說，若是夫妻之情修復，為何交屋後讓Y宅邸空了四個月？難道是他們破鏡重圓，房子完成之後高個子女人恬不知恥地冒出來，毀了一切？

青瀨不能理解，無論是「之前」或「之後」，事情的演變都令人無法接受。

有必要懷疑一下房東的判斷。吉野夫妻確實分居了，然而，理由不是夫妻感情不睦，而是有某種進退兩難的隱情，讓一家人無法住在一起。譬如說，吉野借了一大筆錢，因為討債討得緊，他為了保護妻小，讓他們回娘家緊急避難，或者只是文件上的離婚，以免累及家人。若是如此，就和房東說的話不矛盾。但是……

短短八個月內，會陷入那種窘境嗎？吉野委託青瀨設計時，毫不缺錢。他沒有貸款，準備了三千萬圓的建築資金，信濃追分的八十坪土地也是自有的。

那正是引發進退兩難的原因嗎？就四十歲的上班族而言，他擁有的資產太多。青瀨原本輕率地認為，應該是父母的遺產，但說不定那正是盲點。進口雜貨的批發商……工作的地方什麼都賣……越是推測，越覺得他的工作很詭異，感覺不單純。

我哪知道！我們完全沒有來往。

怒吼聲冷不防地插入思緒，住在隔壁的租屋客，那個滿臉鬍鬚的老人……

想法被擾亂了。他肯定是個乖僻的男人，對照護員大小聲。青瀨原本認定他是單純的遷怒，然而，在腦海中重播了老人的凶狠氣勢和咒罵，感覺卻像是在演戲。他不想和這件事有瓜葛，說：「我哪知道！」之前他是否也曾這樣破口大罵以避免麻煩呢？

在工作上惹了麻煩，因此有一群惡徒出現在租屋處。青瀨之所以如此想像，是因為另一個景象也交錯浮現：被人亂翻的Y宅邸。那單純是小偷幹的好事嗎？他們的真正目的是……

青瀨感到眉間疼痛，睜開雙眼。

客人的笑聲傳入耳中，咖啡冷掉了。他戒菸已久，但是有一股想要抽菸的衝動。心中湧現想要撒手不管、算了的念頭。門外漢處理不了這種事，乾脆委託真正的偵探調查算了。

少蠢了，這麼做不會被允許。對方是自己的大客戶，借別人之手探尋隱私，有悖道義。

但是……真是這樣嗎？變成這種狀況，他還算是自己的客戶嗎？無論事情的真相如何，吉野夫妻愚弄了青瀨。他們從一開始就拒絕了想要和他們當朋友的建築師。他們一點也沒有露出難言之隱，反而對青瀨施加魔法，巧妙地讓他蓋了房子。

他想不通。青瀨數度造訪那間租屋，在客廳一起和夫妻討論。每次在矮桌攤開圖稿，兩人都稍微起身，緊靠圖稿，他們說「好期待啊，真的好期待」，目光閃閃地相視而笑。沒有任何奇怪的事，客廳總是收拾得乾乾淨淨，打掃得一塵不染，沒有華麗的日用品和多餘的物品……

青瀨心頭一怔。

吉野夫妻有三個孩子，老么剛上小學。但是，客廳總是井然有序。如果有小孩，總會有藏也藏不住的雜物，像是衣服、玩具、書和文具等，但是青瀨不記得看過任何雜亂的情景。他對香里江的印象是個愛乾淨的太太。

對了，話說回來，青瀨不曾在那間租屋和孩子們碰面。他經常漫不經心地認為，他們應該在裡間或二樓，但是別說身影，連聲音也沒有聽到。玄關的鞋子如何呢？雨傘、自行車和晾乾的衣服……想不起來。但是，確實不記得曾看過那些。

全身起雞皮疙瘩。

因為他們不住在那裡。孩子們從青瀨第一次造訪租屋處，就不住在那裡。因為吉野夫妻已經分居了。儘管分居，但是吉野和香里江連袂出現在青瀨的事務所。終於湧現了真實感，房東令人難以接受的證詞，逐漸被描成了粗體字。青瀨想起來了，若是打電話到租屋處，一定是吉野接聽，香里江一次也沒有接過電話。她收到吉野的聯絡，配合青瀨來的日子，趕到租屋處，歡欣雀躍地端出茶和糕點；而吉野則從容不迫，一面把玩手工製的菸斗，一面吞雲吐霧。真是奇怪。想起當時客廳的一團和氣，甚至感到有些毛骨悚然。

青瀨用鼻息揮開蔓生的思緒。

總之，這代表吉野夫妻明明不是感情不睦卻分居兩地的可能性極高。一家人不能住在一起，背後一定有隱情。這應該是關鍵，一家人的人間蒸發，不可能和這個隱情毫無關係。

滿臉鬍鬚的老人再度掠過腦海，青瀨從位子站了起來。

他在收銀台向老闆詢問吉野的事，訴說姓名和長相打扮，告訴老闆：「他之前和我來過一次。」老闆說：「噢，他偶爾會來看《日經新聞》。」能夠獲得的資訊僅止於此，青瀨點了點頭，清楚知道自己接下來要扮演偵探了。

16

十分鐘後，青瀨回到了那間租屋。

面向馬路的落地窗依舊敞開，令人意外的是，老人笑容滿面地在和剛才的女照護員說話。滿臉鬍鬚不見了，臉部和穿著都乾淨整潔。雷聲大雨點小，剛才那樣碎碎唸，最後還是請人家替他洗澡了。

「剛才打擾了。」

青瀨一說，老人霎時露出畏怯的表情：

「吼～真煩，我說過了，我不知道。」

老人立刻恢復聲勢，但是青瀨不以為意地走近：

「我不會占用你太多時間，請讓我問幾個問題。」

「我就說了……」

「你有沒有看過隔壁的孩子？」

「孩子？」

「這一年左右，你有看過嗎？」

「不曉得耶，我不記得了。」

老人故意裝傻。女照護員則似乎真的沒有印象，詫異地偏頭思考，然後說「那麼，我先告辭了」，站起身來。

老人以怨恨的眼神目送她，說不定他其實很懦弱。對青瀨而言，這正是好時機。

「我可以再問一個問題嗎？」

「我、就、說、了，我什麼都……」

「在我之前，有人拜訪吉野先生，對嗎？」

青瀨猜中了，看老人的表情變化就知道。

「你、你……是那個男人的朋友嗎？」

「不是。」

青瀨強烈否認，遞出名片。稍等片刻，確定老人恢復平靜之後，接著說：

「我是吉野先生的朋友。我和之前來拜訪他的男人不認識，但我猜想，那個人是不是知道吉野先生搬去了哪裡。」

「應該不知道，因為那傢伙也在打探隔壁的事。」

青瀨的不祥預感應驗了，果然有人在追蹤吉野陶太。

「那個人是什麼時候來的？去年年底嗎？」

「不，是過年之後。」

「一個人？」

「對。」

「為了什麼？」

「我就說了，是來打探隔壁的事。他面色凶狠，只問我：『隔壁的人不在嗎？他搬去哪裡了？』不過，不知道就是不知道，我真的和隔壁沒有來往。」

「他是個怎樣的男人？」

「不是什麼正經人。」

「不是正經人？流氓嗎？」

「倒不至於是流氓。不過，他臉部黝黑、眼神兇惡，像是踢橄欖球的傢伙一樣，體格很好。啊，對了對了，他有三根手指打了石膏。」

手指打了石膏……

「大概多大年紀？」

「五十多吧。欸，乍看之下，不是上班族。」

「討債的嗎？」

「這我怎麼知道，你看起來也有幾分像是討債的。」

青瀨苦笑，思考是否該報警。

「這是我知道的全部了，請回吧。」

「還有一件事，你知道吉野先生的工作是什麼嗎？」

青瀨連忙問道。

「進口家具吧？」

出乎青瀨的意料之外，家具……？

「吉野先生那麼說的嗎？」

「當然不是。是房東老婆婆之前說的，她說他曾經便宜賣她桌椅。」

家具和雜貨是不同的領域吧？

青瀨覺得似乎又碰觸到了吉野的某些祕密。他說工作的地方什麼都賣，但是關於家具卻隻字未提。青瀨不記得在租屋處看過類似舶來品的家具，而且討論Y宅邸的訂製家具時，吉野也一副萬事拜託的態度。

唯一的例外突然閃過眼前，那是位於Y宅邸二樓的「陶特的椅子」。那不叫家具，什麼才叫家具？

17

雪鐵龍的引擎老毛病又犯了，開始熄火。

青瀨注意踩油門的方式，走國道17號線北上。已經進入高崎市內，他要前往的「洗心亭」，位於以吉祥達磨而聞名的少林山達磨寺寺內一隅。那裡是流亡到日本的陶特，和伴侶艾麗卡・維蒂希（Erica Wittich）一起生活兩年多的家。昨晚，青瀨看書、上網，事先做了功課。據說寺內設有「陶特展示室」，裡面也有放置陶特設計的椅子。

青瀨明明沒有邀請岡嶋，但他遺憾地說「我今天實在去不了」，又問「田端怎麼樣？」青瀨打算長話短說，結果卻說了半天。岡嶋聽了十分驚訝，但心思好像都放在如何策畫加入指定業者，因此簡單利索地推斷了吉野夫妻沒有感情不睦卻分居兩處的理由。

「會不會是因為孩子學校的關係？譬如要念他太太娘家的學區。」

「為何要那麼做？」

「我不是說過了，說不定最小的男孩被霸凌，所以讓他轉學。」

「姊姊們呢？」

「她們不是住在租屋處嗎？只是因為社團活動什麼的晚回家，沒有和你碰到面而已。否則，就是真的一度感情不睦而分居，三人都轉學了。父母破鏡重圓，但是孩子們想要在現在的學校繼續念書，所以業主變成像單身赴任。怎麼樣？」

青瀨詢問他對臉部黝黑的男人的看法，岡嶋立刻回答：「他會不會是高個子女人的老公？」青瀨雖然認為岡嶋的推理都在可能範圍之內，但他彷彿大腦長在嘴上的說話方式，令人十分不快。青瀨說：「我知道了，你去忙你的！」接著便中斷對話，離開了事務所。

汽車導航安靜了片刻。

在青瀨的想像中，吉野工作上的麻煩，依舊和臉部黝黑的男人分不開。昨天和租屋處的老人道別後，青瀨再度造訪了房東的家。果不其然，鮮紅的BMW和車主一起消失了，青瀨和正在清掃門口的房東媳婦聊了一下。不出所料，臉部黝黑的男人在過年後也來過房東家，應對的人是房東媳婦，她有些憤慨地回顧：「他好像很生氣，好可怕。我不知道他是哪裡人，說話有點鄉音。我問他名字，他也不肯說。」青瀨詢問桌椅的事，但是她不知道婆婆有跟吉野買過。婆婆說是北歐的家具，而且是新的，所以應該和陶特沒有關係。說了這件事之後，青瀨淪落到聽她發婆婆牢騷的下場。她說：「我婆婆從以前就什麼都不跟我說。自從她生病之後，開口閉口都在說我盯上了租屋的收入和存款之類的話……」

會不會是因為孩子學校的關係？

青瀨想要相信岡嶋的樂觀，他希望如此，但八成不是。吉野如今尚未打電話來，因為他有無法來電聯絡的隱情。從很久以前，吉野夫妻就有不能向外人說的問題，被逼得不得不分居。在那種情況下，他們決定蓋一間自己的房子，於是拜訪青瀨。

這是最大的謎。

他們是打算逃難，從東京搬到遙遠的信濃追分隱遁起來嗎？或者他們預估情況會好轉，認為在房子完成之前能夠解決問題，一家五口可以展開新生活？但是……

青瀨越來越想不通。

「請蓋你自己想住的房子。」

這句話和青瀨能夠想像到的任何隱情都沒有交集。那不是咒語，而是祈求嗎？他們宛如占卜一家人的命運，在沒沒無名的建築師所畫的未來藍圖上賭一把嗎？

汽車導航發出「左前方」的指示。

青瀨低喃「收到」，切轉方向盤。行駛不到三分鐘，經過架設於碓冰川的橋不久，少林山的寺門出現在眼前。

青瀨下車，四周一片寧靜。他抬頭仰望被杉樹包圍、背陰的石階，階數相當多。像是繪畫中遠近法的範本一樣，前方的天空狹窄。是鐘樓嗎？石階盡頭一帶，出現一間橫跨參道般蓋成的中空小屋。

根據寺內導覽圖，爬上那個大石階，在十分之七處，有一條左轉的小徑，洗心亭就在稍微再往前走幾步路的地方。除了導覽圖之外，還設置了寫著「陶特的思維小徑」的導覽板，據說是以洗心亭為中心，陶特愛走的散步路線。

青瀨來訪的目的，是要向寺院的人打聽陶特的椅子和吉野的關係，但是感受到建築大師和大有來頭的寺院之間奇妙的緣分，也讓青瀨有散心的感覺。

青瀨爬上石階，「靜謐」兩個字浮現腦海。走了超過一百階，開始怨恨雙腿像是灌了鉛時，終於看見小徑的入口。往左轉不久，原本被茂密樹木占滿的視野豁然開朗，一片能夠將稜線柔和的群山盡收眼底的全景呈現眼前，這八成是赤城山或榛名山。青瀨忍不住停下腳步，沒想到區區一百階石階的高低落差，就能帶來如此美妙的景致。

小徑緩和爬升。青瀨抬起頭，看見黑色屋瓦的房子，稍感震驚。就是那間嗎？洗心亭小到很難稱為房子，簡直只是間簡陋的戶外小屋。

但是，隨著距離靠近，印象為之一變。簡陋變成清麗，窄小變成樸素。它是一間遵照傳統日本房屋的形式，古老且具有風格的住宅。或許是有人進入打掃，大門和紙拉門都敞開。房間好像有兩間，有緣廊；配置於三坪大房間兩面的緣廊連結起來，形成L形的外圍緣廊。也有壁龕，內側房間中央的凹處是地爐嗎？

青瀨意識到自己的心情和緩了下來，若以一句話來形容，就是「懷念」。類似在Y宅邸坐在陶特的椅子時湧上胸臆的感覺，像是接踵而來似的，刺激了他想起設計Y宅邸時的記憶；仿外圍緣廊的木頭露台的創意浮上腦海那一瞬間的愉快心情，重新復甦。

青瀨在房子周圍緩步行走。

代表二十世紀的建築師，從前往在這間別舍。充滿意外性的歷史紋絡，當然會使觀者產生特別的感慨；但是縱然不曉得那段過去，凜然的外觀仍然令人感到這間房子大有來頭。另一方面，也有一種失去屋主、無人生活的房子共通的哀傷。他的眼皮內側，浮現了零星散布在興建水庫馬路旁的眾多空屋。Y宅邸說不定也會步上同樣的後塵。以轉變成陰暗的心情凝視這間房子，會覺得被古老外牆包圍的兩個微暗空間，已悄悄地將吉野一家人的謎團揣入懷中，像是詭異的魔術箱。

但他個人的情感並沒有太大的起伏。

這裡無疑是陶特的聖地。附近有一塊石碑，以德語刻著陶特的話。青瀨看過書，所以腦海中有對應的譯文。

我愛日本文化……

只能說是坎坷的命運。時代邀請生於德國的建築師來到此地，讓他留下這句話。當時是二次世界大戰前夕，所以是七十多年前。希特勒率領的納粹黨勢力抬頭、壓制思想，陶特是德國建築界的領導者之一，經常對軍國主義進行批判性的發言而被列入黑名單，失去了地位和名聲。據說如果他再晚幾天出國，就會遭到逮捕。陶特被逼得走投無路，和伴侶艾麗卡一起靠著日本國際建築會寄來的邀請函，亡命海外。

「呃，不好意思……」

有些客氣的聲音，使青瀨回過頭來。稍遠處，站著一名身材瘦得像竹竿、身穿西裝外套的男人，大概三十五、六歲，肩上揹著看起來沉甸甸的黑色皮包。

青瀨一露出要聽他說話的表情，男人立刻笑容親切地走了過來：

「請問你從哪裡來？」

男人看起來不是寺院的人，但是口吻很像。

「我從所澤來的。」

「這樣啊。陶特迷從其他縣市大老遠跑來，真是令人開心。」

男人臉上的笑意更濃，從皮包的側袋掏出名片盒。

J報文化部記者，池園孝浩。男人自稱是當地報社的記者，一直在追布魯諾・陶特的新聞。

「最近要製作陶特的特輯，所以正在搜集粉絲的第一手意見。」

池園在胸前翻開偏大的筆記本：

「可以請教你貴姓、貴庚嗎？」

青瀨窮於應答。若是業界報的採訪，他曾經接受過幾次，但這次的情況不一樣。

「抱歉，我並不是陶特迷。」

青瀨委婉地拒絕，但是男人反問：「那麼，你為何在這裡？」

「我只是有一點事情想要調查，所以過來一趟。」

頓時，池園的眼睛閃閃發光，青瀨意識到自己的回應很愚蠢。

「有事情想要調查？是關於陶特的嗎？」

「欸，算是……」

「我想，我能夠告訴你某種程度的資訊。如果你不介意的話，歡迎問我。」

青瀨也想順水推舟，感覺這位當地記者對陶特知之甚詳。如果針對Y宅邸中陶特的椅子的來源和真假詢問，說不定當場就能獲得答案。話雖如此，絕不能提及吉野一家人的失蹤，被報社記者知道可不妙。

「不然，我介紹住持給你吧。他比我更熟知陶特好幾倍。」

池園和攝影師約在此碰面，他爽朗地說，等攝影師來之後，再帶青瀨去找住持。

青瀨沒有理由拒絕，他是為了請教寺院的人而來這裡。

「可以請教你貴姓嗎？」

「敝姓青瀨。」

「從事什麼工作？」

青瀨心想逃不掉了，放棄掙扎，遞出名片。

「哇！是建築師啊。」

「沒有那麼了不起。」

「哎呀，大收穫啊～」

池園歡天喜地，態度變得放鬆：

「你就老實告訴我嘛，現任建築師在調查陶特的什麼事？」

「椅子的事。」

青瀨說道。再遲疑下去，池園應該會感到奇怪。青瀨總覺得，自己已經在腦海中劃出界線，區分了可以告訴他和不能告訴他的事。

「椅子……？」

感覺池園很意外，大概是因為要調查的事和建築無關。

「你在研究陶特的椅子？」

「不，不是那樣。我朋友在房子裡留下了一張椅子，它的設計很像以前在書或雜誌上看過的陶特的椅子。」

「你想要確認來源？」

「嗯，就是這麼一回事。我好奇來源是哪裡。」

池園「嗯～」地低吟。

「那或許並不容易。畢竟，陶特旅居日本時，設計了數量龐大的家具和工藝品。當然，他也親手設計了許多椅子。所以，是哪種椅子？你有帶照片吧？」

青瀨回答「有」，池園說「我們坐下來說吧」，邀請青瀨到房子的緣廊。兩人並肩而坐，青瀨從公事包取出讓真由美列印出來的椅子照片，兩張照片分別從正面和側面拍攝。

池園輪流看著照片說：

「原來如此，感覺是有陶特風格的椅子。」

「是真品嗎？」

「不曉得，只憑這兩張照片，我不敢斷定……再說，這又不像繪畫，不只一件，所以真品和贗品這種說法並不恰當。陶特設計的作品是經過工業實驗場的試作，然後在高崎周邊的市鎮，由手工業者廣泛產品化。後來，在當時的廠長家還能找到陶特畫的椅子素描或設計圖。總之，陶特的設計沒有被嚴格地管理，並作為商品販售。講難聽一點，阿貓阿狗在某個時代，模仿陶特的椅子製作也不足為奇。對吧？」

池園尋求同意，但是忽然雙眼望向空中，小聲地低呼：

「啊，可是，那應該可以說是真品啊～」

「什麼？」

「青瀨先生，你有看一看椅子的背面嗎？如果有『陶特井上印』，就是所謂的真品。它的意思是，由陶特指導，在高崎製作。」

「陶特井上……？」

「當時，這邊有個叫做井上房一郎的人，他在銀座經營一家名叫『Miratiss』的店，幫忙陶特販售他設計的家具和工藝品。那裡販售的商品，會蓋上將陶特和井上兩人的名字化為圖案的印章。」

「原來如此，我沒有注意到那個。我之後會看看。」

青瀨隱藏失望地回答。印章的事令人深感興趣，但即使能夠確認Y宅邸內的椅子是當時製作的「真品」，若是針對一般人販售的商品，是否就難追蹤買家了呢？

「池園先生，姑且不論是真是假，你是不是在哪裡看過和這照片類似的椅子呢？它有點奇特吧？像是坐的部分座板有點歪斜，座板和本體不以螺絲固定，我覺得相當有特色。」

池園重新盯著照片直瞧：

「是啊……總覺得看過類似的椅子，但是要一口斷定就是這個，我有點沒自信。」

「我的同事說，類似他在熱海的休閒設施看過的椅子。」

「噢，日向宅邸吧？」

那是陶特所設計，日本唯一現存的建築物。正確來說，應該說是陶特替一座既有的宅邸，親手設計了地下室的部分。但是如同岡嶋口中的「那間知名的日向宅邸」，如果少了陶特的設計，日向宅邸應該也不會留名後世。因持有者已換人，如今被稱為「前日向別墅」。青瀨重讀了建築史的書，對於自己連這種粗淺的知識都不記得，感到很困惑。高中和大學，他對日向宅邸都沒印象。高中老師和大學教授對於知名建築師的情感各不相同，而且自己大學輟學，知識偏頗又欠缺，儘管如此，也以成為建築師為目標學習了不算短的歲月，直接跳過陶特，未免太不可思議。

「青瀨先生，你去過？」

「沒有。坦白說，我過去對陶特不太感興趣。」

「是嘛。哎呀，老實說，我有點驚訝。所以，日向宅邸有這張椅子？」

「我同事是那麼說的，他說他坐過。」

池園雙臂環胸，扭動脖子：

「我也只去過一次日向宅邸，嗯，這個設計嘛……」

「沒有嗎？」

「地下室有一大堆尚未整理的家具和工藝品……可是，如果日向宅邸真的有這張椅子，說不定只有一件。陶特除了設計建築物之外，也親手設計專用的家具和日用品。」

設計日向宅邸專用的家具，岡嶋好像也說了類似的話。

「雖說只有一件，但是從椅子的形狀來看，應該是一套。」

原來如此，青瀨點了點頭。很可能原本是一張桌子和幾張椅子為一套。撇開過程不論，其中一張椅子被拿出來，搬進了Y宅邸。這不是不可能的事。

「陶特當時的徒弟，有人還健在，我想如果問他，就會知道椅子原本在哪裡。或者你要去日向宅邸一趟，親眼確認呢？」

青瀨想要去一趟。如果那裡有和Y宅邸一模一樣的椅子，就能確定來源，而且如果去當地，或許能夠問出只有一把椅子被拿出來的經過。青瀨還有其他欲望，雖然為時已晚，但是他想要親眼看一看陶特親手設計的椅子……

「對了，要不要下次一起去？日向宅邸長期作為企業的休閒設施使用，但是自前一陣子起處於封閉狀態，也有傳出要出售的消息。熱海的人在討論要如何保存，所以，T大為了確認建築物的歷史、藝術價值，正在調查。我最近也打算採訪，如果你不嫌棄，到時候我再找你。」

青瀨思考了一下說：「麻煩你了。」若是牽扯到保存問題，就算自稱建築師，搞不好也無法獲准入內。

「池園先生……我聽說寺院的展示室裡，也有陶特的椅子。」

「有啊。但是是完全不同類型的椅子，我也會帶你去看。」

池園看了手錶一眼，站起身來說「攝影師怎麼了呢？」，伸長脖子望向小徑的方向。他說攝影師想要拍洗心亭內部的詳細照片，才請寺院的人開了門。

「青瀨先生，你有時間嗎？你要見住持之後再走吧？」

「嗯……」

青瀨含糊地點頭。

倘若展示室內的椅子是完全不同的類型，代表這間寺院和吉野陶太沒有交集。但是，青瀨不覺得自己白跑了一趟。臉頰感受著微風，心跳的節奏也跟著鬆緩了。天空遼闊，白鷺鷥從遠方的田地飛上天際，在上州（如今的群馬縣）的翠綠群山畫出一條白線。俗世的諸惡被來時爬上的大石階隔絕，在懷念陶特的這個地區，彷彿連時光的流逝都被淨化了。

洗滌心靈的房子……

「這間洗心亭是為了陶特而蓋的嗎？」

疑問自然地脫口而出。

池園說「不是」，搖了搖頭，坐回緣廊。他說：「原本是為了一個指導農業經營的大學校長而蓋，井上房一郎知道它空著，所以拜託上上一代住持，給陶特當作居所。

「陶特原本預定停留一百天左右，結果待了兩年兩個月。他總共旅居日本三年半，所以待在這裡很久，直到土耳其政府邀請他擔任建築技術的最高顧問而離開日本為止。他一直住在這裡，送別會也在這裡舉辦。」

「這代表他很喜歡這裡嗎？」

「嗯，畢竟是在逃亡中，應該百感交集。但是根據陶特留下的日記，我想，他確實喜歡在這裡的生活。」

青瀨心想，那是他的真心話嗎？

緬懷陶特的自己和池園也就罷了，但是，當時陶特究竟是以怎樣的心情爬上大石階的呢？

「從建築師的角度看，怎麼樣？」

「什麼怎麼樣？」

「這間洗心亭啊。請告訴我你的感想。」

「這個嘛……簡樸，令人有好感。像是外圍緣廊，壁龕和地爐都是如此，在有限的空間裡，塞進了日本傳統房屋的必備物品。只不過……」

「只不過？」

「這間房子的大小，對於外籍夫妻而言，會不會有點辛苦呢？感覺很狹窄吧？」

建築大師是否曾感嘆自身的命運？晚年被趕出祖國，抵達日本，被帶到這間別舍。

「原來如此……可是，陶特好像不太在意。他雖然多少有點抱怨，但是整體來說，他讚美洗心亭。不過艾麗卡好像飽受昆蟲所苦。」

「正式來說，艾麗卡並不是戶籍上的妻子吧？」

「是的。但是，除了極少數的人之外，大家都認為她是陶特夫人。他們在德國的布蘭登堡相識，陶特為了避免兵役而在火藥工廠擔任督導時，兩人變得親密。此後他們一直在一起，直到陶特在土耳其去世為止。」

青瀨的內心產生了動搖。

池園大概是想說，陶特受到愛神眷顧吧。

「池園先生。」

「什麼事？」

「除了日向宅邸之外，陶特旅居日本時，幾乎沒有從事建築工作嗎？」

「是的。陶特自己寫到，這是『建築師的休假』。」

「是受到當時日德關係的影響嗎？因為日德最終締結了軍事同盟。」

池園皺眉點頭：

「若他在日本大展建築本領，會令希特勒沒面子。當時的政府大概也是這麼想，所以沒有給予陶特任何公職，雖然允許他待在日本，但實際上是希望他能安分守己。」

「根本是活受罪。」

「確實如此……」

池園將膝蓋轉向青瀨：

「對於日本而言，或許是不幸中的大幸。」

「這話怎麼說？」

「這樣說或許有語病，但是因為無法施展身為建築師的能力，所以陶特傾力於指導工藝。」

池園接著說：「陶特的目標不是指導農民在空閒時製作民間工藝品，而是將扎根於當地的傳統工藝文化，提升至國際水準，讓專業工匠才製作得出來的工藝品普及。

「為了做到這一點，他不只選擇了家具類的大型物件，還親手設計竹籠、傘柄、鈕釦、釦環等五花八門的工藝。陶特對日本近代工藝發展造成的影響和功勞，簡直無法估計。在此同時，陶特走訪日本各地，重新發現並告知西歐各國，桂離宮、伊勢神宮和白川鄉等日本之美。此外，他開始仔細寫日記，也寫了《日本文化私觀》和《日本的房屋與生活》等書，這都是他若真心投入建築就無法做到的事。所以，我覺得陶特在日本度過建築師的休假，真的很棒。」

池園略帶哽咽說：

「抱歉……雖然說不上是報恩，但我認為，現在輪到日本重新發現陶特了。如今陶特的研究者遍及全日本，高崎、熱海和仙台等地還長期舉辦市民活動懷念陶特，並從他身上學習。但是從全國的角度來看，陶特的知名度還是不高。他的偉大和成就幾乎不為人知，遭人遺忘。雖然原因是他沒有在日本留下眾人矚目的建築物，但放下建築師的身分，陶特仍是世上少有的思想家以及優秀的畫家。我個人甚至認為，他是罕見的優秀記者。他寫的日記和著作，全部都是高水準的紀錄，比日本人更深入地洞察日本文化，令人驚嘆連連。重新發現、思考布魯諾．陶特，正是重新檢視日本。」

池園說完了。

「被人這麼熱愛迷戀，陶特應該也了無遺憾了。」

青瀨半安慰地說，不料立刻遭到反詰。

「不，我反而想問你，你一直以來為何避開陶特？」

耳邊傳來「不好意思～」的大聲呼喊，一個提著攝影包的年輕人跑了過來。池園說「你好慢」，站起身來。

兩人開始討論拍攝。

一直以來為何避開陶特？

青瀨不明白這句話是什麼意思，但又覺得似乎被說中了心事，一個人待在緣廊思索。

18

回程的關越高速公路，車也不多。

青瀨漫不經心地開著雪鐵龍。下山之後，洗心亭感覺像天竺一樣遙遠，但又像是從方向盤傳來的震動一樣近。時空的感覺之所以麻痺，大概是因為在寺院看到了布魯諾·陶特的死亡面具吧。那個畫面，與其說是浮現腦海，更像是烙印在大腦。

接受池園的採訪後，在他的引領之下，他們前往寺院櫃檯所在的建築瑞雲閣。住持正好要外出，於是在外面站著聊。住持面露柔和的笑容，外表看起來智德兼備。池園介紹青瀨是建築師後，給他看了椅子的照片，住持說：「哎呀，做得真好，可惜我不記得有看過。」

青瀨也試著說出吉野的名字，含糊其詞地表示：「其實，照片中的椅子主人是一個叫做吉野陶太的男人，我不知道他搬去了哪裡，想要試著靠椅子尋找他。」住持偏了偏頭，說他第一次聽到這個名字。池園也一樣，而且似乎還覺得這種尋人方式很奇怪，等到住持離去後，就開始探問青瀨和吉野的關係。青瀨想擺脫他，於是轉移焦點說：「椅子的主人是誰根本不重要，我對於是不是陶特的椅子比較感興趣。」吉野一家人間蒸發，青瀨知道只要隱瞞這一點，記者就不會緊咬不放。

陶特展示室位於瑞雲閣內。雅致的房間內，擺著幾個玻璃展示櫃，陳列陶特住在洗心亭時的照片、親筆寫的字條、信紙，以及眾多工藝品。也有青瀨想看的椅子，但是如同池園所說，儘管同樣具有樸素這個特質，但是設計本身截然不同。

死亡面具悄然收放於獨立的展示櫃內。待在展示室的時間，青瀨大半站在那個展示櫃前，保持將臉湊近直視的姿勢，目不轉睛地盯著近在眼前的死亡面具。他的鼻樑高得驚人，臉部稍微側向一邊，好像在深思，留下清晰的面貌。據說陶特生前表示，死後希望屍骨被埋在少林山。他的心願沒有實現。但陶特在土耳其去世後，艾麗卡大老遠跑來這裡，送上死亡面具。聽著池園的解說，青瀨心中一陣激動。

這是真的嗎？

時代改變，逃亡生活也結束了。陶特原本應該認為洗心亭是暫時的避難所，雖然不知道是什麼時候，但他終將會離去。那是「暫住」，是「旅居」，而不是「定居」。但是……

陶特在此「定居」了嗎？

這塊土地讓他感受到恩情，在他人生中最痛苦的時期，溫暖地接納了他。他應該非常感動，也很感謝吧。但是，死後想要回歸異國土地，這可非比尋常，因為這不是一時的情緒激動會說出的話。艾麗卡攜帶死亡面具，火速趕來這裡的行為，證明了陶特是真心如此希望。是因為有艾麗卡陪在身旁嗎？在異國的別舍，沒有工作室、露台，也沒有書房，但是兩個人真真實實地在那裡生活過，所以洗心亭得以成為陶特的「最終居所」……

內心感到一片灰暗，六本木的豪華公寓鮮明地回到眼前。

我們搬回去那裡吧。就算是兩房兩廳、沒車子什麼的也沒關係。

池園被攝影師叫去，所以青瀨也離開了展示室。臨走時，青瀨買了一個眼睛有機關，會凸出來、縮回去，還附了鈴鐺的達摩鑰匙圈。他買了兩個，如果遇見日向子，要送她一個。

駛下關越高速公路。

車潮頓時湧現，青瀨的孤獨散落進薄暮的城市中。

19

「不，椅子不只一張。我沒說嗎？和桌子是一套，附了三、四張相同的椅子。」

「三張還是四張？」

「我沒有記那麼清楚。但是一般來說，一套接待客人的桌椅，椅子不會是三張吧？」

「所以原本是四張以上。」

「是吧。不過，還挺懷疑Y宅邸的椅子是從日向宅邸搬出來的。如果日向宅邸作為休閒設施封閉的話，內部應該也很忙亂以致讓人有機可乘。」

「如果你看到的是三張，說不定當時已經少了。」

「或許是椅子幾經輾轉來到了信濃追分啊，也不無可能。不過，若和業主的下落無關，椅子有幾張就沒有意義了。」

青瀨回家後正想打電話給岡嶋，結果他先打來了。今天早上接近口無遮攔的口吻徹底收斂，莫名親密的語氣傳入耳裡，這代表岡嶋後來稍微反省過了吧？青瀨關上冰箱門，將子機夾在脖頸間，拉開啤酒罐的拉環。

「你在喝酒嗎？」

「一罐而已。」

岡嶋笑道：

「愛喝幾罐是你家的事。」

「你忘了嗎？是你要我注意的啊！」

「看到你來我家時的豪飲模樣，任誰都會要你注意。」

青瀨嗤之以鼻，整個人陷入沙發。

「那麼，你會跟那個叫什麼來著的記者，一起去日向宅邸吧？」

「如果他找我的話。不過在那之前，我要確認那張椅子有沒有『陶特井上印』。」

「陶特……井上印？」

「你不知道嗎？據說那是鑑定真偽的重點。據那個記者說，如果有印章，就是真品，但那是銀座的店賣出的商品，所以代表它不是日向宅邸的專用家具。」

「原來如此。我知道銀座有專賣店，但印章的事倒是第一次聽說。」

「你也會有疏漏啊？」

「人上有人。你還真是掌握了好時機，抓到了這個狂粉記者。」

「是我被他抓到吧。」

「誰抓到誰不重要，別被他察覺到你的真正用意喔！」

岡嶋加強了結尾的語氣：

「你什麼時候要去日向宅邸？」

「我說了，等他找我。」

「你千萬要小心。能獲得資訊是很好，但搞不好會惹上麻煩，記者很難纏……」

「電話講這麼久，沒關係嗎？」

「啊？」

「為了獲得指定，你不是很忙？」

電話裡安靜了片刻。

「西川先生跟你說了啊？」

「他非常高興。」

「那就好。」

「紀念館會是一個大案子吧。」

「鴨子到手再說。首先，要獲得指定。」

「是啊。」

青瀨明明突破了岡嶋的心防，但是卻沒有聽到真正的心聲。岡嶋要麼和盤托出，要麼隻字不提，二選一的態度可見他有多麼想隱瞞。

「岡嶋……我可以問你一個問題嗎？」

「如果是紀念館的事，再等我一下。」

「你想要死在哪裡？」

「這什麼問題？」

「如果要死的話，你想要回到哪裡？」

「你喝醉了嗎？」

「我才喝半罐。」

「任誰都想回家裡吧？」

「我是在問你。」

「回家啊。死在榻榻米上，直接埋起來。以後都在家掃墓，這樣你滿意了嗎？」

「哪個家？」

「喂，你這哪叫才喝半罐。家就是家，我爸蓋的家，也是我長大的家。經過徹底翻修，如今像樣的我家。我對它有愛，而且一創也在這裡。」

「還有你老婆。」

「嗯，是啊。你說的沒錯，家人在的地方就是家。你想說什麼？」

「說不定……」

青瀨打算住口，卻停止不了：

「你想要死在真由美的公寓。」

隔了一個嘆息的時間。

「我開玩笑的。」

「……」

「抱歉，當我沒說。我今天在寺院看了死亡面具之後，腦袋有點奇怪。」

岡嶋「嗯」了一聲才說話：

「陶特的死亡面具，確實很震撼。你也聽說了那是陶特夫人大老遠送來的嗎？」

「嗯。不過，艾麗卡不是陶特夫人。」

「是啊。陶特逃亡時，把老婆和小孩留在德國。你對於這件事抱持負面看法嗎？他不是捨棄了他們，我想，他覺得把妻小留在德國比較好，是最後一刻才下定了決心。」

「那麼，艾麗卡算什麼？導遊？秘書兼情婦？」

「旅伴吧？」

「什麼？演歌的世界嗎?!」

「她是納粹時代的旅伴，就像是同志或戰友一樣。」

「所以愛火燃燒嗎？」

「我以前也這麼認為。艾麗卡是個謎，我也在圖書館查了一下。」

「結論是？」

「沒有結論。可是，能夠想像他們兩人是『同心梅』。」

「同心梅？」

「中國的梅花，一個芯開兩朵花。」
「原來如此，一條心啊。」
「這麼說很廉價吧？是同心，擁有同一顆心的兩個身體。世上真的有喔。有的對象就算不用言語解釋，也像通電一樣，心靈相通。」
「是喔。」
「你好像誤會了什麼。我順便告訴你，我和真由美就是這樣。我從她小時候就認識她了，我也知道她父母的營建公司倒閉，還有她曾經誤入歧途。凡是她心裡想的事情，我全都知道，她也是如此。我知道同心是怎麼一回事，所以也感覺得到陶特和艾麗卡的同心，那和戀愛是不同層次的事。」
那和戀愛是不同層次的事，原來岡嶋想要說的是這個啊……
「我知道了。」
「你知道了？」
岡嶋不太滿意地複誦，耳邊傳來他深吸一口氣的聲音：
「你又會怎麼樣？」
意料之中的反問。
「你想要死在租屋處嗎？死的話，要回去哪裡？既然問別人，你自己也思考過吧？」
「思考過啊。」
「你要回去哪裡？離婚前的公寓嗎？哪個遷徙過的水庫工棚嗎？」
「我沒有具體想到的地方。」

「要不要我猜猜看？」

「你要猜？」

「是Y宅邸。」

剛才踐踏了岡嶋的內心世界，青瀨覺得被加倍踩了回來。

「那是別人的房子。」

「是你的房子吧？」

「別胡說了！」

「我的意思是，我們都一樣，肯定想要回到由自己所創造、自己的靈魂棲身其中的房子。戴上死亡面具之前，意識前往的房子。你有，但是我沒有。這就是我要說的。」

通話「喀嚓」地切斷了。原本以為沒完沒了的對話，被虛無給吞噬了。

青瀨盯著握在手中的子機。

耳邊傳來壁鐘的聲音，平常不會傳入耳中的秒針滴答聲響，逐漸變得清楚。內心感到焦躁，那是一種坐立難安的心情。青瀨不曉得是岡嶋的哪一句話，對他的心情產生了怎樣的作用。他突然受到一股衝動驅使，手指忙不迭地敲打十位數字，撥號聲在耳朵內側響起，心跳一下子加速了。

「喂，我是村上。」

由佳里的聲音中，含有些許警戒。

「是我，青瀨。」

「啊，嗯……」

由佳里含糊地回應，接著是一陣空白。電視的聲音遠去，隨著關門的聲音消失。

「怎麼了？」

這句話聽起來很困惑，跟平常問「日向子怎麼了？」不一樣。由佳里是壓根沒有想到前夫會打電話來？還是一接電話，馬上就感覺到青瀨不對勁？漆黑的窗戶令他赫然驚覺，看了壁鐘一眼，八點了。

「抱歉，這麼晚打給妳。日向子呢？」

「她在看電視。」

「吃過晚飯了嗎？」

「怎麼了？」

雖然是同一句話，這次明顯在催促青瀨說明為何打電話來。但青瀨覺得由佳里也在電話的另一頭，窺伺著他的內心狀態。

「關於日向子……我有事想要跟妳討論，所以打這通電話。不是要妳現在馬上必須怎樣，不過，我覺得也不能置之不理。日向子十三歲了吧？她已經不是小孩子了。雖然還是個孩子，但是正在變成大人。所以關於離婚的事，我覺得我們最好在她問之前，先想好要怎麼說。」

青瀨滔滔不絕地說著口是心非的話。由佳里沉默了，她沒有感受到青瀨的言下之意嗎？

「我總覺得，她想要知道我們離婚的真相。最近幾次見面，我感覺到了。」

「日向子說了什麼嗎？」

「她什麼也沒說，但是我知道。我想，她確實想要知道。所以，當她問起的時候，我們必須先做好準備。我也覺得，等時間到了，即使她不問，或許我們也該說。總之，我不希望日向子就這麼搞不清楚狀況地長大。她接下來也會談戀愛，如果自己腳底下的根基，或者應該說是跳板軟綿綿的話，一旦要變成大人時，總覺得會無法大膽地邁步。」

由佳里輕輕地吁了一口氣：

「我知道，但是……你說要做好準備？」

「嗯？嗯，是。」

「準備好怎麼對日向子說？」

「沒錯。」

「未必一樣吧？」

「什麼意思？」

「我的意思是，你認為的離婚理由和我認為的離婚理由。我覺得，我們認為的離婚理由明明不一樣，卻要事先講好答案是不對的。」

霎時，他的思緒不知飛到哪裡去。

「對不起。我很清楚你想說的，我也懂你擔心日向子的心情。可是，我以我的方式在面對她，也有說過那些事。」

「那些事？」

「我以我的方式說了。」

怎麼說的？話到了青瀨嘴邊。

「畢竟我們每天在一起，又是兩人獨處，她已經問了我好幾次，而我也回答了好幾次。事實就是這樣。」

「日向子怎麼……？那她怎麼……？」

「你別擔心，我沒有說你半句壞話。那種話我說不出口。不過啊，我沒辦法和你一起編故事。我不想那樣做。」

「我知道了。」

青瀨凝視著空中：

「我知道了。但是，妳別誤會，我不是想和妳統一口徑而打電話來。我只是不知道一直這樣不對日向子說真話好嗎？我覺得茫然失措，想要聽妳的意見才打來的。」

由佳里沉默半晌之後，用稍微輕鬆的語氣說：

「日向子說，現在父母離婚又不稀奇。」

「日向子這麼說？」

「是啊。她說，班上也有幾個人的父母離婚。他們討論誰最辛苦，笑著說大家一點都不辛苦。她會像這樣試圖讓我卸下心防。」

「卸下心防？她是不想讓妳擔心吧？」

「她千方百計地試圖營造讓我容易說出離婚話題的氣氛，一副那沒什麼大不了的。那種時候的日向子，好令人心痛，我無法正視她的臉。你說的沒錯，日向了想要知道真相。她非常害怕知道，但是想要知道。那看起來就跟她試圖用指甲抓開自己的傷口，造成更深的傷口一樣。所以，我絕對不會說出真相。我不想要讓她更可憐，所以我不會說。我希望你也不要那麼做，拜託你。」

青瀨垂頭喪氣，心情就像從壓縮的氣管擠出來一樣。

「我……一次也沒有對日向子，還有妳道過歉。」

「道什麼歉。」

由佳里笑道：

「不用道歉。那是我們倆的責任，對吧？我也總是在心裡對日向子道歉。可是，如果說出口，她一定會哭出來。」

「是啊，那倒也是。」

「我對日向子說，You are you。」

「You are……？」

「You，妳是妳。爸爸和媽媽最愛妳，而且妳永遠是爸爸和媽媽的孩子，儘管如此，妳是妳。我說，我們會一直守護著妳，妳要筆直朝著令自己心動的方向走。」

青瀨從體內深處吐出一口氣。原來那樣說了啊。

「其實，我現在開始學習英語會話，而日向子在學校學英語，我們在比賽誰比較厲害。還開玩笑說，我們有一天要變成紐約客。」

「哇~真厲害。妳們要在紐約工作嗎？」

「說夢話罷了。你呢？工作如何？」

「勉勉強強。」

「是喔？蓋了理想中的房子了？」

「我不知道那算不算是。」

「好像很努力喔。加油！」

因為青瀨意志消沉，所以由佳里鼓舞他。這一點和從前一樣，無論對方是誰，由佳里都一視同仁。

青瀨乾咳：

「另外，我還有一件事，關於日向子。」

「什麼事？」

「日向子在年初說的。她說有人經常打電話來，後來突然不再打來了。她說那樣代表結束了吧？她的說法有點奇怪，妳有沒有想到什麼？」

「……」

「喂？」

「我在聽。」

回應的聲音有些僵硬。

「我想，大概不是男生打來的。她和朋友之間，發生了什麼嗎？」

「我等一下問看看，可以嗎？」

青瀨感覺由佳里心裡有數。是不能對他說的事嗎？難以理解而皺眉的瞬間，「啊」地驚覺，輕微的驚呼被吸入了送話口。

電話或許不是打給日向子，而是打給由佳里的？一定是如此。日向子在向青瀨發出警訊，她感覺母親身邊有男人，感到不安……

電話掛斷了。掛斷時，青瀨聽漏了由佳里的話，是「拜拜」，還是「再見」呢？

青瀨橫躺在沙發上。

離婚八年了，什麼事都沒發生才奇怪，周遭的男人不可能放過由佳里。青瀨也有過別的女人，沉溺酒精時不用說，在岡嶋的事務所重新來過後，有一段期間也有共度夜晚的對象。

幸好沒有蓋我們自己的房子……

青瀨低下頭，一閉上眼，就會看見死亡面具。

那看起來像是陶特，又像是父親的臉。彌留之際的景象，像是西方的古老繪畫一樣，看起來靜止不動。青瀨打了個寒顫，肯定是因為意識到剛才襲上心頭的強烈焦躁是不久之後也會找上自己的死亡。所有事情都在沒有結果的情況下結束，如同岡嶋打來的電話、如同自己打給由佳里的電話一樣，突然「喀嚓」掛斷，使心情變得沉鬱。下次何時聯繫呢？甚至連有沒有下次都不知道，鬱悶持續著。自己會再跟日向子見幾次面呢？自己會傳達什麼、無法傳達什麼，然後消失呢？

青瀨聽母親說，父親在生前交代了怎麼處理他的骨灰，於是青瀨將它撒在群馬山中允許撒骨灰的地方。撒出的骨灰被風吹走，只稍微弄白了一點泥土，大部分漫天飛舞，展開空中之旅。母親笑道，他是個固執的人。母親也在兩年後去世，青瀨在起風之前，等了兩小時，讓她的骨灰追隨父親的腳步。

青瀨看見了許多張臉，聽見了許多聲音。由佳里的臉最靠近，她的聲音也是。

感覺可以就這樣睡著，青瀨自己知道為什麼。

那樣代表結束了吧……？

20

吉野一家人依舊下落不明，唯獨時光流逝。

青瀨再度前往信濃追分，是櫻花凋零時。新年過後，工地監工的工作繁忙，而且石卷和竹內接連感冒病倒，所以只有晚上才能撥出時間調查吉野的事。

那張椅子上，是否有「陶特井上印」？

Y宅邸沒入遼闊的黑暗之中，如果不是自己設計的房子，大概不會想要靠近。青瀨沒有告訴岡嶋就自己來了。獲得指定的事終於到了最後階段嗎？或者因為那一晚的電話，他重新思考要如何面對青瀨？除了不時問「吉野先生呢？」，他不再介入這件事。

青瀨使用上次帶回家的後門備用鑰匙進入房子。屋內冷得像冰窖一樣，他只打開足以照明的燈，爬上樓梯。會不會不見了？那種超自然想像掠過腦海，但是椅子和岡嶋放入更衣室時一樣，擺在更衣室內。青瀨將它拖出來外面，橫倒翻到背面，湊近手電筒照亮，掃過一遍，仔細檢查，到處都沒有蓋了印章的痕跡。這下弄清了它不是在銀座的「Miratiss」賣出的商品，代表很可能是作為熱海「前日向別墅」的日用品所特別訂做的椅子。不，它也依然有可能是某個來歷不明的人，模仿陶特的椅子所做的仿造品。但是重新觀察椅子，無論是風格，或精心的作工，青瀨都和第一次看到時一樣，不覺得是一張粗製濫造的椅子。

青瀨步下樓梯，先是回到玄關，試著從起點追尋入侵者的足跡。和上次不一樣，如今知道臉部黝黑的男人的存在。如果以新的觀點察看，說不定會有新的發現。他是單純的小偷？還是別有目的而悄悄溜進來呢？

青瀨想不明白。不管他的目的是為了值錢的物品，或者別的東西，肯定是在尋找被藏起來的物品。所以基本上，這項調查超出門外漢的能力範圍。

青瀨走向客廳。直接擺放在地毯上的電話閃著紅色指示燈，他早已決定要聽答錄機的留言。雖然內疚，但是他告訴自己「這麼做是為了吉野一家人」，按下了播放鍵。答錄機錄下了五通留言，其中四通是青瀨留的，內容是「請跟我聯絡」。剩下的一通沒有留言，然而，不知是呼吸聲或風聲，留下了幾秒鐘細微的雜音。來電時間是四月八日晚上十點五十五分，五天前的電話；是「未顯示號碼」，所以無法知道來電者。青瀨心想應該是臉部黝黑的男人，並確認所有來電紀錄。每隔五、六天，不分白天、晚上，都有未顯示號碼的來電，最後是四月八日。唯獨那通沒有馬上掛斷，留下了無聲的留言。

青瀨再度播放四月八日的錄音，他豎起耳朵，是呼吸聲……？還是風聲……？雞皮疙瘩爬上背脊，他感覺到吉野的存在。青瀨的眼前浮現吉野陶太在某個遙遠的荒涼地方，將手機抵著耳朵的身影。他為了查探屋內的情況、有沒有人來，而打電話來這裡。

倘若如此，吉野腦海中浮現的造訪者會是誰？青瀨嗎？臉部黝黑的男人嗎？警察嗎？還是高個子女人呢？哎呀……

險些忘了高個子女人。如果持續打電話到Y宅邸的是吉野，他就還活著，這一點很重要。吉野憑自己的意志躲起來。想要相信吉野一家人平安無事的心情，支撐著徹夜跑路的想像。

但是，臉部黝黑的男人不時會令這種心情動搖。無論他們是否已經有交集，男人和吉野一家人肯定待在同一局棋盤上。

青瀨有方法尋找吉野，他看新聞知道警察能夠按照手機發出的微弱電波，鎖定持有者的位置。只有警察能夠使用這一招。青瀨每天都會想一次，但卻始終沒有勇氣去報警，說出這可能是一起案件。顧慮到岡嶋害怕醜聞，想報警的心情節節敗退。他日復一日地如此反覆，但是……

青瀨將目光落在電話上。

吉野今晚是否會打來？說不定能夠聽到他的聲音。最後一通電話是八日，而今天是十三日。從目前為止的周期看來確實有可能。青瀨看了手錶一眼，晚上九點四十七分。很好！

青瀨決定等看看。他感覺到擅自進入別人家的尷尬，於是關燈繞著步伐，客廳只剩下答錄機的紅色指示燈。他將它拉過來，盤腿而坐。他先是解除答錄機的設定，但是思考一下，又恢復原狀。他決定等到電話響起，開始錄音之後再拿起話筒。

接下來是一場和時間的安靜戰鬥，青瀨數度悠悠吐氣。身在不該在的Y宅邸，悄悄進入，走來走去，等待不知道是否會打來的電話。他忍不住感到命運的不可思議，身心逐漸被黑暗和寂靜奪走。答錄機串珠大小的紅色指示燈，看起來像是鳥的眼睛。那是類似野鴨，或者比牠稍微小一點的黑頸鸊鷉的眼睛，鮮紅的眼睛令人聯想到鮮血。他好久以前曾在沼澤看過，但想不起來是哪個沼澤。因為知道名字，所以應該是和父親一起看到的。當時，他好小，他一定真的很小……

客廳變得微亮，大概是月亮吧。開始升上東邊天空的月亮，肯定很美。腦海中浮現被月光照亮一半的Y宅邸。

蓋了理想中的房子了？

電話響起。

青瀨打從心底嚇了一跳，上半身向後仰，雙眼圓睜，狂跳的脈搏傳遍全身。

鈴聲接連響了兩、三聲，第五聲之後，答錄機的功能啟動。我們現在不在家，如果有事，請在「嗶」聲後開始留言……螢幕發光，「未顯示號碼」。青瀨回過神來，手伸向電話，五隻手指觸摸到話筒。再等一下。

嗶～

對方什麼話也沒說，兩秒……三秒……忍耐很快就到了極限。青瀨抓起話筒，一抵在耳朵便說：

「是吉野先生吧？」

沒有回應。但是，微微聽見了聲音。是風聲嗎？是風聲，對方從戶外打的電話。

「我是青瀨。大家平安無事嗎？你現在在哪裡？請告訴我，你在哪裡……？」

電話「喀嚓」地掛斷了。

青瀨久久無法動彈，感覺像是靈魂出竅。應該是吉野吧？肯定是他。他知道青瀨在Y宅邸，正在找他。但是，他什麼話也沒說，沒有尋求幫助。一條細線斷了，是吉野切斷的，他說不定正在哭泣。吉野想要抓住救命稻草卻抓不住，說不定現在正在哭泣。

嗚、嗚嗚……

青瀨仰望天花板，木頭發出「嘰嘎」的聲音。新房子會發出聲音，尋求最佳的平衡，試著進行微小修正。青瀨總覺得聲音不是房子，而是陶特的椅子發出來的。它彷彿在說，我才是找出吉野一家人的唯一路標。

21

青瀨等著池園記者的聯絡。

他說，下次去前日向別墅時會找青瀨。如果知道Y宅邸的椅子曾經是別墅專用的日用品，說不定會浮現別墅和吉野，或者陶特和吉野的交集。青瀨隱隱覺得，他們之間串連起來之後，應該會成為找到吉野一家人的線索，但目前仍沒有進一步的延伸想像。大阪客戶的圖稿很棘手，他們想要蓋一間和Y宅邸一樣的房子，這個要求比預料的更折磨青瀨。明明地理條件不一樣，怎麼可能蓋出一樣的房子。不，他完全不想蓋Y宅邸的複製品，抗拒的心情與日俱增，連續好幾晚雙臂環胸坐在製圖桌前。

即使進入四月的第三週，池園還是沒有跟他聯絡。池園忘了約定嗎？或者那是隨口說說的場面話？青瀨盯著他的名片，又覺得自己主動打電話不太合適。太過熱心會招來不必要的追根究柢，更何況池園原本就對青瀨打上了問號。

你一直以來為何避開陶特？

池園在洗心亭的緣廊說的這句話，依然梗在青瀨心中。對於欽佩陶特的池園而言，當上建築師的男人對陶特絲毫不感興趣，簡直匪夷所思。問那句話的口氣，與其說是挖苦，反而更接近憤慨。突然聽到有人這麼說，感覺被一針見血地說中了什麼，令青瀨不知所措。但是冷靜想想，池園不可能說中青瀨的心事，他對青瀨的事一無所知，第一次見面的男人也沒有道理說中他心裡的一分一毫。

儘管如此，「一直以來避開」這句話，仍令青瀨耿耿於懷。他越來越覺得，自己刻意避開和日本有淵源的建築大師，始終有什麼原由。無論是開車、鑽進被窩，在達磨寺看到的死亡面具，都在腦海中忽隱忽現。有一晚，他終於死心，打開岡嶋寄來的瓦楞紙箱，裡面有將近十本關於陶特的書。其中，也有陶特本身的著作，以及旅居日本時寫的日記。

青瀨明白，陶特不是一個能夠輕易追尋足跡的人。他是代表第一次世界大戰後表現主義的建築師、提出阿爾卑斯山建築的夢想家、大型集合住宅的設計者、色彩的魔術師、罕見的畫家兼作家……思想和哲學錯綜複雜的建築理念，不但令人看得頭昏眼花，而且無法捉摸，感覺光要理出一點頭緒，都需要相當長的時間。青瀨也冷靜的預知到，再怎麼理解陶特，事到如今也不會有所收穫，只是重新體悟建築大師和建築師之間的界線而已。一直以來為了客戶關係而費心勞神的歲月自不用說，感覺就連在各個工棚遷徙的年幼時期的記憶也跟著褪色。年少時代，渴望一間位於高台的嶄新房子，當時還不知道，少年渴望的其實是象徵定居的房子。生物基於本能地尋求避風港，正因為有固定不動的港灣，人才能到天涯海角……

遷徙的經驗成為「建築師的原點」，讓青瀨產生了錯覺。他並非抱持建築的理念或理想，只是希望打造自己居住的房子。陶特高深莫測的存在感，迫使他這樣認為。青瀨心知肚明，經驗只能勝過天分和理念到一定程度，如果超過那個程度，一個人的微小經驗在偉大天分編織而成的理念、理想面前，只能俯首稱臣。

因此，青瀨避開了陶特嗎？因為害怕燙傷而不生火？或許他以建築的世界為目標時，已經察覺到了這個祕密。

他們有了交集。在閱讀、研究書的過程中，青瀨發現了幾件似曾相識的陶特作品。國中時代在圖書館的書上看過「玻璃屋」，它在德意志工藝聯盟主辦的科隆博覽會中參展，是前衛的不朽作品。博覽會於一九一四年舉辦，由三十四歲的陶特親手設計，以鋼筋混凝土和玻璃施工的格子狀圓頂；菱形多面體的形狀，令人聯想到巨大的水晶。即使過了九十年，如今看來仍是嶄新的建築物。但是十四歲的青瀨卻避開了那個奇特的設計，他想不起第一次看到照片時的心情，覺得它好美？還是覺得不美？驚嘆？還是毫無感動？印象極淡。赤坂時代也沒有玻璃屋的記憶。他在每天的設計中，運用鐵、玻璃和混凝土這「三種神器」，卻和陶特毫無交集。

青瀨很訝異自己竟忘了「田園集合住宅」。它是納入周遭大自然的先進集合住宅，書上的解說是「陶特將都市住宅引到郊外」。高中時應該看過文獻，青瀨以「迷人的小集合住宅」為題參加全國比賽時，事先瀏覽了許多資料，不可能沒有看過完全符合主題、陶特代表作之一的田園集合住宅。但是，他想不起來。腦海中復甦的盡是當時青澀的熱情，想要粉碎工棚鰻魚的窩的畫面。

陶特八成很感嘆青瀨的愚昧無知，居然沒有接觸到自己這位大師，就一腳踏入了建築的世界。工棚的房間窗邊，隔著九太郎的鳥籠，有一面允許青瀨使用的五十公分見方牆壁，他居然沒有將田園集合住宅的照片貼在那裡。陶特從桂離宮和白川鄉發現日本之美，因為深愛日本，所以變成鬼，出現在沒沒無名的建築師身邊。祂將椅子放在Y宅邸，讓青瀨叩拜死亡面具，招手要他過來坐在這裡。那種令人天旋地轉的妄想，使他對陶特產生了親近感。青瀨連續好幾晚，在沙發上、床上，埋首苦讀陶特的書。

最令他感興趣的是三本《陶特日記》，詳細記載了旅居日本時造訪的地點、遇見的人、感覺，以及每天生活的點點滴滴。如同池園在洗心亭強調的，陶特對於日本文化的敏銳考察和深入程度，令人佩服得五體投地。觀點在微觀和宏觀之間自由來去，寫到建築論和文化論，熱情迸發。但是，青瀨感興趣的不是正題，而是其他部分。他試圖從記述和字裡行間，解讀陶特晚年被迫漂泊的心情。每次翻頁，都會意識到自己在尋找艾麗卡的名字。名聞天下的建築大師身為一介生活者，如何生活、如何度日？他在怎樣的空間，度過了怎樣的時光？那是屬於陶特一個人的精神世界嗎？是沒有艾麗卡就不存在的時間和空間嗎？

出現在日記中的艾麗卡，只有輕描淡寫。對方明明和他形同夫妻地互相依偎，生死與共，從德國一路逃亡到日本，但陶特卻連一點情緒都沒有顯露。「艾麗卡是我的護士，也是警官。」在給人無限遐想的形容背後，有著對艾麗卡的敬意和深深的信賴。青瀨不認同岡嶋若無其事地說出同心梅，但當他看了不少日記的內容之後，才察覺到文中屢屢出現「我們」這個主詞。那是陶特的回答嗎？他和艾麗卡在一起，他們共同擁有相同的時間和空間。除此之外，還有什麼好說呢？

青瀨吐露一聲嘆息。

洗心亭這個暫住的狹小空間裡，難道就沒有危機嗎？

他並未對由佳里絕望，也未對自己絕望，而是對空間絕望。與由佳里共同構築的空間崩塌，使他感到絕望。雅致公寓的一戶房屋，變成了極寒之地的鐵貨櫃，所有物品結凍。那個空間比一．五坪大小的工棚更狹窄，比去汲水的寒冬河邊更寒冷，空氣比沒有人肯和自己說話的教室更稀薄。

假如當時，回到兩房兩廳的公寓。

假如當時，能夠將Y宅邸提案為「我們的家」。

青瀨闔上了陶特的日記。

倘若房子會帶給人幸福，或者使人不幸，那代表建築師能夠成為神，也能夠成為惡魔。洗心亭這個樸素的住宅，或許告訴了青瀨，使人幸福或不幸的，是人。

陶特終究無法回到德國。第二次世界大戰結束的七年前，他和艾麗卡一起從日本遠渡重洋到土耳其，在建於伊斯坦堡的自宅去世。他沒有看過戰後的德國，也沒有和留在德國的家人重逢。

22

週一青瀨一進事務所，竹內亢奮的側臉便躍入眼簾，另一頭滿臉鬍子的石卷也滿臉通紅。

「發生什麼事了嗎？」

青瀨一問，竹內莫名其妙地脫口說：「終於要打怪了唷！」

「所長！青瀨先生來了！」

岡嶋和真由美拿著馬克杯，從屏風後面出現。兩人都是滿臉笑容。

「我可以說嗎？可以吧！」

竹內環顧眾人的臉，不待回應便高聲說：

「我們事務所擠進了指定名單！」

青瀨看了岡嶋一眼：

「真的嗎？」

「嗯，剛才來電通知了。」

S市預定興建的藤宮春子紀念館，岡嶋設計事務所被選為指定業者之一。

青瀨跟岡嶋握手。

「太棒了！」

「哎呀，一想到萬一落選，整間事務所的人抱頭痛哭，我就高興不起來。」

青瀨從他開玩笑的說話方式，窺見到感慨和下定決心的程度。

「競圖唷、競圖！真令人激動！」

竹內沒有真正參加競圖的經驗，高興得手舞足蹈。

「拜託大家了。這是我們事務所從小事務所升格為大事務所的好機會。我們要交出令世人眼睛為之一亮的方案，打垮東京的事務所。」

岡嶋演說一番之後，真由美像是學生一樣舉起手。

「好，拚了！我也會幫忙！」

「太～好了，幹到底吧。暫時回不了家了。」

石卷也「喀啦喀啦」地扳響手指關節，重重地一拳打進竹內的腹部，尖叫和笑聲響遍整個樓層。

青瀨也感覺到體溫上升，他在赤坂時代也沒有參加過文化設施競圖的經驗。旅居巴黎的高傲畫家，靠著在街頭販售明信片維持生計，在她七十年的生涯畫上句點之前，沒有人看過那些優秀的作品。藤宮春子的歇斯底里，刺激青瀨的大腦，涵蓋她人生和繪畫的紀念館，究竟適合以怎樣的外型呈現？

但是……

青瀨無法高聲說：「放手一搏吧。」岡嶋的內心如何呢？他是否不希望青瀨加入這個計畫呢？自從為陶特的事在電話裡爭論以來，他們沒有好好說過話，青瀨也無法自然地流露笑容。

「青瀨，可以出來一下嗎？」

岡嶋彷彿看穿了他的內心似的對他說。

兩人離開事務所，前往昭和大道旁的咖啡店。半路上，岡嶋說「你先過去」，拿著手機消失在無人的停車場。他大概是要打電話給縣議員或S市的幹部道謝。青瀨覺得，他不想被石卷和竹內聽見。

青瀨進入咖啡店，坐在內側的雙人座。不久之後，岡嶋一臉輕鬆愉快地進入店內。

「看來諸事順利啊。」

青瀨一說，岡嶋蹙眉點頭：

「挺辛苦的，競圖開始之前就累得半死。」
「喂喂喂，如果沒有拿下案子，就是做白工！」
「當然，我就是拚了命也要贏。」
這句話卯足了勁，但仍令青瀨覺得他打算「撇除自己」。
「想到理念了嗎？」
「接下來再說。首先，我想去找遺屬。」
「找遺屬？」
「請遺屬讓我看藤宮春子的畫，然後仔細思考。畢竟畫是主角，如果不親眼看，感覺也不會湧現。對吧？」
「說的也是。」
「我要搶先其他事務所一步。我也拜託了市政府的人，把遺屬拉到我們這一邊。」
「有你的。」
「拚了啊。我要竭盡所能地去做。」
加油喔！話到了喉嚨，但是又吞嚥下肚。這不是該一起研擬方案的人要說的話。
「欸，青瀨……」
青瀨心想終於要進入正題，全神戒備著，手機卻在懷裡震動。青瀨因為這一陣子的習慣，霎時認為是吉野陶太打來的，但是螢幕顯示的號碼沒有看過。
「青瀨先生嗎？我是前一陣子在達磨寺見過的池園，來自J新聞。」
「噢，我一直在等你。」

真心話不禁脫口而出。

青瀨站起身來，但是放眼望去，店內沒有其他客人，於是坐下繼續通話。池園語氣雀躍地邀請青瀨：「拖了好久，五月十日我終於要和靜岡的記者去前日向別墅，你要不要一起去？」

「要，請讓我一起去。」

「好。呃~我們要在哪裡會合？東京嗎？還是熱海？」

青瀨想了一下回答：「那麼，在熱海。」和有話不能說的對象一起搭乘電車，很尷尬。

「了解。我想集合時間會是上午，我和靜岡的記者討論之後，再跟你聯絡。陶特的椅子真是令人期待，我也有點興奮。」

青瀨一掛斷電話，岡嶋開口：

「那個記者吧？」

「如你聽到的，我要去日向宅邸一趟。」

「吉野先生沒有跟你聯絡吧？」

岡嶋壓低聲音。雖說擠進了指定業者，但是青瀨可以理解，他希望在競圖結束之前，Y宅邸的事不要有狀況。

「你別擔心，我不會讓記者察覺。」

「拜託你了。要是事情爆出來，我可受不了。」

岡嶋將Y宅邸視為炸彈，馬上掩飾似的繼續說：

「不過，吉野先生去了哪裡呢？」

「逃走了吧。」
「逃離臉部黝黑的男人嗎?」
「八成是吧。」
「高個子女人呢?她和臉部黝黑的男人沒有關係嗎?比方他們設局仙人跳之類的。」
從口吻來看,岡嶋好像忘了他之前將兩人推斷為夫妻。
「有可能。不知道他們究竟是誰,夫妻和仙人跳的假設都有可能。」
「夫妻啊……我總覺得仙人跳比較容易直接連結至人間蒸發。」
青瀨覺得岡嶋好遙遠,他和岡嶋對這件事投入的熱情相差懸殊。
「確實如此。不過,高個子女人只有蕎麥麵店老闆的證詞,和她在一起的人是否真是吉野先生,也令人懷疑。」
「房東呢?完全不行嗎?」
「我拜託她兒子問了,但她的痴呆情形越來越嚴重,有答等於沒答。我也查過了搬家公司,一家一家打電話,但是別說搬去的地方了,連是否承包都不告訴我。」
「我想也是。」
「所以,就現狀來說,陶特的椅子是唯一看得見的線索。」
「如果那是真品的話。」
「去日向宅邸就知道。找到你坐過的椅子,如果數量不足,就有可能是真品。」
「是啊。」
話題回到了陶特,但是岡嶋沒有賣弄他擅長的學識,因為他心裡有另一件事。

「所以，你要跟我說什麼？」

青瀨開口問，他想要快點聽完不想聽的事。

岡嶋點了點頭，垂下目光，眨了眼之後，注視青瀨：

「藤宮春子紀念館那個案子，我希望你助我一臂之力。」

出乎意料。青瀨心想自己露出了詫異的表情。

「你聽我說！」

岡嶋話中夾雜著怒氣：

「我雖然不甘心，但是我知道自己的實力。和東京的事務所較量，我沒有自信能贏，但如果是你，或許能贏。」

「你少高估我！」

青瀨別開目光，岡嶋將身體趨向桌子，臉靠了過來：

「我想把公司擴展為大型事務所。」

「我知道。」

「為了做到這一點，需要贏得紀念館那個案子。這是千載難逢的機會。我相當亂來才獲得了指定，無論如何，我都要贏。」

「我說了，我知道。」

「短期決戰，企畫決勝負。」

「我當然會幫你。」

「我不是要你這樣。」

「不是？」

岡嶋的臉部扭曲：

「我希望你以你的方式擬定企畫。如果可以的話，和我一較高下。」

岡嶋的口中冒出真心話。

「你的意思是，不一起拚嗎？」

「最後再一起拚。」

「先和我的方案競賽？」

「沒錯。」

「如果你的方案比較好，就駁回我的？」

「有可能。」

事情不是出乎意料之外，而是超乎意料之上。一開始以岡嶋的方案為主，如果篤定贏不了，再納入青瀨方案的優點……

「你的意思是，不管用哪個方案，最後都是你的作品，對吧？」

青瀨尖酸地說，但是岡嶋沒有畏縮，充滿稚氣的眼神閃閃發光。

「一件就好，我想要留下一件作品。」

「留下？我們還沒有老到說那種話的年紀吧？」

「你倒好。你已經留下了代表作，所以不用著急。」

青瀨翻了白眼：

「別扯Y宅邸，那是一間屋主蒸發的可憐房子。」

「承認吧！那是你戴上死亡面具的瞬間，最後意識前往的房子。我可沒有那樣的房子。」
「別再提那件事，那只是玩笑話。」
「是你先挑起的話題。」
「我應該道過歉了，忘了吧！」
「不只是那樣，不只是為了我。」
岡嶋注視空中：
「我想要留給一創。我想要在他面前抬頭挺胸，自豪地說『這是我打造的』。」
剎那間，青瀨看見了晴朗的藍天、宏偉壯麗的水庫；看見了父親攀附在最上方的身影。
「青瀨，拜託。你這次就從頭到尾當幕後人員！」
「……」
「青瀨……」
青瀨以手制止岡嶋：
「我會。我是岡嶋設計事務所雇用的建築師。」

23

月底的週六，晴空萬里。

青瀨身在四谷的法國號咖啡店，約定碰面的時間是兩點，超過五分鐘了，但是日向子尚未現身。原本應該要在春假期間見面，但是彼此的時間喬不攏而一再延期。日向子升上了二年級。雖然通過幾次電話，但就這樣進入五月的話，四月搞不好見不到面，所以青瀨放棄邀她去環球影城或兜風，想著總之起碼要見個面，才匆忙地約了今天。

青瀨從早上就很擔心，和由佳里在電話裡說的種種，是否會間接地對日向子造成影響呢？自從離婚以來，除了霸凌的問題之外，青瀨不曾和由佳里聊那麼久，而且也是第一次觸及彼此的心情。在那之後，難以想像由佳里對日向子說了什麼，但日向子有可能感覺到了什麼。

青瀨看了壁鐘一眼，兩點十七分。老闆夫妻從遠處也知道他焦慮不安。伴隨粗重的氣息，青瀨掏出手機，撥了日向子的電話。原本擔心她是否不來，變成擔憂她是否發生了什麼事。最近盯上少女的卑劣案件層出不窮，這種事已非事不關己。

耳邊響起兩、三次撥號聲，這時，店門猛然打開。日向子一邊用手在肩背包裡探尋，一邊走進來。她抓出響著《海螺小姐》來電鈴聲的手機，關掉聲音，然後臉頰泛紅地面向青瀨：

「抱歉，遲到了。」

「剛才是媽媽打來的吧？妳不接沒關係嗎？」

青瀨一說，日向子偏頭不解：

「哪是，是你打來的吧？你剛才不是在打電話？」

日向子按了按手機，遞到青瀨眼前：

「你看，是你的號碼。」

「可是，是海螺小姐耶。」

日向子嬌嗔道「討厭啦」，笑了笑：

「我用群組登錄的，你看。」

日向子移動螢幕的畫面，「群組登錄家人」……那裡並列著「爸爸」和「媽媽」的號碼。

「所以你打給我也是海螺小姐。懂了沒？」

「懂了。」

青瀨的眼睛還盯著「家人」這兩個字。

「你知道嗎？媽媽接電話的時候，會說『我是青瀨』唷。」

「什麼意思？」

「就是……」

日向子一副重點在這裡的樣子，提起了「媽媽的事」。這件事並不令人驚訝，由佳里在離婚時，聲明道：「我在工作上，會繼續使用『青瀨』這個姓氏。」

「吼～」

日向子看到青瀨的冷淡反應，嘟起嘴巴，但馬上切換成播報歡樂新聞時主播的樣子，瞬間恢復了笑容：

「欸，你沒有忘記約定吧？」

「嗯？」

「你設計的房子，你說要給我看吧？」

「噢，我帶來了一大堆。」

青瀨彎下腰來，將放在腳邊的大紙袋挪到一旁。

「哇！快給我看！」

青瀨抓了幾本雜誌，放在桌上。一放下來，一隻白皙的手伸了過來。那些宣傳雜誌的內容幾乎都是廣告和業配文，青瀨帶來的主要是刊載赤坂時代作品的雜誌。青瀨想，西式糕點店和美容院的都會設計，應該會令日向子感興趣。

「好厲害！」

日向子每翻開貼了便利貼的書頁，就會發出感嘆：

「哇啊～蛋糕店，這也是你設計的嗎？」

「是啊。」

「你有喜歡蛋糕嗎？」

「不太喜歡，但是思考設計前，因為沒有想法，我吃了這間店預定販售的蛋糕。」

「是喔～好像出現在童話中純白的房子。」

「那麼，一定是那種味道。」

「哇～好想吃看看～」

美髮沙龍、婚禮教堂、餐廳、精品店，日向子看到任何一張照片，都發出「哇！」的驚嘆聲，說出所有想到的感想。她好像純真地感到開心，從隻字片語能夠感覺到她顧慮青瀨心情的小大人語氣。

還沒看的雜誌剩下一本之後，青瀨從紙袋拿出《平成住宅二〇〇選》，輕輕地放在桌邊。

「哇！好像百科事典。」

日向子伸手去拿，翻開書頁。青瀨屏住呼吸。

朝北邊翹起的天藍色屋頂……綻放異彩的三根煙囪……籠罩在淡淡北光之中的白色客廳……能夠將淺間山盡收眼底，非制式規格的大窗戶……

日向子默不作聲，她像是用完了所有讚美似的沉默不語，注視著照片。

不久之後，從小小的唇瓣吐出一口氣：

「我喜歡這個。」

「是嗎？」

「因為這間最棒。我最喜歡。」

「我也是。這是我最中意的房子。」

「你也是？」

「嗯。我十分中意，感覺我是為了蓋這間房子而變成了建築師。雖然是別人委託的房子，但是我蓋了自己想住的房子。」

青瀨總算說出口了。如此一想，心情莫名變得輕鬆。

「我沒有告訴過妳，從我出生起，父母就帶著我到處旅行，真的是走遍了日本全國各地。住一下就搬家，再住一下又搬家。所以，我嚮往著能夠一直住下去的房子。」

青瀨突然吐露心聲，日向子既不驚訝，表情也沒有變得僵硬，輕柔地接受了。她沒有反問半個字，令人感到不可思議。青瀨說了水庫的事、父母的事；滑稽可笑地說了工棚生活的事，也說了山、森林和鳥的事，沒完沒了地一直說。他不知道為何要現在說。說不定他想要訴說，直到和由佳里分開為止、從小到大的悠長故事的序章吧。

「爸爸，對不起。」

日向子像是夾住鼻尖似的雙手合十：

「我得走了。」

「走？」

「我在電話裡拜託過你吧？我要買新的制服。」

入學時訂製的制服變小了，明明事先買了偏大的制服，但是才一年就長高了十公分。

「我現在坐在從後面數來第二個座位。討厭啦，我不想長得比小華高。」

日向子一面嘟囔，一面從座位起身，像是想起來似的點頭致歉：

「對不起，我這次會買更寬鬆的。」

「不要。太難看了，買合身的！」

「下次再告訴我爺爺和奶奶的事，我還想聽。」

「啊，嗯。下次再慢慢告訴妳。」

青瀨也站起身來，日向子以誇張的手勢制止他：

「你待著。咖啡完全都沒喝，你慢慢喝。」

「沒關係。」

「有關係。再說，我最近有點受不了你在門外目送我。我已經不是小孩了，人家會害羞。」

青瀨面露苦笑，只好依她。

「那麼，我就恭敬不如從命了。」

青瀨戲謔地拎起咖啡杯，日向子很開心，像一顆小太陽似的走出店外。

青瀨悠悠地吁了一口氣，和平常不一樣。縱然日向子的身影消失，他的心情也沒有紊亂或萎靡。感覺有什麼動了起來，八年來，一直不變的景色開始改變。因為他說了從前的事，是日向子讓他那麼做的。她將「我最喜歡」這一句話，投入盛滿水的杯子，讓水滿溢出來。

「啊，這個。」

背後發出聲音，青瀨回過頭去。老闆將托盤夾在腋下，站在一旁盯著翻開Y宅邸那一頁的《二〇〇選》。

「怎麼了嗎？」

青瀨問，老闆點了頭之後，回過神來：

「啊，沒什麼，日向子之前在看一樣的書。」

日向子……看過了？

「在這裡看這本書？」

「是的。」

「什麼時候？」

「我想想，喏，上次吧。你遲到那一次。」

日向子有《二〇〇選》。原來家裡有這本書，一定是由佳里買的。那一天，日向子帶著它來，在青瀨出現之前，在這裡看。但是，她絲毫不露聲色，央求青瀨說「我想要看你刊載在書上的作品」。

老闆撤下可可亞的杯子時，青瀨心想自己被騙了，盯著空中。他注視日向子消失的位子，凝視十三歲的心靈產生的三稜鏡。她看了《二〇〇選》，所以詢問青瀨工作的事。她想說

「我最喜歡」Y宅邸，思考最能傳達那一句話的場景，於是讓青瀨帶著書來。青瀨喝了一口冷掉的咖啡。這不是胡亂想像，而是值得玩味的事。

坐了一陣子，青瀨從位子起身。此時，懷裡發出「叮呤」的鈴鐺聲音，是他在達磨寺購買、當作伴手禮的鑰匙圈。發現忘了給日向子而苦笑。日向子也忘了一件事，她明明之前問「也可以給媽媽看嗎」，結果卻留下了《二〇〇選》。因為家裡也有同一本書……

外頭的陽光和煦。

蓋了理想中的房子了？

由佳里說不定是指Y宅邸，說不定她預料到青瀨的答案是「Yes」。

青瀨快活地走著。

答案出乎意料地在日向子手上。自從那一晚，錯過蓋想蓋的房子的時機之後，青瀨總覺得第一次聽見了時間流動的聲音。

24

事務所像是在著手準備廟會似的朝氣蓬勃。

大幅改變辦公桌的配置，在空出來的空間擺放兩張長椅，設置了競圖的專用桌。桌上攤開剛從市政府建設部帶回來的文件，岡嶋和石卷開始一面做筆記，一面進行基本的確認作業。

「感覺這也要、那也要。」

「是啊，規格是鋼筋兩層樓建築。展示室有三間，一間三十至四十五坪。收藏庫是兩百個區位以上。門廳要寬敞。除此之外，還必須有事務室、咖啡廳、開放給市民藝術家的藝廊。」

「姑且不論外觀，室內的自由度意外的低。」

「是啊……咦？估算費用呢？」

「對方說之後會告知。根據負責人的口風，上限是一坪兩百萬圓。」

「嗯～這樣的話，錢要花在刀口上，該花的地方花，該省的地方省。」

這是曾待過大型事務所的石卷的強項，他的存在感明顯增加。對於青瀨而言，這種狀況正合他意。青瀨是事務所的第二把交椅，後退一步面對這個計畫也不會顯得不自然。

一整面牆貼滿了藤宮春子的海報和剪報，是真由美雀躍地完成的，海報來自去年在東京舉辦的追悼展。藤宮春子的大頭照應該是六十歲上下，乍看溫和，但是會讓看到的人直覺認為她有洞察世間的眼力和強韌的膽量。作品也貼了三幅，是放大影印刊載於追悼展傳單的作品；一屁股坐在路上抽著菸屁股的老人、斜戴狩獵帽的擦皮鞋少年、從二樓窗口探出上半身晾衣服的中年婦女。雖然是常見的日常景象，但之所以打動人心，肯定是因為藤宮春子深深理解他們的人生，理解他們為何在那裡做那些事。

竹內和真由美也很忙，他們倆促地並肩坐在被擠到邊緣的辦公桌，正在使用1號機和2號機搜集資料。竹內負責國內，真由美負責國外，按照岡嶋給的「嶄新」「簡樸」「寂靜」這幾個關鍵字搜尋，將美術館和紀念館的照片一張接一張地列印出來。

「竹內，這個怎麼樣？」

「哪個？啊，嗯，很好啊，極簡且嶄新。真由美小姐，妳果然有天分。」

「還差得遠呢。嘴那麼甜也沒有任何好處唷，我連去買東西的時間都沒有。」

直覺敏銳的石卷好像沒有察覺到竹內對真由美有好感。或許是距離愛情差一步的「喜歡妳」的程度，但若真由美和岡嶋沒有男女關係，而是岡嶋所說的「同心梅」，竹內應該就有機會介入兩人之間。

「青瀨先生，這個怎麼樣？」

真由美問道，青瀨也彎下腰來，盯著電腦畫面，是位於瑞士小城的個人美術館。懸山式屋頂的斜度很陡，屋頂兩端延伸到快要接觸地面。那是似曾相識的設計，但是青瀨說「還不錯，印出來」，沒有潑兩人冷水。只不過……

究竟來不來得及呢？

競圖是三個月後的七月底，在那之前，必須完成基本設計，平面圖、立面圖、斷面圖。製作對方要求附上的說明書，也需要許多時間。根本用不著往後推算，就知道只有一點點時間研擬最要緊的創意。如果悠哉地從頭研究美術館，根本不能和熟悉該領域的事務所較量。

「這裡真棒啊～好想去看看～」

真由美發出陶醉的讚嘆。

「哇啊～好漂亮的湖。」

「等競圖結束之後去好了，反正護照的效期還剩好久。」

「效期還剩好久？」

「蜜月旅行時辦的。好，這件事到此打住。」

青瀨想要檢查1號機的電子郵件，但是感覺兩人暫時不會從座位起身。

「青瀨，方便借一步說話嗎？」

岡嶋找他。

「這裡的所長，是你以前的同事吧？」

青瀨看名字之前，就知道岡嶋說的是誰。

是以前赤坂事務所的同事能勢琢也。他們工作上互相競爭，也幼稚地競奪由佳里。他現在獨立門戶，帶領能勢設計事務所。不論流言怎麼說，雖然不曉得他經歷了哪些案子，但他絕不是戰敗倖存的殘兵，而是在泡沫經濟瓦解後奮戰到底的強者。他的能勢事務所也獲指定參加這次的競圖，對於青瀨而言，只能說是諷刺的緣分。

「他是個怎樣的男人？」

「跟我們同年。本領出類拔萃，擅長公共建築。不過，我不知道他的現況。」

「我知道。」

石卷插嘴說道：

「他的事務所雇用三十多人，經營得有聲有色。到處蓋服裝和名牌精品的店鋪，最近的作品好像是吉祥寺的 La Alonso。」

「噢，那裡啊，聽說很有氣勢。不過，為什麼那種招搖的事務所要搶紀念館的案子呢？」

「能勢也跨界將魔爪伸向了地方美術館，他挖角了擅長相關領域的人。」

「你是說，留一撮小鬍子的鳩山嗎？」

「啊，就是他。」

「既然這樣，御徒町的笹村事務所也形同消失了。鳩山在那裡待很久了耶。」
「是喔，原來是這樣。那我們很幸運。不，不對，就算笹村變弱了，相對地，能勢事務所變強了。」
「再來是……噢，老闆是德田佳久的α工作室。」
「強敵呢。」
「德田老大很有名，但是我不知道他的代表作，有嗎？」
「哎呀，我也不知道。不過，那間事務所很大，是不是有五、六十人？一定有美術館人才，也有資金。我聽說泡沫經濟瓦解後，他們也接手金庫的案子……」

兩人一搭一唱，對話沒有中斷。

青瀨告訴真由美要去看一下寄居市的房子，離開了事務所。他絕非逃走，而是打算去那個問題連連的公寓工地監工。反手關上事務所的大門之後，世界瞬間變了。倘若競圖屬於岡嶋，那麼輕撫臉頰的這陣風肯定屬於青瀨。

所澤沒有鳥吧。

忽然間，青瀨這樣想，在前往停車場的路上仰望天空。昨天也因為同樣的想法，而打開客廳的窗戶，側耳傾聽許久。要找時總是往往找不到，傳入耳裡的盡是汽車和室外機發出的人工聲音。今天也沒有鳥。然而，青瀨是從什麼時候開始，在天空尋找鳥的身影呢？

青瀨將雪鐵龍開出停車場。

他一面聽廣播，一面開車。

電台傳來：「今天的所澤也是熱到有點冒汗，但是明天起，氣溫會一路下降。」

日向子忘了皮皮和皮可了嗎？

他們在法國號咖啡店聊起從前的事。青瀨也跟日向子說了九太郎和小黑的回憶，還模仿「青瀨稔～」給她聽。青瀨事後斥責自己的愚蠢，但是他試著倒回記憶，日向子以令人想替她打一百分的掌上明珠表情，專心傾聽。但無論日向子有什麼反應，換作從前，青瀨會更加憂慮。果然有什麼動了起來。他試圖從保證安全的地方跨出腳步。青瀨甚至覺得，在不久的將來，他想要告訴日向子，他在公園放生了皮皮和皮可。牠們肯定死了，但是說不定活著，跟女兒聊這件事並沒有錯。青瀨想，假如小鳥呼喚日向子「小向」、她用臉頰摩蹭溫暖羽毛的年幼記憶，因為父母離婚而成為禁忌、埋藏在某個地方的話，自己必須和她一起挖出來。

電台主持人：「哎呀，有沒有辦法解決呢？對於好好遵守倒垃圾規定的鄰居，真的會火上心頭。小美，對吧？」

吉野一家人怎麼樣了呢？

人沒有那麼輕易死，人十分容易死；倘若兩者都是真的，只要相信其中一種說法即可。打到Y宅邸的電話，掠過耳邊的聲音是風聲。風吹在吉野的脖子和背部，吹過他身邊。那個景象彷彿自己在場目擊，逐漸深植於視丘。希望吉野平安無事，不用擔心Y宅邸，也不用對青瀨感到內疚。青瀨從日向子口中聽到「我最喜歡」這句話時，Y宅邸變成了一間真正特別的房子。青瀨的內心不再動搖，隧道已經通了；他將吉野一家人間蒸發的打擊、憤怒和自虐當作鑽孔機，悶著頭挖鑿的黑暗隧道貫通了。如今，只希望吉野和他聯絡，一通電話就好。青瀨不會過問原委，只要聽到「我們一家人都很好」這句話就行了。

電台主持人最後說：「我們收到了許多電子郵件和明信片，謝謝大家。這次的鄰居問題獲得廣大的迴響，下週也會繼續討論喔。」

由佳里會有什麼反應呢？

日向子是個一根腸子通到底的孩子，她肯定會一五一十地告訴由佳里「爸爸這麼說」，以及青瀨對Y宅邸的想法。由佳里是否會不知所措？《二〇〇選》是由佳里買的嗎？話說回來，她為何會想買呢？在店裡聽老闆說時，青瀨以為鐵定是因為它刊載了自己的作品，但是回家之後，又慚愧地心想：「哪來的自信？」兩百間房子有兩百種室內設計。許多室內設計師會因為工作的關係，在書店注意到這本書，而且說不定刊載了由佳里親手設計的作品。縱然引起她興趣的是房子本身，也可能不是Y宅邸，而是為了其他的一百九十九件作品和創作者而買。《二〇〇選》中，也刊載了剛才知道是競圖對手的能勢設計事務所旗下年輕建築師的作品。

傳來電台的廣告：「沒錯！不只對身體好，因為好喝，所以許多人持續在喝。」

能勢知道後，也會感到驚訝吧。

他應該做夢也想不到自己被十多年不見的前同事視為假想敵。當日向子說出心中的不安，青瀨感覺由佳里身邊有男人的影子時，第一個浮現腦海的就是能勢琢也的臉。再來，就沒有浮現其他的臉和名字了。離婚後，青瀨對於由佳里的人際關係無從得知。因此，能勢永遠是假想敵，他在心中將這個男人和由佳里想成是一對。每次耳聞他的評價，或者在雜誌看到照片，青瀨都會想到自己的現狀，想到由佳里的將來。她身邊有沒有適合她的人呢？最好是能勢以外的男人，而且是青瀨不認識的人。青瀨想，如果由佳里能夠在她夢想的木造房子，內心富足地和某個人攜手度過雀躍的每一天，自己可以祝福她。

看見寄居站了。

寄居站是轉運車站，除了ＪＲ八高線之外，還有東武東上線和秩父鐵道經過，靠近公所的一帶，具有向陽小鎮的風情，和喧囂扯不上邊。青瀨順道前往便利商店，買吃的給師傅們。公寓的建築工地就在不遠處。

「啊，您好您好……」

青瀨開著雪鐵龍，一抵達工地前面，戴著安全帽的金子營建公司年輕老闆就小跑步過來，一臉十分過意不去的表情。

「哎呀，青瀨先生，一再出問題，真是抱歉。我如果有向您確認就好了。我也萬萬沒想到，地毯居然是紅色。」

青瀨已經在電話中聽到這個報告。青瀨在指定書上寫的是Blue的「Ｂ」，他卻看成Red的「Ｒ」。

「我才不好意思，以後會把字寫得更工整。」

「啊，快別這麼說！是我的疏失。藍色地毯再一會兒就會送來，還望海涵。」

青瀨明明語帶詼諧，但是年輕老闆的表情沒有放鬆。先前嚴厲地拒絕變更紗窗的指示奏了效，看來變化是從那時候開始的。

青瀨看了將近完成的公寓一眼。

他的眼睛感到微微刺痛，客戶的委託是「年輕夫妻喜愛的雅致公寓」。青瀨自認為在勉強的預算內，盡可能地按照要求了，但是創意被固定尺寸的材料綁住手腳，最大公約數只能是兩層樓公寓。

「哪種紅？」

青瀨一問，年輕老闆眨了眨他的瞇瞇眼：

「您問的是……？」

「地毯啊。橘色系的紅，還是暗紅？」

「啊，哎呀，那是相當素雅的紅。與其說是紅，倒比較像是波爾多紅或勃艮第紅。」

青瀨笑綻顏開：

「兩種都是B嘛。不，應該是V。」

「咦?!」

「能不能讓我看一下？」

「好的，在裡面……」

青瀨跟在寬闊的背影後，入內之前，他再度仰望公寓。

假如地毯的附加條件是紅色，換作陶特，會對外觀施予哪種修正呢？這個奇怪的念頭，讓他腦中閃過幾個奇特的創意，使得青瀨的下午變得愉快。

25

「要花四、五十分鐘嗎？」

「根據汽車導航，是三十二分鐘。」

「是不是有什麼奇怪的聲音？」

「如果擔心，開你的豐田七人座休旅車出來！」

青瀨讓岡嶋坐上雪鐵龍，前往S市現場勘查藤宮春子紀念館的建設預定地。後照鏡映照出石卷緊跟在後的日產轎車，坐在副駕駛座的竹內正熱情地在對他說什麼。他們在現場勘查之前，要去公所和圖書館查資料，所以分乘兩輛車。不用說，在事務所負責接聽電話的真由美非常不悅。

岡嶋在大腿上翻閱文件，據說他昨天造訪藤宮春子的遺屬家，看了部分她畫的原畫。岡嶋的感想是，美妙、陰暗、恐怖。

「美妙和陰暗我懂，但恐怖是為什麼？」

青瀨看著前方問。岡嶋停下手邊的動作，將頭轉向他：

「簡單來說，好像有生命。人物的眼睛看起來就像是在訴說千言萬語，好恐怖。」

青瀨點了點頭。因為光看放大的影印傳單，顏色不鮮明的三張畫已經令他有類似岡嶋的感想。抽著菸屁股的老人，眼中綻放著自己的所有來歷，又好像在祝福著畫家藤宮春子的人生；擦皮鞋少年被狩獵帽遮住一半的眼睛，曝露出他憤世嫉俗的內心，以及下一秒就要完成工作、那種對自己技藝的自負；晾衣服的中年婦女的眼神更加複雜，下意識揮舞的指尖、對手臂贅肉隱隱的厭惡，以及無視屋內呼喊她的丈夫或父親，在在引人想像她內心的小劇場。

「全部都是人物畫嗎？」

「遺屬說幾乎都是人物畫。我看過的原畫也都是勞工、小孩，生活艱辛的市井小民。除此之外，還有砌磚的師傅、垃圾車司機、在路上小口小口喝酒的老人。」

「大致上不像巴黎呢。」

「巴黎也很大。遺屬說她住的公寓位於北邊的十八區，在巴黎是城郊中的城郊，連很久以前停業的小工廠也摻雜其中，是貧窮、治安又差的地方。不過，那裡是觀光的熱門景點，知名的法國康康舞發源地紅磨坊就在附近，而且有蒙馬特山丘，以及聳立於那座山丘的聖心堂。必去的巴黎鐵塔、凱旋門和香榭麗舍大道在遙遠的彼方。或許是因為和花都無緣，所以才能畫出那種畫吧。」

岡嶋心寬得令人驚訝，他或許是因為順利讓青瀨答應做「幕後人員」而感到安心，或者想到了在競圖中獲勝的祕技。無論如何，在事務所內和青瀨競賽提案這件事，完全失去了緊張感。

到頭來，岡嶋還是和從前一樣嗎？倘若他看似洗心革面的生活方式是面對世人的策略，本性沒有改變，未免令人掃興。他看不起別人，對於能夠利用的事物徹底利用，扮演著自己是大人物的獨角戲，亂花錢、亂玩女人。他突然提起的同心梅，讓青瀨一頭霧水。姑且不論陶特和艾麗卡的關係，如果猜測岡嶋和真由美現在的關係，青瀨八成會站在石卷這一邊。

話雖如此，青瀨能夠相信他一點。岡嶋投注在獨生子一創身上的父愛，無庸置疑。他吐露心聲說：「我想要留給一創。我想要在他面前抬頭挺胸，自豪地說『這是我打造的』。」青瀨無須理由就能明白，假如岡嶋真的有部分改過自新，那可以斷定是今年春季升上六年級的一創帶來的福音。

「你看這個！」

青瀨遇上紅燈而停車，岡嶋將一張抓拍照片遞到他面前。

青瀨不曉得那是什麼照片。

「藤宮春子的房間，很驚人吧？」

被他這麼一說，青瀨瞪大眼睛。

那是公寓的一個房間，如果沒人說明，會誤以為那是微暗的通道或走廊。照片中，不確定一個人是否能夠行走的狹窄空間內側，有一扇高度及腰的窗戶，窗邊有看似畫架的剪影。屋內之所以看起來像通道，是因為除了通道之外的所有地板上，畫布堆積如山，量多到接近天花板。

「畫可以這樣平放嗎？」

青瀨當下只能說出這種枝微末節的事，真正想說的被驚訝吞噬了。

「只能那麼做吧？畢竟有八百多幅畫。」

青瀨踩下油門，總覺得綠燈瞬間模糊了。八百幅畫，他不曾將之視覺化過。

「她到底花了幾年畫的？」

「遺屬說，她在三十歲之前遠赴法國，所以大約四十年吧。」

青瀨發出驚嘆：

「沒有給任何人看過嗎？」

「這代表藤宮春子是真正的藝術家。她在和評價、金錢都扯不上關係的地方作畫。」

岡嶋不懂裝懂的話，令青瀨苦笑。

「嗯？有什麼好笑？」

「如果借用你的說法，等於建築師中沒有真正的藝術家。」

岡嶋也笑了：

「因為我們的工作沒辦法藏起來。再說，如果業主不出錢，我們連一間房子都蓋不了。」

「也有人在爭論，不想獲得他人肯定的藝術家，稱得上是藝術家嗎？」

「你在說藤宮春子嗎？」

岡嶋語帶怒氣。

「這只是一般的看法。」

「不可能。」

岡嶋一口斷定：

「這種說法不適用於她。你如果看到原畫就會明白，藤宮春子是真正的藝術家。」

「你挺迷戀她的嘛。」

「迷戀？」

岡嶋又笑了，但是過了一會，他像是自言自語似的說：

「真正的藝術品不該住在普通的盒子裡。藝術就該被相同水準的藝術包裝才合乎禮節。」

後方的轎車打了右轉的方向燈，從後照鏡看到竹內像個孩子一樣，正在揮手拜拜。

青瀨假裝沒有看見。懷疑岡嶋是否真的洗心革面，令他感到有點羞愧。

26

S市丘平町。

誠如其名，紀念館的建設預定地位於背對平緩丘陵地的灌木地帶。南天竹簇生，遠眺能夠看見鄉下常見的遼闊空地。地理位置還可以，南邊有一座由自然湖開發而成的大型公園，周邊鋪設自行車道。除了名產店之外，沒有什麼其他店家。面向西方，民宅零星散布，再過去似乎蓋了住宅社區，幾台挖土機冒著黑煙，正在整地。這裡雖可稱之為S市郊外，但從市中心開車過來只需十五分鐘，搭乘巴士也只要二十分鐘，算是交通方便。

「青瀨，不要停車。」

「什麼？」

「有人先來了。」

儘管青瀨降低了雪鐵龍的速度，還是直接開過建設預定地，因為有一輛掛著品川車牌的保時捷停在路肩。附近有兩人；分別是人中蓄著一撮小鬍子的高個兒男子，以及戴著醒目黃框眼鏡的圓臉男子。他們一面比對手邊的資料和建設預定地的草叢，一面交談。

「小鬍子男是鳩山。」

青瀨將車停在前面一點，岡嶋將整個上半身轉向後方說道。他還說起能勢跨界將魔爪伸向美術館而從笹村事務所獵來的鳩山，如今在能勢事務所排行第三的情報。

青瀨也轉頭望向後方。鳩山他們的視察好像結束了，從容不迫、動作浮誇地環顧寬闊的天空，用手帕拍掉附著於鞋上的泥土，那種都市人的舉止很礙眼。

「也沒什麼了不起。」

岡嶋坐回座位說道：

「聽說鳩山為了去德國視察旅行，還剃掉了那撮小鬍子。他也不過是那種程度的男人。」

青瀨沒有回應，對鳩山人身攻擊毫無用處。岡嶋大概是目睹競圖對手，情緒變得激動。青瀨也是一樣，他調整後照鏡的角度。那兩人還未離去。

「想到概念了嗎？」

青瀨若無其事地問道，岡嶋從鼻子噴出粗重的氣息：

「還沒，到處看完美術館之後再想。」

「這樣能贏嗎？」

「你的意思是，這樣不能贏嗎？」

「別發火嘛。如果是單純比美術館，肯定是熟悉美術館的人占優勢。」

「課題是紀念館。」

「陳列展示品的專業知識一樣。」

「既然這樣，怎麼辦？」

岡嶋反問，他的眼神很認真。青瀨尋找適合的話語，心想現在不能隨便答話。

「你擺明了要我捨棄美術館的發想。」

岡嶋自問自答，青瀨鬆了一口氣：
「我是那樣想。你最好不要被既有想法和成見綁住。」
「你的方案呢？」
青瀨立刻被反問，岡嶋的語氣沒有半點在開玩笑。
「還沒想到，什麼也想不到。」
青瀨望著前方說道。
耳邊發出咂嘴的聲音，青瀨嚇了一跳，看了岡嶋一眼。但是，岡嶋的眼睛凝視著後照鏡。
青瀨也望向後照鏡，那兩人看向這邊，交頭接耳說了什麼。接著，以緩慢的步伐走過來。
「所長，他們走過來了！」
「沒辦法，寒暄一下吧。」
岡嶋強作鎮定，推開副駕駛座的車門。
鳩山走了過來，面露微笑。另一個黃框眼鏡男隔著青銅色鏡片，盯著汽車前面。他或許是在鑑定舊款雪鐵龍的價值，或是在心中奚落「所澤車牌」，暗笑什麼人開什麼車。
「果然是？」
嶋山說出奇妙的第一句話之後，掏出感覺業界人士會喜歡的鋁製名片夾。岡嶋輸人不輸陣地打開浪凡的名片夾，他口口聲聲鳩山這樣、鳩山那樣，但兩人是第一次見面。
「哎呀，所長親自出馬，請手下留情。不管怎麼說，強龍不壓低頭蛇。我們事務所如果不努力一點，可是沒有勝算呢～」
鳩山從容不迫、說話酸味十足，四人的手交叉遞完名片之後，他轉向青瀨：

「咦？青瀨先生，你是不是和我們老闆認識？」

青瀨早就預料到了。他裝傻，目光落在鳩山的名片上。

「原來如此，你們的老闆是能勢先生啊。」

「那麼，你們果然認識？」

「是啊，我們從前在赤坂共事。」

「呃，喏，最近刊載了吧？宮本，對吧？叫什麼來著？」

「《住宅二〇〇選》嗎？」

答話的人不是黃框眼鏡男，而是岡嶋。青瀨在內心咂嘴。

「對對對，就是那個《二〇〇選》。我們老闆給大家看青瀨先生的作品說：『你們設計看看這種卓越的房子，他是我的舊識，創意的優劣和事務所的大小壓根沒有關係。』啊，我沒有別的意思，失禮了。我們老闆非常熱情地這樣說呢。」

青瀨感覺到岡嶋的笑容變僵了。

「順便問一下，貴事務所員工有幾人？」

這簡直是再補一槍。岡嶋知道他明知故問，眼神游移：

「現在靠五人在營運。」

「五人？你是指這次的企畫團隊嗎？」

「事務所成員是五人，所以是全員出動。」

「啊，那可真是了不起……最精銳的少數。」

青瀨忍無可忍，插嘴說：

「能勢好像還是很有活力嘛。」

「是啊，他像是一尾活龍，活力充沛到連年輕人都傻眼。喏，之前，他和太太分開之後，雖然有點萎靡不振，但是最近幾乎天天在銀座的酒店續攤。對了對了，他之前啊……」

鳩山繼續說青瀨只當作耳邊風的話，然後一副任務完成的樣子，連臉也沒有轉向岡嶋：

「那麼，我們差不多該走了。我會告訴我們老闆遇見兩位，他一定會很高興。不過，青瀨先生參戰的話，我們事務所就更危險了。哎呀，我們得把皮跟神經都繃緊些。到現場跑一趟，果然有收穫耶～」

幾乎只有鳩山在說，同業的碰面就這樣結束了。

直到保時捷駛離，岡嶋都沉默不語，即使已聽不見轟隆作響的排氣聲，他還是閉上嘴巴，只是注視著建設預定地的草叢。前哨戰大敗。岡嶋被鳩山戳到痛處，肯定感受到「沒沒無名」的悲哀。青瀨想等到他開口再說話，手插進口袋時，岡嶋嘀咕了一句：

「我們有勝算，遺屬站在我們這一邊。」

岡嶋迅速打開公事包，取出來程在車上給青瀨看過的照片。底下還有一張。

「這是公寓的外牆。據說和剛才的照片相反，是從戶外拍藤宮春子的房間。」

青瀨不禁低吟。外牆是堆砌的磚頭上胡亂塗抹灰漿，令人聯想到因戰火或風雨而遭到摧毀的廢墟。發黑的灰漿大部分剝落，暴露出來的褐色磚頭也嚴重劣化，感覺隨時都會崩塌掉落。那面牆有一扇窗戶，縱長的窗戶在牆上開了大大一個口，黑黝黝的。不，應該說是黑漆漆的，無法窺見沉睡著八百幅畫的室內。鏽毫無痕跡地蝕光窗框的金屬，從窗戶下方朝地面形成數不清的紅黑色條紋。

藤宮春子曾經住在這裡，她在此作畫。從一張照片看不出來，然而，將室內和室外重疊在一起，才顯現出她的決心，或者應該說展現了她身為畫家的嚴峻生活。

「遺屬說，希望我打造紀念館。」

岡嶋看著遠方：

「說不定對方是說好聽話。我第一個去，而且是同鄉。不過，藤宮春子的妹妹明白地說：『我希望你來蓋，如果是那樣就好了。』」

兩張照片在岡嶋的掌中作為證據。岡嶋希望照片沒有被加洗，這樣其他事務所的人就不會看到。

青瀨將視線移向天空。

他的內心動搖。假如沒有在此遇見鳩山，岡嶋會給他看第二張照片嗎？

27

那一晚，青瀨做了惡夢。

凌晨三點，他掀開棉被，呼吸紊亂，背部因流汗而濕成一片。

他夢見了陶特。

陶特的情緒激動，臉色脹得鮮紅，不，是紅褐色。眼鏡的鏡片起霧，寬闊的額頭冒出水滴。雙腿青筋暴露，十根腳趾揪住洗心亭的榻榻米而立，人高馬大的，頭快要頂到天花板。他將身體弓成「く」字，向前傾斜，伸出的食指劇烈揮舞著，以野獸般的聲音，斥責某個人。不知道是誰觸怒了他，對方在紙拉門後方，看不見身影。不是艾麗卡，她待在洗心亭外面，用現在留下來的照片中可以看到的無法解讀表情的臉，注視著陶特。

那是德語、俄語、英語，還是日語呢？陶特的話夾雜怒吼聲，讓人聽不懂。只知道他在動怒，宛如火山爆發般大發雷霆，彷彿噴火山渣般大聲咆哮。他毫不留情、毫無間斷、沒完沒了地持續責罵紙拉門後面的某個人。

好可怕的夢。青瀨一覺醒來，知道那是夢之後，餘韻還不肯放過他的五官，令人畏懼。陶特在另一邊的世界持續發火，像是阿鼻地獄一樣，沒有結束的時候。

青瀨在床上發呆許久，縱然試圖解釋，但夢的內容太過離奇，難以和現實連結。今晚他沒有閱讀陶特的書就熄燈入眠了。之所以跳過就寢前的儀式，是因為想在黑暗中，讓藤宮春子紀念館的畫面浮現。然而，岡嶋防礙了他。自從競圖成為定局之後，他的言行擺盪幅度之大，反而成為目前青瀨最感興趣的事，更甚於陶特。無論如何，青瀨沒有心情沉浸於陶特的高深建築論。三天後要去前日向別墅，若要說有什麼使他夢見陶特，感覺這是唯一的答案。

又不是遠足前的小學生。

青瀨走出寢室，拉起貼住身體的汗衫，前往浴室。若是夢見由佳里，他還比較能夠接受。入睡前，他在思考能勢的事。轉念一想，假想敵相關的資訊越少越好，如果什麼都不知道，他就不會成為真正的敵人。對於現在的青瀨而言，能勢誇獎Y宅邸、和另一半分開、在銀座揮金如土地喝酒玩女人，都是毫無意義的資訊，但是一想到由佳里，這些就別具意義。

青瀨沖著澡，閉眼的時間比平常更久。

那是慶祝建築界泰斗七十大壽的派對會場，一身晚禮服的由佳里從眼前走過。能勢站在青瀨身旁，那是一切的開始。兩人心中同時燃起了愛慕之情。完全是同時，所以毫無心機，沒有誰能讓誰扮演襯托紅花的綠葉角色。如今回想起來，由佳里被兩個男人同時展開猛烈攻勢，心情飄飄然。能勢幾乎每天晚上打電話，她也同時對他們說「兩人單獨見面不太方便」，所以青瀨和能勢兩人同心協力般一起進入了設計業界的派對。辛苦有了代價，他們得以加入定期喝酒的年輕人聚會，儘管締結了紳士協定，但是能勢和由佳里說的話總是比青瀨多上一倍。「剛才，能勢先生他……」由佳里每次提起能勢，青瀨的體溫都會上升，覺得形勢對自己不利。他和能勢被事務所老闆調侃為「雙胞胎」，外貌難分軒輊，縱然負責的領域不同，但是青瀨不認為自己的工作能力和天分比不上他。能勢和青瀨不一樣，個性異常開朗積極，明明年紀輕輕，但是學識淵博、口才辯解。建築學問自是不在話下，商業設計、電影戲劇、古典音樂、相聲和超自然等次文化，他都能侃侃而談。最重要的是，他打從心裡喜愛由佳里，如果知道她的嗜好是編織，就買一大堆書猛K；若是打聽出食物喜好，便大老遠跑去買紅豆大福給她。實際上，確實有一段期間，他覺得由佳里的心偏向能勢。

所以，他告訴由佳里「遷徙」的故事。除此之外，青瀨手上已經沒有能打的牌了。出社會之後，他經常對於自己的身世感到自卑，因此他將身世變成打倒能勢的武器，變成迷惑由佳里的幻想曲。過去的經歷為此而存在；他將毫無接觸電影、戲劇、古典音樂，枯燥乏味度過的那個時代，和山、森林、鳥、花一起生活的那段漫長旅行，用來交換眼前的女性。但老實說，關鍵鏡頭蒙上了一層霧。他是因為被由佳里問到身世才說？或者她沒問，是自己主動說的呢？他想不起照理說想得起來的事，所以應該是後者吧。由佳里和日向子一樣，一次也沒有插嘴發問，專心聆聽青瀨的冗長故事。

形勢變了。過了一陣子，青瀨成功地和由佳里第一次約會。她重新發現「鳥類」這個詞彙，她會說「青瀨是鳥類，所以不懂」「哇～原來鳥類會這樣思考」，那是由佳里在掩飾自己的嬌羞，並暗示自己的心，希望他成為那個特別的人，於是兩人的距離急速拉近。這些青瀨現在才懂。由佳里夢想著木造房子，她相信彼此能夠擁有喜好一致的小天地，才投入了他的懷抱……

能勢沒有放棄。若是由佳里拒接電話，他就寫信。演唱會和音樂劇的門票一定預訂兩張。他在團體的聚會時，不惜用屁股擠開旁人，也要坐在由佳里旁邊。他會滿臉笑容地說：「妳喜歡吃這個吧？」切開花兩小時排隊買到的蛋糕卷，一臉相信會逆轉勝的表情。放長線釣大魚，不論公私，都是能勢的行動原理。因此，青瀨斬斷了他的一線希望，加快了結婚的速度。他和由佳里已經變成往來彼此公寓的關係，但是由佳里無論睡覺或醒著，都在思考設計的事，青瀨不太清楚她腦中有沒有「結婚」這兩個字。兩人並肩洗碗時，青瀨沒有看她的臉說：「我們結婚吧？」由佳里停下手邊的動作，「你說什麼？」「我說，我們結婚吧。」「這是求婚？」「是啊。」「我是人類，可以嗎？」兩人一問一答。由佳里有生以來，從來沒有那樣笑過。她一屁股跌坐在地上，淚水滑落臉頰，青瀨第一次看到有人喜極而泣。

青瀨來到陽台。

手上拿著啤酒，現在已經是新的一天了，所以再喝一罐也沒關係。使夜晚變成夜景的燈光已經消失。天空覆蓋著薄薄的雲，或許是黎明將近，或許夜還深沉，夜空像是草率擦拭的黑板一樣，沒有得知時辰的線索。

能勢愉快地說：「Congratulation!」尋求握手。青瀨笑著伸手回應，被他用力握得斂起笑容。青瀨不記得他的表情，或許是基於武士的慈悲，沒有直視他；或許是如同對由佳里訴說遷徙時，記憶伴隨著內疚，所以被塗抹掉了。能勢應該露出不明白自己為何會輸的表情，他做一千晚的夢也想不到，情敵會化身為鳥類，振翅展現由佳里希望看到的景象。由佳里曾說：「能勢一定沒聽到鳥的叫聲。」青瀨感到既難為情又內疚，所以無法抹滅掉能勢這個人的存在。因為知道能勢是個好人，所以沒有消除記憶。能勢知道青瀨和由佳里分開時，在想什麼呢？離婚後，由佳里和能勢見面了嗎？

青瀨回到床上，但是無法入睡。

即使能夠打造比夜空更陰暗的空間，也不會變成能夠安心遁入的巢穴。陶特在一旁持續發飆的感覺非但沒有消失，反而帶著更加清楚的細節重現。雖然這應該不是跳過閱讀陶特的懲罰，但青瀨現在認為待在紙拉門後方的人是自己。難道這間公寓的這間房屋，是永受苦難的阿鼻地獄嗎？因為化身為鳥的罪、放棄唯一一次獲得幸福的罪，讓他獨自在此重複著無為的夜晚。

幸好沒有蓋我們自己的房子。

青瀨緊閉雙眼。

陶特的怒氣沒有平息，青瀨向艾麗卡求救。明明沒有人教他，但他知道，這是唯一能夠對抗陶特怒氣的方法。

28

五月十日。

雖說連假剛過，但是東京車站一如往常地熱鬧，好幾個校外教學的團體像是魚群一樣移動。青瀨搭上九點五十六分發車的「光號」，回想上次去熱海是什麼時候。他訂了對號座，但是車廂內空得令人感到失落，座位上東一個、西一個商務人士的翹腳方式，也顯得悠哉。

青瀨從公事包取出資料，在座位上的餐桌翻開。那些是布魯諾．陶特親手設計的前日向別墅的隔間圖，和眾多介紹報導……竣工於一九三六年，美術和建築造詣深厚的實業家日向利兵衛委託陶特設計。話雖如此，在那前幾年，別墅本身已經完成，委託陶特的是地下樓層部分的改建。雖然感覺這份工作不適合世界知名的建築大師，但是當時的日本政府無法厚待從希特勒政權下逃亡而來的陶特，所以也難怪他肯降尊紆貴。他旅居日本時的建築工作只有兩件，而日向別墅雖說是改建，但所有設計委託給了他。於是，陶特打造了以「交誼廳」「西式客房」「和室」這三個房間為主的地下樓層。

翻閱手邊資料的過程中，青瀨注意到記載著調查、參觀別墅時的注意事項。幾天前，J新聞的池園傳真來「嚴禁煙火」「不准碰撞」「不准拖著腳步走路」「不准磨擦」等，羅列禁止型的「注意事項」，讓人感到這是就算不喜歡也值得去看的珍貴文化遺產，而加深了期待感。大概是因為每晚閱讀陶特相關的書，思考他深遠的想法，而且在半夢半醒之間被痛罵，也因此對陶特的興趣膨脹為尊敬。非但如此，甚至感覺到近親之情。青瀨對於這樣的自己感到驚訝，這是為了查明Y宅邸的椅子來歷而計畫的造訪，但是無法掩蓋自己滿心期待參觀日向別墅的心情。而且進一步來說，青瀨暗自期待，見到陶特的作品或許能夠激發紀念館的靈感。

新幹線準時抵達熱海。

青瀨站在月台上，沒有邁開步伐，環顧周圍。因為他想，池園或許也搭同一班電車。但是，他似乎是搭下一班「回聲號」，稍晚一點才出現在驗票口。

「好久不見。之前謝謝你了。」

親切的笑容和在達磨寺見面時一樣。

「我運氣好，有一班時間剛好的電車。青瀨先生，你開車？」

「我搭上一班，因為怕被你放鴿子。」

「啊，是喔。我真粗心，如果從東京一起來就好了。」

要是被他知道自己是故意避開就糟了，青瀨心虛地微笑點頭。

「那麼，我們趕快走吧。」

「那裡用走的走得到嗎？」

「是啊，五、六分鐘。少了點跋山涉水的辛苦過程就是了。」

橫越站前的道路，進入通往小山丘的岔路，名產店和民宅林立。前方是陡峭的上坡。

「我等一下介紹這邊地方報一位跟我有深交，名叫笠原的記者給你。他剛才打電話給我，說T大的人大約半小時前進入了別墅。他們要補實際測量，應該不會打擾到我們。」

池園一路上如此說明。

爬上坡道，突然視野開朗，眼前是一片蔚藍的海洋，是相模灣。正前方隱隱約約的是初島嗎？

池園說「這邊」，走向往下的石階：

「椅子的事，希望有所斬獲。」

「啊，嗯，是啊。」

青瀨滿腦子想著參觀，含糊地回應。

步下石階之後，是和緩的下坡，池園說「在那裡」，手指的前方看得見別墅的門口和石板路。周圍配置梅樹和灌木，白牆上的大扇木門從遠處看也感覺得出年代久遠。建築物是木造兩層樓，是有錢企業家的資產，但感覺並不華麗。

門口裝飾方形紙燈風格的門燈，上頭寫著目前持有此別墅的公司名稱來代替門牌。

「青瀨先生，請進。我已經知會過了。」

「打擾了。」青瀨默默說著，從木門進入。溫度稍微下降。三合土的玄關微暗，整齊擺放了五、六雙鞋。擦得一塵不染的橫框是厚實的構造，腳底感受到良好地板材質的觸感。

但是，青瀨想看的建築遺產位於地下。嚴格來說，是「半地下」。日向別墅原本的構造相當奇特，房屋蓋在整平的山地，庭院部分是在面向海洋、以鋼筋混凝土做成的人工地基之上。陶特便是在面海的人工地基下，增建了面海不面山的半地下特殊建築。本來就已經有天花板、地板和牆壁等。陶特親手設計的半地下室混凝土構造，與其說是「增建」，倒不如說是「改建地下空間」比較正確。也就是說，他打造的不是建築物，而是「空間」。青瀨一路上如此告訴自己，來到了這裡。

「我們往下走吧。」

「嗯。」

將近七十年前打造、通往地下空間的樓梯，就在左手邊。青瀨跟在表情有些緊張的池園身後，開始步下樓梯。二十階左右的陡峭樓梯，大概是被小心保存至今，看起來纖細的踏板沒有發出傾軋聲，穩穩支撐了大人的體重。

樓下筆直延伸的竹竿扶手，令人感受到第一個創意。來到地下樓層的小巧大廳就知道，那不是突然想到而為之的創意——牆上覆蓋密密麻麻的細竹，與隔壁房間打通的空間也是使用竹子，並施以格子狀的裝修。

前方也是由竹子擔任引導員，從大廳沿著將圓形蛋糕切成四分之一形狀的樓梯前往「交誼廳」，樓梯扶手也是竹製。四根柔韌彎曲的竹子相連結，巧妙地展現蛋糕的圓弧部分。

交誼廳的天花板到隔壁的「西式客房」，懸吊著大量的燈泡。支撐那一堆燈泡、扮演橫樑角色的又是竹竿，每顆燈泡的電線以編織成鎖鏈狀的竹材裝飾。青瀨的腦海中浮現「仔細再仔細」這句話。

「陶特被竹子的材質所吸引。」

池園以解說的口吻說道：

「我有告訴你嗎？陶特在高崎，對日本傳統的竹工藝品很感興趣。陶特自己也設計了竹製的檯燈。感覺他在此將竹子作為日本之美的象徵，追求竹子具有的特性和可能性。」

任誰踏進這個地下空間，應該都會那麼想。從反覆使用同一種材質，感受到製作者陶特的智謀。

或許是因為青瀨保持沉默，池園留下一句「請自由參觀」，便走向在內側和室聊天的男人們。

青瀨吁了一口氣，環顧交誼廳，感覺大小超過十坪。乳黃色的牆壁塗的是有光澤的灰漿。根據資料，當時這裡擺放著桌球桌和撞球桌，如今空蕩蕩的。青瀨重新仰望懸吊在竹竿上，數量不下五十、一百顆的燈泡，它們分別在天花板的左邊和右邊配置一排，朝隔壁的客房延伸。並非筆直地延展，燈泡的排列有些彎曲，仔細一看，電線也長短不一。是故意的嗎？可以說是符合陶特品味的燈泡排列效果，令青瀨聯想起曾幾何時，父親帶他出門參加某個村子的夏祭廟會。

青瀨走向隔壁的西式客房。一進去，左手邊擺放了一套沙發，面向海邊、大開口的落地窗敞開。目光被右手邊吸引，牆壁處蓋了和房間寬度一樣的五階樓梯。資料上的說明為「客房上層」，走近看，有一種像是站上才藝發表會舞台的亢奮感。舞台不窄也不寬，是有點不可思議的空間，一整面牆貼著接近胭脂色的絲織品，天窗式的燈具嵌入天花板。回過頭來，隔著窗戶可以看見相模灣的水平線。從下層的沙發眺望，景致會被樹木遮掉一部分，但是從高處看，就能飽覽全貌。

若從建築師的角度來看，不難想像這個階梯構造的客房上層，是為了解決房間原本的惡劣條件而發想。據說因為懸崖傾斜，所以封閉的山側和開闊的海側之間，有一公尺左右的高低落差。為了規畫室內空間，必須下一番巧思，填補高低落差。陶特十分大膽，以堪稱巨大訂製家具的階梯，解決了難題。不，他反過來利用惡劣條件，具體呈現了「階梯椅子」，以海景同時接待人數眾多的客人……

隔壁的「和室」也有階梯的構造。一．五坪左右的上層被稱為「書房」，果然也是能夠將相模灣盡收眼底的貴賓席。階梯塗成接近褐色的紅色系顏色，柱子和門楣也以相同顏色統一。青瀨心想：「我看過這個顏色。」想起了那是什麼，脖子變得僵硬。是陶特的臉。在夢中，情緒激動的陶特的臉色，正好是這種接近褐色的紅。

「青瀨先生……」

青瀨嚇了一跳，回頭一看，池園站在眼前。他身旁有個矮胖的中年男子。中年男子說「敝姓笠原」，遞出名片。他就是池園在路上提過的，當地A新聞的文藝部記者。他長得好像對世界有什麼不滿，皺著眉撇著嘴的苦瓜臉問：

「怎麼樣？請說說參觀後的真實感想。」

才剛見面，笠原就沒禮貌地發問，青瀨有些光火。青瀨的真實感想是「陶特令人陶醉」，但是他以彼之道還施彼身的樣子，冷淡地回答：「我累了。」實際上，青瀨確實精疲力盡。

「陶特說，他併呈了現代要素和日本要素……關於這一點，你覺得如何？」

笠原接連發問，青瀨頓時舌頭打結。心中雖有稱讚的想法，但是他現在不想化為語言告訴別人。因為他不覺得陶特會徵詢他的意見，反而感受到「你自己慢慢花時間思考！」這種訊息。

「陶特將三個房間比擬為音樂家來表現，對吧？」

不知不覺間，池園加入了對話：

「第一間交誼廳是貝多芬，西式客房是莫札特，和室是巴哈。」

「與其說是音樂家，倒不如說是用比喻的方式指出三人的音樂性差異吧？」

笠原一本正經地說道。池園輕快地回應：「對對對，就是那個意思。」青瀨原本以為他是在替自己解圍，但好像不是。池園很想聊關於陶特的事，心癢難搔。笠原似乎也對不肯明說的青瀨失去興趣，不僅將臉、連身體也轉向池園。

「不過，小池，那可能也是誤會喔。因為陶特並沒有將貝多芬的音樂性納入交誼廳，或者打造充滿莫札特氛圍的客房。」

「可是，我之前在某本書上看過，是那麼寫的。」

「啊，你相信那個嗎？才不是呢。陶特只說，他賦予各個房間獨特的節奏。總之，他想說的是，他以節奏不同，但是同屬音樂領域的事物，統一了三個房間。那就是合併吧？我認為，合併也可以稱為融合。」

換作從前，青瀨大概會覺得自己是門外漢。但是，多虧讀書的成果，他大致上都聽得懂。

「最後的說法有點草率吧？笠原兄的想法太偏激了。」

「什麼？想法太偏激？草率？哪裡草率？真令人火大。試圖將日本的古典風格現代化，就等於融合。實際上，就是這間別墅呈現的，不是嗎？陶特在一個一個房間這麼做，整體看三個房間，也是這樣。就連對於竹子的那分執著，若說『只是單純受到材質的魅力吸引』也不足以釋解吧？」

「嗯、嗯，新日式的概念。這整個地下空間確實如此。」

「對吧？陶特說，他也納入禪的精神，想要做成嚴肅且古典的空間。我認為，將音樂換成禪思考也很有趣。」

「啊，我也喜歡禪的那段話。甚至感覺陶特超越了對日本文化的喜愛，傳達了類似對日本人的感謝心情。」

「如果要說感謝，陶特說不定是在感謝讓他愛上日本的桂離宮，但我也覺得他對日本人有感謝之情。我寧可那麼想。」

青瀨忍住浮上心頭的笑意。這個名叫笠原的記者看似少根筋，但說不定意外是個好人。

我愛日本文化……

青瀨想起洗心亭石碑上的話。日本文化受到陶特的祝福，這果然是一件幸福的事。戰後遭人遺忘的日本文化，被極端的西化和世人提倡經濟優先所吞噬，如今，日本文化這個價值觀正在消失。但是，在布魯諾．陶特這位「偉大的外國人」眼中，令他讚不絕口的事實，即使歷經將近七十年，仍在向日本人發出「重新發現日本之美」的根據與自信。一直以來都略過陶特的青瀨，置身於建築界，毫無自覺地重複著破壞日本文化的工作。他告訴自己不能略過陶特。

青瀨抬起頭；注視著和室——西式房間——交誼廳連在一起的空間。「接近褐色的紅」這個偶然的一致，充其量只是偶然的一致。三個房間，也可說是一個空間，充滿和憤怒扯不上邊的清風。這是陶特留給日本的禮物。陶特於一九三六年的秋季，完成別墅的改建，不到一個月就從日本出發，受邀到土耳其，度過了建築師的最後晚年。

兩年後，艾麗卡將死亡面具送來少林山。魂歸之處是活著時無法停留的地方嗎？陶特深愛日本文化，但他肯定對當時的日本這個國家蹙眉。說到一九三六年，是發生二二六事件*，日本快速軍國化的時期。人生因祖國的軍事獨裁而被打亂、被迫逃亡的陶特，心情不可能平靜。二二六事件當天，他的日記上寫道：「少林山的雪景是黑白兩色。但是，東京還多了紅色，變成黑、白、紅三色。」接下來的內容是壓抑心情的記述，能夠一窺試圖冷靜觀察事態變化的陶特內心，但是他八成在大聲斥責，因為日記以「無論如何，戰爭在『非常時期』這個面具下，正式展開」收尾。來自土耳其政府的邀請，讓渴望建築工作的陶特，下定決心離開日本。但是，這是唯一的理由嗎？他內心某處是否有著「從日本逃亡」的想法呢？這只是青瀨的想像，縱然那是再度逃亡。當時，土耳其和德國的關係也不差。陶特肯定是抱持重蹈覆轍的不安，離開日本。時代令晚年陶特的心，片刻不安寧。但是……

眼前的寬敞空間，沒有一絲恐懼、焦躁，更遑論是憤怒的氣息。唯有意志，青瀨感受到「保留」這種堅強的意志。因此，這空間「保留了」將近七十年。

青瀨想起第一次因工作而畫建築圖稿時的心情。自己畫的一條條線，逐漸在大都會的各處，於地面形成。打造建築物的喜悅，內心的雀躍無與倫比。想都沒有想過自己打造的建築物會在不久後消失。但是，消失了。不到十年，青瀨設計的幾棟商業建築遭到拆除或改建，牆壁被重塗成離譜的顏色。他滿腦子都是創造，無法想像回頭看的自己。

---

*又名「帝都不祥事件」，指一九三六年二月二十六日發生於日本東京的一次失敗政變。日本陸軍部分「皇道派」青年軍官，率領數名士兵對政府及軍方高級成員中的「統制派」意識形態對手與反對者進行刺殺，最終政變遭到撲滅。二二六事件是日本近代史上最大的一次叛亂行動，也是一九三〇年代日本法西斯主義發展的重要事件。

「我總覺得陶特在對我說，不要蓋不打算保留的房子。」

對於笠原不知第幾次的提問，青瀨如此回答。笠原和池園好像十分滿意。

「笠原先生，熱海市要保存這裡的事情有在進展嗎？」

青瀨一問，笠原以和剛才判若兩人的開朗語氣回應：

「有的有的，不用擔心。東京篤志家的女人以保存建築物為條件，捐獻購買資金給市政府，事情應該會就此圓滿。」

「那就好。」

「啊，對了，青瀨先生……」

池園像是想起來似的說道，青瀨知道他要說什麼。

「椅子的事怎麼樣？」

「白忙一場。」

青瀨立刻回答。

到處都有椅子。走出大廳的地方、交誼廳的牆壁旁、西式客房的上層都放了幾張椅子，但用不著走近，一看就知道不一樣。青瀨想岡嶋說的根本不算數，但是他並不怎麼期待在此能夠解開所有謎題，所以也不太失望。

「你同事說他在這裡坐過類似的椅子，對吧？」

「嗯，是啊……」

「會在倉庫嗎？」

「如果有管理員，我想在回去時問一問。」

笠原點點頭說：

「青瀨先生是來調查椅子的吧？有沒有照片？也請讓我看一下。」

青瀨點頭，在公事包內摸索，取出椅子的照片。

「哎呀！」

笠原一看到照片，低聲叫道：

「我知道這張椅子。我想，一定是那個。」

「真的嗎？」

池園興奮地問「在哪裡？」，環顧周圍。

「啊，不在這裡，在上多賀的蕎麥麵店。」

「那麼，是你之前說的那一套桌椅嗎？」

「嗯，就是那個。很類似，或者應該說是一模一樣。」

青瀨顯得興致缺缺，他認為自己露出了有點困惑的表情。繼中輕井澤之後，又是蕎麥麵店？儘管感覺笠原不是壞人，但是突然變得開朗的態度，給人的信賴度仍舊極度趨近於零。

29

相模灣反射的陽光，閃閃發亮。

三人離開日向別墅後，搭計程車前往上多賀，據說是十五分鐘左右的車程。

「其實啊，那是七年前，另一份地方報寫的消息。」

笠原一面搔頭，一面說起：

「那間蕎麥麵店的建築物，原本也是日向先生的資產。如果進一步追本溯源，是位於別的地方、別人的別墅，日向先生於一九三五年買下，移建於上多賀的。當時，他也委託陶特監工。」

聽著聽著，青瀨開始產生興趣，因為內容極具真實性。

據說陶特接受日向先生的委託，承租了移建工地附近的民宅，和艾麗卡一起從高崎移居來此。陶特在那間民宅設計兩人使用的桌椅，請當地的木工製作。移建工程結束，陶特返回高崎時，日向先生接收了所有桌椅，放在別墅。爾後，建築物幾經易主，桌椅沒有被搬出去，從上一任持有者交接給下一任持有者。

「也就是說，那間移建的別墅，如今變成了蕎麥麵店嗎？」

青瀨下了結論，笠原點頭如搗蒜：

「是的、是的。從二十五年前左右起，由蕎麥麵店老闆持有。七年前，當時是國中生的老闆女兒，因為暑假的自由研究作業寫了『我家與布魯諾．陶特』，某報便將那件事寫成了報導。」

「笠原先生，你實際看過桌椅嗎？」

「看過。因為我為了寫後續報導前往採訪……」

「笠原先生也是從以前就知道了。」

池園以袒護的口吻說道。

「是啊。陶特在日記也寫到，他在上多賀請木工製作了桌椅。我雖然記得，但覺得還沒有寫成報導的價值。」

「那篇報導的獨到之處，就是老闆女兒的自由研究，對吧？」

「是啊，我輸了。真是的，在好的時間點被別人先寫了。」

在青瀨插不進記者之間的對話時，計程車駛入蕎麥麵店的停車場。

蕎麥麵店正在營業中，認識老闆的笠原簡短說明來意後，態度穩重的老闆引領眾人到店家內側。據說桌椅平常是收起來，碰巧親戚來電說想看，所以剛好搬到屋內。

「真幸運。」

池園小聲說，青瀨無心回應。事情和岡嶋說的大不相同，椅子不是作為日向別墅的日用品所製作。然而，突然浮出檯面的這件事卻很真實，青瀨有一種即將遇見真相的預感。

老闆帶他們到一間三坪大的和室。

青瀨屏住氣息。堅固的長方桌躍入眼簾，而配置於桌子周圍的六張椅子，奪走他的目光。青瀨走上前去，從桌下拉出一張椅子。用不著和照片比對，眼睛正確地記得，它的形狀和新舊程度跟Y宅邸的椅子一模一樣。

「是這個嗎？」

對於笠原的提問，他只回答了「嗯」。

青瀨傾斜椅子看，也將它翻過來，看了背面。沒有「井上陶特印」，這是當然的。它不是商品，而是陶特和艾麗卡為了在生活中使用，請木工製作的「特製品」。青瀨心頭一怔，回過頭來。老闆一臉擔心的表情。

「啊，對不起。」

青瀨低頭致歉，格外慎重地扶起椅子：

「我可以坐看看嗎？」

老闆說「請坐」，青瀨在促請之下落坐。十分貼合身體曲線，一股親切和懷念湧上心頭，和坐在Y宅邸椅子上的感覺完全一樣。青瀨閉上雙眼，陷入一種身在Y宅邸二樓的錯覺，連充滿視野的那一片藍天也在腦海中復甦，但是……

不一樣。青瀨睜開眼睛，重新數算椅子的數量，有六張，桌子以那六張椅子能夠緊密收納的尺寸製作。這代表椅子沒缺半張。既然如此，Y宅邸的椅子不是來自此處的這套桌椅。也就是說，它是模仿青瀨現在坐著的這張椅子所製作的仿造品。

「雖然一模一樣，但不是原創的，對吧？」

池園遺憾地說道。

「不過，小池，作為商品販售的椅子與複製品並不一樣喔。陶特在家裡使用後，真品一直在這裡，真的是珍藏在這間宅邸內將近七十年。」

「那又怎樣？」

「你真遲鈍啊～這代表製作贗品的某個人，必須來這裡仔細觀察這張椅子才做得出一模一樣的東西。」

「原來如此，你真聰明。可是，要調查所有來過這裡的人嗎？七十年耶。照片的椅子確實相當古老，如果是五、六十年前製作的，根本無從調查，不是嗎？」

「說不定那正是七十年前製作的。」

青瀨從椅子站起來說道。聽著兩人的對話，他心想：椅子會不會一開始是七張？

「總覺得不是贗品，因為太過相像，搞不好是被委託的木工多製作一張，偷偷連自己的份也做了。」

兩人重重地點頭，同時說：

「木工啊～」

「他應該已經過世了，但是如果找到他的孩子或孫子……陶特的日記裡有木工的名字嗎？」

兩人像是互相牽制似的露出一副深思的表情，由池園展開不利的先攻。

「嗯～我想，沒有寫到名字。」

「沒有。我記得……關於別墅，出現了『佐佐木先生』這名木工，但是這個自家用的桌椅是無名的木工。」

「找得到嗎？」

問完之後，青瀨心想：「完蛋了。」他非常想要仰賴報社的調查能力，但總覺得允許他們進一步深入這件事不太妙。

池園一臉困窘的表情說：

「移建別墅時，陶特住在附近的民宅，所以木工也不是住太遠的人。不過，如果是七十年前……老闆，你知不知道什麼？」

池園將話題丟到老闆身上，老闆搖了搖頭：

「哎呀～那麼詳細的東西沒有流傳下來。」

「我想也是。只好請占地利的笠原兄發動人海戰術了。」

笠原皺起眉頭，雙臂環胸。感覺他馬上就要展現男子氣魄，或是追訪陶特的記者氣魄。

「我不能提出這種無理的要求。這完全不是什麼案件，只是我見不到想見的朋友而已。」

青瀨連忙說，笠原的身體洩了氣。但是，臉部仍因池園的煽動而鼓脹。

青瀨想要結束這場對話，將臉轉向老闆，提出了原本認為能問就問的問題：

「有一位叫吉野陶太的，曾經因為這張椅子登門拜訪嗎？」

「噢，他來過。」

一時之間，青瀨無法做出任何反應。

他來過？

「是個個頭矮小的男人吧？」

是的。青瀨回答的聲音嘶啞。

「我清楚記得他。因為椅子的事上過這邊的報紙，之後過了兩年左右，他來了。他問我，能不能讓他看椅子。」

青瀨呆立不動。

「他說他在仙台長大，是吉野陶太吧？」

「我、我想是的。」

「感覺他非常開心。跟你一樣，一下子到處撫摸椅子，一下子坐下。然後，他說他擁有這張椅子的設計圖，令我大吃一驚。」

情況「急轉直下」，這句四字成語像箭一樣刺穿腦袋。

30

回程的新幹線，青瀨不得已坐在池園旁邊。

青瀨想擁有獨處的時間，在上多賀的蕎麥麵店獲得的資訊，令人吃驚。吉野陶太曾經造訪過那間店，坦言自己的籍貫是仙台，擁有陶特的椅子設計圖。這件事很具體，而且朝確切的方向動了起來。因此，知道吉野一家人間蒸發的青瀨，和不知道的池園很難一起討論。在月台等電車時，青瀨就已經遭受了一波攻勢。「青瀨先生，你不知道吉野先生是仙台人嗎？」「我聽他說是在長野長大的，所以不知道是在仙台出生。」

他是在仙台出生的嗎？青瀨不記得聽吉野說過出生地。住在東京的人如果沒有刻意透露，對方大多是東京人。青瀨對「吉野先生」的事一無所知，每次池園開口說什麼，他都忍不住緊張。但是，池園擁有狂熱分子特有的大量資訊，在與吉野一家人間蒸發有關的陶特之謎上，給青瀨許多啟發。只要不踩到地雷，他確實是青瀨想要的最佳華生。

「好可惜。如果能問到那個叫吉野的人，為什麼擁有椅子的設計圖就好了。」

青瀨重重地點頭。聽說老闆問了，但是被吉野岔開話題，老闆對此感到遺憾。

「算一算時間，吉野是五年前左右來到那間店。當地報紙則是在七年前刊載椅子的報導……也就是在那之後的兩年。」

「兩年後才去，我覺得合情合理。其實，地方報刊載報導的一年半或兩年後，建築雜誌曾經做了陶特的特輯，也提到上多賀椅子的故事。吉野先生大概是看了特輯，才去那間店。因為東京看不到地方報紙。」

青瀨這才理解。不久後，他又想通了另一件事。在Y宅邸的二樓發現椅子時，看過陶特的椅子相關報導的記憶掠過腦海，但不是報紙，既然如此，是在建築雜誌看到的吧。

「不過，仙台是個大線索。」

池園用深感興趣的表情看著青瀨。青瀨知道他的言下之意：

「陶特曾經待在仙台，對吧？」

「是的，你真清楚。那是他在高崎的洗心亭安頓下來之前。仙台有一個設施叫做前工商省工藝指導所，那邊聘請了他。那裡是因應昭和初期的恐慌而創設的設施，國家想要獎勵培育工藝產業，振興出口。陶特在初創期參與，對於指導所而言，應該沒有比這更幸運的事了。」

「他在那裡做什麼？」

「除了做設計之外，陶特被聘請的理由在於對指導所的改革意識。為了生產具有國際競爭力的工藝品，他寫了厚厚的事業計畫書交給指導所。」

「他好像沒有待很久，對吧？」

池園偏了偏頭，盯著青瀨的臉：

「青瀨先生，你好像很熟知陶特的事？」

「受到你的感化，我看了不少書。」

「哪有什麼感化。」

池園開心地笑了：

「建築這條路，果然是避不開布魯諾．陶特的吧。」

「我並沒有避開他。欸，算了。然後呢？」

「噢，然後，陶特待不到四個月就離開了仙台。指導所的工作人員全部讚同陶特的提案，但是不知道為什麼，看在陶特眼裡，工作人員什麼也沒執行，而且沒打算執行。於是，他越來越焦躁……」

池園露出了像是自己挨罵的表情。

「他在仙台製作了椅子嗎？」

青瀨拉回正題，池園立刻點頭：

「他在研擬檯燈製作計畫的同時，也試做了椅子和門把。」

「陶特設計了椅子？」

「應該是。他像在上多賀的做法一樣，設計後，讓工作人員去製作。」

「既然這樣，他在仙台設計的椅子和蕎麥麵店的椅子，也有可能是根據同樣的設計圖所製作，對吧？」

池園「嗯～」地沉吟。

「這很難說。雖說是設計，但是椅子和工藝品的情況，與畫建築的圖稿不一樣，大多數的設計圖是陶特手繪的簡單素描，然後寫下規格而已。哎呀，不過，我懂你的心情。忍不住會擴大想像，對吧？譬如說，陶特在仙台提出那張椅子的設計方案，但是工作人員無法妥善製作。來到上多賀時忽然想起來，改讓當地技術好的木工製作。」

「假如是這樣，那麼，代表原本的設計圖在仙台的工藝指導所。」

青瀨抱著些許期待說道，但是池園搖了搖頭：

「有這種可能嗎？我剛才說很難說，是因為指導所在昭和四十年代、一九六五到一九七四年作為工業技術實驗所，為了擴大組織而被解散。說好聽是擴大組織而解散，其實就是廢除了指導所。」

「沒有留下資料？」

「現在變成產業技術綜合研究所的東北中心，不去碰碰運氣，我也不敢說什麼。但是據說那邊不太關注陶特的事，所以資料流失的可能性很大。」

倘若如此，吉野是怎麼獲得椅子的設計圖呢？

「當時指導所的相關人員長期保管那張椅子的設計圖，吉野先生因為某種因緣巧合獲得它，是最自然的吧？」

「不然就是，吉野的父親或祖父是指導所的工作人員。」

青瀨一說，池園「嗯、嗯」地用力點頭：

「有一說是設計圖原本就在家裡，這種說法最有可能。不，就像我之前也說過的，偶爾有那種案例；像是代代做木工的人，家裡倉庫忽然跑出陶特的設計圖。吉野先生的職業是什麼？不會是木工或家具師傅吧？」

青瀨一時語塞，然後回答：

「進口雜貨的批發商。不過，說不定自己創業了。」
「父親或祖父呢？」
「不知道。吉野沒有說過家人的事。」
「說不定他父親或祖父是指導所的相關人員……啊，誰打來的呀？」
池園掏出震動的手機，對青瀨說聲「不好意思」，走向車廂外的通道。
青瀨鬆了一口氣。聽見電車行走的聲音，車廂內的搖晃也變得真實。
同床異夢就是這樣吧。池園想必很詫異吉野究竟是何許人也？他和青瀨是什麼關係……？
青瀨心想：「我才想問吉野陶太是何許人也？和我有什麼關係？」
他在木工或家具師傅的家庭長大？青瀨不知道，連聽都沒聽過，頂多只知道吉野賣了進口家具給田端的房東。
他擁有上多賀的椅子設計圖？
難道Y宅邸的椅子是根據那張設計圖製作的嗎？誰製作的？不是吉野。他既不是木工，也不是家具師傅，就算他是，如果是長大成人之後才製作的，椅子的年代和原版不同。肯定是他父親或祖父製作的。何時？在哪裡？應該可以將時間範圍縮小至接近原版製作的年代，地點果然是仙台的指導所嗎？他父親或祖父任職於指導所，從陶特手中拿到設計圖，製作了Y宅邸的椅子？或者是陶特離去後，看著他留下的設計圖製作？「吉野家」擁有椅子和設計圖，吉野陶太繼承了它們。如果設計圖有好幾份，就說得通了。陶特做事一絲不苟，又是筆記魔人，他有一本抄寫相同椅子設計圖的筆記本，給上多賀的木工看……
青瀨注視車窗外日落西山的景致。

腦海中吉野臉上的笑容斂去。仙台人，這種說法太可疑，令人聯想到平日以詐騙維生的庸俗男人。青瀨停止責怪、怨恨吉野，他只希望吉野一家人能好好地出現在面前。但是，吉野像學不乖似的不停欺騙青瀨，無論回溯過去的任何時間點，他都在撒謊。青瀨覺得Y宅邸是「金蟬脫殼」的殼。但是青瀨想不透，吉野在成功金蟬脫殼之後得到了什麼好處。青瀨看到變成空殼的房子，不知道他們跑去哪裡，惶惑不安地環顧四周。

「青瀨先生……」

青瀨睜開眼睛，看見池園的臉，以及列車長的身影，連忙從懷裡掏出車票。池園將它和自己的車票重疊，遞給列車長。

「不好意思。」

「哪裡哪裡，你好像很累。」

「啊，不……只是陶特令人陶醉。」

「陶特令人陶醉？」

「是的，我完全被日向宅邸給灌醉了。」

「陶特令人陶醉，被日向宅邸給灌醉了。真棒的評論，這句我可以收下嗎？」

青瀨說「請請請」，轉動咔啦作響的脖子。

「呃，假如你不介意的話，我去仙台跑一趟吧。」

池園有些客氣地說道：

「我在仙台的M新聞有熟人，而且之前去仙台時，也認識了正在研究陶特的人。」

青瀨說「不」，但是沒有接下去。

「會造成你的困擾嗎？」

「不是。正好相反，我也對笠原先生說了，我不想給大家添麻煩。」

「哪兒的話……」

「能不能介紹那位陶特的研究者給我？」

池園的眼神中，霎時摻雜沮喪的神色，但是僅止於此。

「好。我在公司找到之後，再跟你聯絡。」

「不好意思，謝謝。」

「可是，如果你要去仙台，時間配合得上的話，我也想一起去。如果知道那張椅子的由來和來龍去脈，感覺會成為一篇有趣的報導。」

青瀨只能含糊地點頭。

車窗外已經微暗。

日向別墅一點也沒有遠離。陶特打造的半地下空間，好像絲毫不介意陶特的椅子所帶來的紛亂。

31

晚上八點多，青瀨回到了所澤。

他順道前往事務所，真由美還在。竹內也蜷縮著背，面向辦公桌。競圖專用桌上，照片和資料堆積如山。

「辛苦了～」

真由美頗有精神，說自己「好像在生第二個孩子」，且一直將第一個孩子勇馬託給母親。竹內的眼睛下方出現了淡淡的黑眼圈，一問之下，他說自從決定參加競圖以來，一直有點發燒，夜不能寐。

岡嶋和石卷前天出發視察，今晚住宿甲府。負責蒐羅國內紀念館的竹內，挑選出將近一百件美術館和紀念館的資料，經過其他四人投票篩選之後，再由岡嶋選出十幾件。「為了不構思出陳腐的紀念館，到處參觀陳腐的紀念館」——出發前，岡嶋對青瀨低喃了這句稱不上是逞強或怯弱的話。青瀨建議他，最好也讓西川同行。競圖是以理念、提案和透視圖的好壞決定一切。若想讓西川畫出令評審眼睛為之一亮的透視圖，就要盡量讓他看到岡嶋在構思過程中的想法。

「可惡～我也想去啊～」

竹內連懊悔的方式，都令人感受到他的良好家教。青瀨拍了拍他的肩：

「別抱怨了。在這裡也能思考創意，要不斷丟出點子喔！津村小姐，妳也要一起想！」

真由美指著自己的鼻子：

「我也要？可以嗎？」

「妳用電腦看過了全世界的建築吧？要相信看過一大堆好的建築、美的建築的大腦，想像要打造哪種紀念館。就算是片斷的創意也好，想到之後，化為言語或畫下來，刺激所長！」

「這樣啊～說的也是。管它奇怪不奇怪，創意不嫌多。」

真由美嗨了起來，但是竹內依舊一臉悶悶不樂的表情：

「我很想那麼做，但是……」

他伸向辦公桌的指尖，不斷翻閱厚重的書，是《S市的歷史》，岡嶋出發前給他的作業。岡嶋說：「挑出感覺能夠抓住當地人的心的象徵性事件！」岡嶋也指示真由美，收集能夠傳達戰後巴黎勞工階級生活情形的資料。

「挖掘S市的歷史，應該會是好提案。因為東京的事務所沒有那種發想。」

「哎呀，我也那麼認為。所以，我今天一早就去了圖書館，但是因為現實世界的工作被招喚回來，深谷的物件卡到河川的問題。」

「你是指界線問題？」

這是設計靠近河川的物件時常見的問題。市政府的下水道課等單位會來找碴，要求清楚出示和河川之間的界線。

「不是。昨天交通部的人來巡視，說House在河川區域內，所以不行。」

交通部？House？

「因為是一級河川，所以是國家層級。啊，House不是指房子，而是園藝農家的溫室，和房子一起蓋的。房子當然在河川區域外，但是溫室在區域內。我也是粗心，負責人員盛氣凌人地說要『立刻拆除！』，客戶就嚇到了。所以，我今天去交通部的辦事處談判。」

如今，青瀨對於竹內善於照顧人並不感到驚訝。據說竹內的夢想是讓全日本沒錢的人都住得起低成本住宅，不知道是否因為這個緣故，他的工作態度和助人、改革社會，一脈相通。

「談妥了嗎？」

「我按照規定申報，所以勉強解決了。不過，你聽我說，那個要提交的文件很好笑，說要寫『拆除計畫書』。你有經驗嗎？」

「沒有。溫室的拆除計畫？」

「是啊。要我鉅細靡遺地寫下假設在上游的觀測所，河川的水位超過一定程度，就要自己出動，動用幾個人、花幾小時、使用哪種機具拆除溫室。我也寫了你的名字，萬一要拆除的話，請你操縱怪手。」

青瀨笑了。

「聽說我也被計入了人數。」

真由美一面笑，一面遞出咖啡。

「真由美小姐力大無窮，所以算兩個人。」

「竹內，你好過分～」

每當真由美嬌嗔地說話，竹內就會害臊。那種令人莞爾的景象，更突顯出目前笑不出來的急迫狀況。竹內因為忙著寫溫室的拆除計畫，半天就沒了。他平常就有點過勞，處理工作的同時，又被競圖的準備作業追著跑，還要和青瀨分頭代理石卷負責的幾件工地監工。真由美也受到波及，巴黎的舊地圖占據電腦畫面，辦公桌上散亂著帳冊、一疊未處理的帳單，以及幾張寫到一半的室內設計提案。

只有五人的事務所參與大型競圖，就會變成這樣。鳩山之前嘲諷地說：「最精銳的少數。」即使青瀨一再將鳩山那張傲慢的臉逐出腦海，它就是會在眼皮底下浮現。競圖專用桌的邊緣，放著真由美親手製作、用來倒數的小翻頁日曆。振奮人心的標題是「岡嶋設計事務所的九十天戰爭！」，而鮮紅的數字則是「79」。距離競圖的勝負，剩下七十九天，面對這個艱辛的工作，事務所的眾人是否撐得住呢？「九十天戰爭！」下方，小小地寫著「勇馬對不起♥」的圓潤字體，小到即使瞇起眼睛也看不見。

「你有成果嗎？」

竹內臉上殘留笑意地問。

「什麼成果？」

「咦？你今天去了布魯諾．陶特的日向宅邸一趟吧？」

「噢，嗯。」

「怎麼樣？感覺有什麼能夠活用在紀念館的嗎？」

大概是岡嶋說青瀨也是為了競圖而去視察。

「老實說，我對陶特不太感興趣。總覺得他很傲慢，只不過是待了幾年，就說什麼重新發現日本之美。」

要是池園或笠原聽到，八成會氣到七竅生煙。不，連青瀨也感到相當不悅。

「想到假如陶特沒有來日本的話，我就覺得有點可怕。」

青瀨嘗試稍微反擊，竹內誇張地露出驚訝的表情：

「可怕？咦?!咦?!那不是天大的讚美嗎？假如陶特沒有來日本的話，日本的建築史會不一樣嗎？」

「你敢說沒有改變嗎？」

「這個嘛，嗯，應該不是毫無改變。」

「七十年前，或許只變了一點點，但是陶特改變了日本人對於事物的看法。我認為那是無庸置疑的。」

「真不像你。」

「哪裡不像？」

「熱情的地方。」

說完之後，竹內噗哧一笑：

「我和真由美小姐常說，青瀨先生好酷，就像漫畫《骷髏13》的一流殺手一樣。」

「我可沒說過那種話唷。」

真由美連忙插嘴道。

「妳明明就有說，妳說他像高倉健。」

「胡說八道。畢竟，我完全不認識高倉健或骷髏13，全部都是你說的吧？」

當青瀨和竹內面面相覷，哄堂大笑時，辦公桌的電話響起。

大概以為是岡嶋打來的，真由美原本賭氣地鼓起臉頰，心情瞬間變好了。她飛也似的奔向辦公桌，接起話筒，但是馬上面無表情地偏了偏頭。

青瀨想如果是岡嶋，他也有話要說，跟著走向辦公桌。真由美向對方說「請稍候」，摀住話筒，望向青瀨：

「是報社的人打來的……」

青瀨立刻想到是池園，他回到公司馬上找到了仙台的陶特研究者。

青瀨說「我來聽」，從真由美手中奪過話筒。真由美說「啊，可是……」，青瀨馬上明白了她遲疑的理由。

「你是岡嶋昭彥先生嗎？」

聲音含糊不清，和池園一點也不像，帶有陰沉的音調。

「所長正在出差，您是哪位？」

「他什麼時候回來？」

「這個嘛……」

青瀨看了白板一眼，預定明天之內，晚則後天回來。

「我會請所長跟您聯絡。請問您的姓名和電話號碼？」

隔了一段令人不悅的時間後，青瀨也馬上明白對方停頓的理由。

「你不是岡嶋先生嗎？」

青瀨將話筒移開耳朵，心想：「對方懷疑我是岡嶋？」對方的疑心變成青瀨的疑心。

「不是。請問您的大名是？」

「我是東洋新聞的繁田。請告訴我岡嶋先生什麼時候回來？」

東洋新聞……是日本國內數一數二的大型報社。

「我不清楚。請問您有什麼事？」

「能不能告訴我他的手機號碼？」

「不方便。請問您有什麼事。」

「如果你是岡嶋先生，我就告訴你。」

這目中無人的回答令青瀨感到憤怒。

「我能夠聯絡上他，但若不知道您有什麼事，我就無法傳達。」

這次隔了一段思考的時間，對方可能在跟誰討論。報社內的喧囂，電話的另一頭有著各種聲音。

「我想申請採訪。」

聲音突然回來。

「哪種採訪？」

「我要跟本人說．因為內容有點複雜。」

簡直是雞同鴨講。青瀨感到煩躁，對方連姓名和身分都不願吐露。事務所也是掛著招牌營業，青瀨也不能一味堅持不讓他和所長見面。

「我會傳達您的來電。您是東洋新聞的……」

「敝姓繁田。」

「隸屬的部門是？」

青瀨之所以提出這種問題，是因為今天一整天都和池園跟笠原在一起。

「社會部。」

繁田語帶威嚇地說。青瀨總覺得不祥的預感似乎要應驗了。

「社會部的話，是和什麼案件有關嗎？」

「我之後會跟本人說。」

對方狠狠地甩上對話的大門。

「我知道了。有其他要我轉達的嗎？」

「請告訴他，我很想見他。我明天會再打電話過來。」

「我會跟他說。」

青瀨忍不住粗魯地放下話筒。

「青瀨先生……」

青瀨聽到聲音，回過頭去，眼前並排著兩張擔心的臉。竹內高八度地說：

「案件是指什麼？」

「喔，我完全沒頭緒。」

青瀨嘴巴上說著，背對二人撥打岡嶋的手機。幾次撥號聲之後，極度開朗的聲音鑽入耳膜。

「嗨～青瀨。你已經回來了嗎？日向宅邸怎麼樣？」

看來他喝了不少。

「日向宅邸的事等你回來再說。你和西川先生會合了嗎？」

「昨天會合了。你有事找他嗎？」

「不是……剛才啊，東洋新聞一個叫做繁田的記者打電話來事務所，他說有事想要問你。」

青瀨努力以輕快的語氣說，但是他知道岡嶋倒抽了一口氣。

「記者有事想要問我……？」

「嗯，他說還會再打來，似乎是社會部的記者。你有沒有想到什麼？」

「……沒有。」

看來是有。

青瀨猜測到原因，但是顧慮背後的二人，改變了話題：

「你那邊怎麼樣？」

「嗯?!」

「到處參觀紀念館，有沒有收穫？」

「啊，嗯……有很多值得參考……那個記者有說什麼事嗎？」

「他說，見面再說。倒是岡嶋，陶特的椅子不在日向宅邸，而是在上多賀的蕎麥麵店，而且椅子有六張。你記錯了嗎？」

「上多賀……？或許吧。當時，我到處跑和陶特有關的地方……」

岡嶋心緒不寧。

「所以，你什麼時候回來？」

「明天……先回去一下。」

「好。你不要喝太多，替我向西川問好。」

青瀨一掛斷電話，身旁的真由美便窺視他：

「所長怎麼說？」

她一臉左右眉毛快要連在一起的表情。

如果她和岡嶋是同心梅，應該用不著問。真由美感覺到的憂慮，和身在甲府的岡嶋感覺到的一模一樣。

32

我相當亂來才獲得了指定……

青瀨清楚記得岡嶋的話，聽到的瞬間就嗅到了可疑的味道。十之八九是那件事，記者打聽到和競圖有關的事。岡嶋究竟做了什麼亂來的事呢？

青瀨將啤酒罐放在地板上，關掉電視，橫躺在沙發上。明天就知道了。岡嶋回來之後就質問他，掌握狀況，如果有必要的話，再思考對策。只能那麼做了。眼前，暫時無計可施。

青瀨閉上眼睛，凝神觀想。腦海裡和視網膜背後都沒有浮現日向別墅，卻有被包圍的感覺。他覺得自己受邀到那個空間，或許是因為「外觀」不如預期，所以格外覺得接受款待的餘韻猶存。他不是用眼睛看，而是用身體感受了日向別墅。跨越七十年的時光，青瀨成為其中的一位客人。

該去仙台嗎？

如今正在準備競圖，但是感覺前途多舛。山雨欲來風滿樓，不能說走就走。就算追查吉野陶太的出身，總覺得又只會在知道他有多不誠實下告終。青瀨回顧現狀，發覺自己太過依賴池園這些和陶特有關的記者。池園和笠原渾身都充滿文藝氣質，和案件八竿子打不著，但是他們如果知道吉野一家人間蒸發，說不定也會突然改變態度。事務所接到繁田的電話後，令他警戒更加升級。繁田是記者，池園和笠原也是記者，難保他們不是一丘之貉。所長使出一生的熱情面對競圖，卻受到旁人干擾，要是連Y宅邸的事都攤在陽光下，岡嶋設計事務所恐怕就要分崩離析了。

仙台可以之後再說。話說回來，根本沒有跑到那麼遠去調查的必要性和急迫性。吉野不希望被人找到，即使青瀨數度打電話到Y宅邸和他的手機，也沒有回電過一次。他不想被任何人知道自己的所在。為了逃離臉部黝黑的男人，吉野照自己的意思，銷聲匿跡；按照自己的意思，斷絕了所有蹤跡。但是……

孩子們呢？

青瀨不時會思考這件事。吉野有兩個讀國中的女兒，以及一個小學一年級的兒子，在信濃追分舉辦破土典禮和交屋時，和他們碰過兩次面。長女比父母還高，年紀還小，但是感覺老成，以靦腆的笑容，對青瀨築起屏障。次女有些冷淡，即使對她說話，也只會回覆「好期待」「很喜歡」這種模範生式的回答。儘管如此，姊妹看起來很幸福。她們始終黏在一起，最逗弄彼此，哧哧地笑、嘟起嘴巴，或者偷看青瀨一眼，互相竊竊私語。破土典禮那一天，最小的兒子從香里江的背後，以帶有疑心的眼神注視著青瀨，交屋那一天，他也沒有敞開心扉。隨便看一眼自己的房間就回到車上，低頭玩著掌上型遊戲機。青瀨懷疑他們是「假面家人」，想像會不會是高個子女人，逼得吉野夫妻離婚或分居；想像父母和兩個女兒徹底扮演獲得夢想自宅的幸福一家人，唯獨最小的兒子道出了破碎家庭的真相。聽房東說，只有吉野住在田端的租屋處，青瀨也認為，興建Y宅邸或許是祈求一家人再度團結一心的方法。但是，青瀨想不通，無論擷取哪一部分來看都不對，也無法肯定或否定什麼。他只知道一件事：吉野一家人的隱情並不單純，不是臉部黝黑的男人出現就能解釋的。

吉野夫妻也就罷了。人間蒸發這種超出常軌的舉動，才是問題的起因，也是起火點。這是他們自己選擇的。但是，三個孩子只能被迫接受結果。在那條路的前方，有什麼等著他們呢？一家五口隱姓埋名地住在連這裡是哪裡都不知道的城鎮嗎？還是只有吉野在逃跑，香里江和孩子們寄居於某個地方嗎？或者夫妻一起，將孩子們寄在某個地方呢？無論是哪一種情況，浮現心頭的畫面中，孩子們的臉上都沒有笑容。學校怎麼辦呢？生活費夠嗎？青瀨想如果他們待在香里江的娘家就好了，試著從祖父母的庇護尋求一線曙光。但是即使如此，也沒人保證不會受到臉部黝黑的男人威脅，三根手指打了石膏的那隻魔掌，會伸到多遠呢？

青瀨從沙發驀地起身。偏偏在這種時候……他厭惡一如往常地思考和建築無關的事時，創作之門就會開啟。眼前有擦皮鞋少年的眼睛，有畫架，上頭擺著人物畫。面對面的地方有階梯構造的「客房上層」。畫架不只一個，有七、八個，不，更多畫架橫向一字排開，美妙、陰暗、恐怖的人物畫分別靠在其上。爬上客房上層一階，察覺到一排畫架的後方又有一排畫架；爬上兩階，又出現後面一排畫架；爬上三階、四階、十階時，像是相模灣露出全貌一樣，靠在幾百個畫架上的幾百幅畫中，無名的人物一起發出生命的吶喊。藤宮春子的世界中，沒有任何一幅畫被賦予權威；在她的世界中，沒有哪一幅畫的地位高、哪一幅畫的地位低、最頂級的畫在哪一間房，這種世俗常見的規矩。每一幅都是無名的畫，每一幅都是名畫。因此，並排陳列，將藤宮春子的人生作為一幅畫展現。每次爬上階梯，就會聽見她的呢喃，目睹她的每一天，最後親身感受她殉於繪畫的靈魂，以及畫中人物聚集在一起的靈魂。不僅如此，沒錯，客房上層的下方有「下層」；階梯構造的中央，嵌入朝地下樓層的另一個階梯。青瀨想像自己坐在Y宅邸二樓的陶特椅子上。若是一階、兩階地步下階梯，畫就會慢慢消失，淺間山也消失，視線的前方是一片藍天。遠方的牆壁上挖空、巨大橫長的窗戶，只看得見天空。讓人能夠前往任何地方，通往任何地方，甚至是前往藤宮春子燃盡生命的巴黎天空……

電話響起。青瀨用雙拳捶了大腿兩、三下之後，站起身來。他走向電話時，忘記解除答錄機的功能。

「我是岡嶋……我明天下午要跟記者見面。你能不能也一起來？」

他的聲音消沉。青瀨想要拿起話筒，但是作罷。

「拜託你。」

隔一會兒之後，通話切斷，告知有留言的紅色指示燈開始閃爍。

這是千載難逢的機會。我相當亂來才獲得了指定。無論如何，我都想贏……

儘管如此，藍天沒有消失。宛如情緒激動的陶特一樣，青瀨激烈地上下揮舞手指，靈感泉湧，思緒奔馳。

33

隔天早上，天空沒有鳥的身影。

青瀨沒吃早餐就從公寓出發。他開雪鐵龍前往市公所，完成一件確認建築的申請後，走向位於丸井百貨後方的餐廳。

岡嶋已經來了，坐在內側的座位，雙臂環胸。從亮度低的燈光下，也看得出來他的表情異常地僵硬。

但是，他發現青瀨的身影時，對他說「嗨」的聲音很正常。

「他們兩個呢？」

青瀨一面拉開座位對面的椅子，一面問道。

「我把他們留在甲府。我在電車上，電話沒停過。」

青瀨才一坐下來，岡嶋就一副誘人發問的口吻。

岡嶋點了一千圓的當日午餐之後，趁青瀨對著菜單猶豫不決時說：

「記者一點會來。」

「來哪裡？這裡嗎？」

「沒錯。」

青瀨看了手錶一眼，剛好十二點整。

「剛才真由美來電聯絡，她說記者又打電話來了。我打到通訊部，指定了這裡。」

「通訊部？」

「東洋新聞的S通訊部。他昨天在電話裡那麼說的吧？」

「叫繁田的記者嗎？」

「嗯。」

「他對我說的是社會部。」

岡嶋露出厭惡無比的冷笑：

「這叫做虛張聲勢，繁田這個男人似乎就是那種記者。」

青瀨窺見了岡嶋擺脫消沉的部分理由。岡嶋從昨晚到處打電話，知道敵人是「那種記者」。

青瀨將手肘靠在桌上，縮短和岡嶋之間的距離。離記者來之前還有一小時，時間有點緊迫。

「你的意思是，惡劣的記者吧？你為什麼會被那種人盯上？」

岡嶋沒有回答問題，目不轉睛地盯著青瀨的眼睛：

「你不會辭掉事務所的工作吧？」

青瀨不明所以：

「辭掉工作？我為什麼要辭掉工作？」

「不會就好。」

青瀨追逐岡嶋別開的目光：

「老實告訴我！誰說了我要辭職？」

「沒有人說。」

「既然這樣，為什麼你會那麼想？」

「好。」

岡嶋以雙手制止青瀨：

「我告訴你，冷靜下來。這已經是一年多前的事了，之前有徵信社的人來問你的事。」
青瀨懷疑自己的耳朵：
「徵信社的人……？」
「嗯，就是偵探。類似偵探的男人來找我。」
「為什麼？」
「他說，你好像有婚事。」
青瀨身體向後仰：
「什麼時候的事？」
「我說了，一年多前。」
「把話說清楚！正確的時間點是什麼時候！」
「去年的……二月。當時下大雪，對吧？路上還殘留著雪。」
「所以，那個偵探……？」
「你沒有婚事吧？」
「沒有。」
岡嶋爽快地點頭：
「我也那麼認為。那應該是為了調查其他事的藉口。於是，我反過來試探他，但是不知道他的目的。因為不知道目的，所以我心想，會不會是你企圖跳槽到別間事務所。說不定是新的事務所在調查你這個人。」
「鬼扯！假如跳槽是真的，偵探會去找你嗎？不會吧。假如條件談不攏，我在私底下偷偷行動，也很難在這裡待下去。」

「是啊。偵探的規則是善始善終。」

「你在說什麼？為什麼在記者馬上就要來的現在提起偵探的事？」

「欸，青瀨……」

岡嶋又盯著青瀨的眼睛，然後說：

「我可以相信你吧？」

青瀨的背脊發涼，眼前的岡嶋看起來正常，但又不正常。岡嶋並非試圖確認跳槽的事是真是假，而是在問青瀨：「是不是你對東洋新聞洩密的？」青瀨不敢相信，但是不得不信。

「我很感謝你。我從來沒想過要從這裡辭職。」

青瀨說了必須說的。

「我知道了。對不起。」

岡嶋的疑心好像消除了。相對地，青瀨心中再度起疑。誰為了什麼派偵探調查我？

午餐送來座位，女服務生的一頭長髮感覺快要碰到義大利麵。

「偵探問了我什麼？」

青瀨決定先吃飯，吃完再說競圖的事也來得及。

「很多，像是你是哪裡人、大學、家人和工作情況。」

青瀨知道自己的眼睛噴出怒火。

「你說了嗎？」

「敷衍地說了。」

「怎麼個敷衍法？」

「就是……」

岡嶋停下了拿著叉子的手：

「你因為父母的工作，在全國到處遷徙，大學輟學，前一陣子離婚，有一個女兒，工作上是個天才……大概這樣。」

「你也說了由佳里和日向子的事嗎？」

「我告訴你……」

岡嶋將叉子放在盤子上，發出了聲音：

「不管我有沒有說，偵探也去找了由佳里。」

竟然……

青瀨驚惶失措：

「為、為何你知道？」

「什麼？」

「偵探去找了由佳里。」

「她打電話來說徵信社的人在問你的事，問你是不是要再婚。」

「岡嶋……」

青瀨也放下叉子：

「你和由佳里有聯絡嗎？」

「從那之後，再也沒有。」

「之前呢？」

「有，很偶爾。」

這傢伙……

「一年兩、三次。不奇怪吧？你們是夫妻的時候，我們也會聚餐喝酒。」

「從什麼時候開始？」

「六、七年前。我們在東京的商品展覽會碰巧遇到。」

離婚後沒多久開始……

「你為何不說？」

「我並沒有隱瞞你，只是難以啟齒。」

無論青瀨問什麼，岡嶋都以沒有抑揚頓挫的冷靜語氣回應。

「你們把我當作閒聊的話題嗎？」

「你問夠了吧？」

「你們把我當作閒聊的話題了是吧？」

「對於我和她而言，你是共通的朋友，頂多聊一聊傳聞。」

「我來到這間事務所之後，也是一樣嗎？」

「她會問你過得好不好，我說你很好，我們會有這種程度的對話。」

青瀨被喚起當時的記憶。

你過得好不好？

青瀨緩緩地將身體靠在椅背上。

三年前，青瀨沒在做像樣的工作，突然接到岡嶋邀約的電話。搞不好那是……

兩人都留下了義大利麵。青瀨的食欲不知道跑哪兒去了，岡嶋沒有碰沙拉和優格，一根接一根地抽著應該戒了的菸。

「你從什麼時候開始抽的？」

「昨天。」

FRONTIER LIGHTS，那是青瀨不知道的牌子。

「很淡，才一毫克。」

「那不是問題。」

「就是。」

青瀨看了手錶一眼，十二點四十五分。切換思緒。

「繁田的記者說了採訪的理由嗎？」

「他說見面再說。」

「是紀念館的事吧？」

「他指名要見我，應該是吧。」

青瀨點了點頭。假如是吉野一家人間蒸發的事，就會找Y宅邸的創作者。

「我也在比較好嗎？」

「嗯，拜託你。」

岡嶋冷淡地說。感覺他並不是因為心中不安才把青瀨找來。

「這代表你對我的疑慮消除了嗎？」

「說不定是真由美。」

岡嶋嘟囔了一句。他看起來正常，但是果然不正常。

「你這樣問的話，她會哭喔。」

「會不會是她呢？」

「同心梅呢？」

「她很軟弱，跟我一樣。」

青瀨又看了手錶一眼：

「是惡劣的記者嗎？」

入口和剛才一樣打開，岡嶋氣憤地咂嘴：

「有些人想要撤換篠塚市長，繁田就是他們的爪牙。」

青瀨大吃一驚：

「你的意思是，扯上政治了嗎？」

「有個叫做勝俣的縣議員，後台是草道議員。市長是豬口派，所以在下次的大選前，他非常想拉市長下台。」

草道和豬口都是名聲響亮的資深國會議員，青瀨一時之間想不起他們的人物關係圖。

「繁田怎麼參與其中？」

「草道之前擔任國家公安主委，繁田兩年前則是在東京總公司負責跑警察廳的新聞，所以他們認識。繁田似乎在工作上犯了天大的疏失，被貶到這邊的通訊部。所以，他企圖讓草道欠他人情，請草道替他向公司高層美言幾句，以便回到東京。紀念館是市政府的重點事業，所以被他盯上了。對他們而言，這是攻擊市長的絕佳材料。」

岡嶋大概是從某人那裡現學現賣，口若懸河、滔滔不絕地訴說背後祕辛。這讓青瀨感到不對勁。俗話說一行知一行，岡嶋的背後和他貶低的勢力一樣，也有同類的「靠山」；所以能從對方那裡獲得繁田相關的個人資訊，並且依照危機管理的指示行動。岡嶋說不定也是被誰指示的。這樣事務所不要緊嗎？

岡嶋設計事務所隸屬於市長派麾下，肯定八九不離十。因此，岡嶋才會不怕記者，看起來一切正常。但是……

「為什麼記者要攻擊我們事務所？」

「因為容易攻擊吧。」

「只是因為捲入政治鬥爭嗎？」

「沒錯，受到牽連。」

「你問心無愧吧？」

青瀨順勢問道。岡嶋盯著空中，手錶的指針指向一點。

「岡嶋……」

「我問心無愧。」

既然岡嶋一口斷定，青瀨只好支持他。想到同在一條船，青瀨下定了決心：

「這也是競圖的過程，要贏到底！」

岡嶋沒有回應，視線越過青瀨的肩，投向發出聲音而開啟的店門。

34

對方也是兩人。

一看就知道哪一個是繁田，三十五、六歲的微胖男人，他看起來眼神充滿警戒，但是面露淡淡的笑容。同行的男人很年輕，幾乎會讓人誤以為是大學生，或許是因為緊張，他臉頰泛紅，步伐有點拖泥帶水。

岡嶋用對折的雜誌遮住臉，那大概是在電話中說好的記號。兩人察覺到，走了過來。

青瀨換到岡嶋身邊的座位。兩人繞到對面，也不點頭致意就遞出名片。

「東洋新聞埼玉總局S通訊部記者，繁田滿。」

「東洋新聞埼玉總局記者，深野慎也。」

岡嶋一副不情不願的態度，從懷裡掏出名片夾。

「你就是岡嶋先生嗎？」

繁田交替看著岡嶋的臉和名片，然後望向青瀨。

「敝姓青瀨。昨天在事務所接到你的電話。」

「啊，這樣啊。昨天失禮了。」

青瀨沒有拿出名片。聽岡嶋說完之後，對繁田的成見接近禿鷹和鬣狗。

繁田喚來女服務生，點了兩杯咖啡，附上一句：「他們和我們的帳單分開。」

「請長話短說。」

岡嶋雙臂環胸地說道。

「我不曉得有沒有辦法長話短說……」

繁田擺著架子，從公事包裡取出筆記本。年輕的深野也模仿他的動作。

「他今天去了埼玉縣警的總部一趟。」

繁田以奇妙的方式介紹深野。深野輪流看著岡嶋和青瀨，竭盡全力虛張聲勢的模樣，甚至顯得滑稽。

岡嶋瞪視繁田：

「請開始說正題。別看我們這樣，我們可是很忙的。」

「因為藤宮紀念館嗎？」

繁田咧嘴一笑，反唇相識。

「那當然也是。對於我們事務所而言，那是大企畫。」

「你為了獲得指定，好像相當亂來。」

「你在說什麼？請把話說清楚。」

岡嶋以強烈的語氣回嗆，繁田從筆記本的縫隙抽出一張紙，以不讓岡嶋看到的角度瀏覽著內容：

「你和S市的門倉建設部長喝了好幾次酒。呃～品月餐館、中華樂園、韓國飯店……我連日期也一併說吧。」

「那又怎樣？」

岡嶋面不改色地反問。

繁田笑了笑：

「傷腦筋啊～門倉部長實質上握有選擇指定業者的權限。你請那位部長吃喝，結果擠進了指定業者的行列。也就是說，你賄賂且獲得了回報。」

「你這話傳出去真難聽。我們餐飲費平分，根本沒有賄賂。」

「原來如此，是這樣啊。」

繁田的表情絲毫不接受這種說法：

「可是啊，自從競圖的事出現之後，你就頻繁地和門倉部長喝酒。部長也擔任競圖的評審，你不覺得會引人誤會嗎？」

「碰巧而已。我在酒席之間從來沒有提過競圖的事。我和門倉先生，充其量只是私人的往來。」

「喔～怎樣的私人往來？」

「有必要告訴你嗎？」

「能不能告訴我作為參考？如果能接受你的說法，我們也會乖乖走人。」

岡嶋點燃香菸，猛然吐出一口煙，開口說：

「我國、高中都有在踢足球，門倉先生也是，因為這個緣分，我們從以前就有往來。S市有一個構想，想要邀請J2日本職業足球乙級聯賽的隊伍，促進市區活化。所以我們一邊喝酒，一邊聊那些夢話。」

青瀨屏住氣息，竟是第一次聽到的事。

「原來如此，所以包含篠塚市長在內，你們三人去看足球賽。」

「嗯……?!」

「你們去了國立競技場，對吧？」

過了一段令人不舒服的時間。岡嶋原本要搖頭，改為點頭：

「是的……我們去了。原本說要邀請J2的是市長，因此作為將來執行上的參考，我們說好去看一次比賽。」

「可是，你們看的不是J2，而是J1日本職業足球甲級聯賽的開幕賽。」

「看J1不行嗎？將來是以J1為目標。」

「我沒說不行。所以，票是誰訂的？」

繁田接二連三地發問。

「話先說在前頭，門票錢是各付各的。我後來有跟他們收全額。」

「交通費也是？」

「當然。」

「聚會的時候，好像不是吧？」

「你在說什麼？」

「就是和門倉部長的聚會啊。回程的交通費是你買單的吧？」

「不，我不記得有那種事。」

岡嶋回答的當下，繁田的手動了起來：

「其實，我今天不是第一次看到岡嶋先生的名片。」

厚實肥短的手指從筆記本抽出一張影印紙，放在桌上攤開。

那是岡嶋的名片放大影本。

「這是S市某計程車公司的司機所持有。據說你要他將門倉部長載到市內的自宅，車資向這張名片的事務所請款。」

青瀨斜眼偷看岡嶋的臉，他的臉漲紅了，肯定被逼入了意想不到的窘境。恐怕那名計程車司機是市長政敵那一邊的人。

「我不記得。」

岡嶋狡辯。

「真是傷腦筋。就算你不記得，名片就在這裡。你要怎麼解釋？」

繁田綿裡藏針地持續展開攻勢：

「你付了回程的計程車費，自然會讓人覺得餐飲費也是你付的，不是嗎？看J1比賽時，市長和部長的門票錢，以及往返的交通費也全是你付的，難道不是嗎？」

「不是。」

「可是……」

「這只是你一味的推測吧？」

青瀨插嘴說道。他的心境接近拳擊助手，不出面反擊，而是抱住連挨好幾拳的選手。

繁田像是想起來似的，望向青瀨：

「這確實是推測。但是，不是『一味的』。你應該也明白吧。」

「所長已經充分回答了。你問夠了吧？」

「呃……」

「敝姓青瀨。」

「你是五人中的一人吧？」

「什麼意思？」

「你不覺得奇怪嗎？」

「什麼奇怪？」

「除了公共廁所和派出所之外，毫無成績、只有五人的設計事務所，居然能夠參加這麼大的競圖。」

「我沒有義務回答你這種沒有禮貌的問題。我們接下來有事要見客戶，採訪能不能到此結束？」

繁田爽快地點頭：

「就這樣吧。我清楚你們的想法了，我會試著再採訪其他人。我們後會有期，到時請多指教。」

繁田最後粗魯地說，對身旁的深野使了眼色。

深野同時看著岡嶋和青瀨說：

「關於這件事，縣警的調查二課也非常關心。」

兩名記者離去之後，像是解除靜音似的，耳邊傳來周遭的說話聲。

「哈！他說『非常關心』，根本是繁田的傳聲筒！」

岡嶋放聲大笑，試圖一笑置之。但那扭曲的面容，臉上大汗淋漓，看起來實在不像在笑。

「果然是公認的紙老虎。你看到了吧？」

青瀨只應了一聲「嗯」。他平常不太看貪污、政治鬥爭之類的報導，所以實際上，他無法估計剛才結束的採訪對事務所會造成多大的威脅。繁田羅列岡嶋的暗中活動，青瀨感到震驚，也覺得深受背叛，但是換作赤坂時代，那不過是業務員代替打招呼的招待罷了。目前繁田擁有的確證只有擺在眼前的計程車收據，要馬上變成新聞報導或者讓警察出面，也沒那麼容易。但是……

青瀨無法理解岡嶋為何那麼高興。他從頭到尾都採取應付一時的回答，沒有正面反擊，也無法擊出崩解繁田判斷的有效打擊。但是，他卻一副危機解除的樣子，俏皮地說：「對手亮出了手上所有的牌。」他真的以為像柔道一樣，以優勢獲勝了嗎？他很開心自己沒有被KO嗎？還是這種程度的追究，他的靠山有辦法解決，所以沒放在心上嗎？

青瀨覺得自己也參與了壞事。他有一股衝動，想要重新質問岡嶋有關繁田問的問題。

「你還要待在這裡嗎？我必須找人商討，我要走了。」

岡嶋抄起帳單，從座位起身：

「青瀨，謝啦。託你的福，事情很順利。」

被他這麼一說，青瀨怒上心頭：

「等一下。」

「幹嘛？」

「別對我說謊……也別對一創說謊。」

35

岡嶋就此沒有聯絡，到了晚上，也沒有在事務所現身。

青瀨被竹內和真由美連番逼問，石卷和西川也很擔心，從甲府打電話來。青瀨拋下一句「你們去問所長！」，但是他們不放過他，青瀨只好說：「有個記者誤會了，跑來糾纏，但是沒有問題，不用擔心。」青瀨含糊其詞，但大家知道和競圖有關。之所以突然話變少了，大概是因為各自基於隱隱察覺的蛛絲馬跡，想像岡嶋的「亂來」。

晚上十點多，青瀨回到公寓。他在電梯前面，和撐著助行車走路的老婆婆一起等電梯。在這種時間，助行車的把手上掛著便利商店的塑膠袋，青瀨因此知道她獨居。

青瀨對她說：「您好。」平常只會點頭致意，但是今晚的老婆婆看起來格外矮小。

「我找不到ＯＫ繃……家裡明明有的。」

老婆婆像是在找藉口似的咕噥道。

「妳哪裡受傷了嗎？」

「擦傷。人上了年紀，就容易碰撞受傷。你不要說喔。」

「嗯……?!」

「不要告訴房仲。老人獨居要是引發麻煩事，房東會不肯續約。」

「哪有什麼麻煩事。」

「我說兒子也一起住。可是，好像被發現了。」

電梯門開啟，青瀨先禮讓老婆婆，問：「十樓對吧？」老婆婆的臉上微微流露笑容：

「我把房子賣掉，搬來這裡。」

「是嘛。」

「因為要整理庭院、修理屋頂，很辛苦。」

「我懂。」

「像是雜草，不管怎麼拔還是一直長，我想說割掉算了，和草坪一起用割草機處理。結果過了幾年，變成了光生雜草的庭院。」

「雜草的生命力很旺盛。」

「但草坪很脆弱。我明明反對，但是外子還是在夏天種了。」

「嗯。」

「這裡很好，只要別弄丟這個。」

老婆婆拎起掛在脖子上的鑰匙給他看。

到了十樓，電梯門開啟。青瀨對她說「晚安」，但是老婆婆什麼也沒說，推著助行車走了。

抵達十二樓的住處前，青瀨一直在思考老婆婆的事。開燈的瞬間，他總是不適應地畏縮一下。早上出門時的靜止畫面，彷彿不是現在而是過去。

青瀨在廚房拉開啤酒罐的拉環；直接就口，但是忽然想到了什麼，於是打開餐具櫃的門，拿出江戶切子的玻璃杯。好久沒用了，也忘了有它，那是在赤坂的事務所當實習生時，心一橫買的。

他坐在客廳的沙發，將啤酒倒入玻璃杯。像其他人家的孩子一樣，用玻璃杯喝粉泡果汁，是他的夢想。他甚至忘了夢想已實現，才會像此刻這樣毫無感動地用玻璃杯喝著啤酒。這裡和日向別墅一樣，是有三個房間的空間，但遺憾的是，這裡空蕩蕩的，五感紋風不動。儘管如此，還是能夠住人。長期居住下來，人甚至會喜愛這個空間。假設陶特今晚也在寢室的陰暗處，即使他斥責疏遠這個空間的青瀨，也不能將憤怒的矛頭指向將家裡鑰匙像十字架一樣、掛在脖子上的老婆婆。

青瀨不太去想白天接受採訪的事，也對自己如此的不在乎感到驚訝，將其趕到內心角落。他是相信岡嶋的「靠山」很有力？還是認為反正那是岡嶋的個人問題而拋諸腦後？青瀨覺得兩者都是真正的心情，他知道尖刺扎向了其他地方。

找徵信社探聽青瀨的人，是誰？

自從聽岡嶋說了這件事，青瀨數度問自己，是誰？為何這麼做？試圖尋找答案也毫無頭緒，空白的答案紙在腦海中堆積如山。

偵探也去找了由佳里，欺騙她青瀨要再婚，試圖刺探他的隱私。這麼離譜的行為，只能說偵探太魯莽行事。他究竟問了由佳里什麼？青瀨的個性？花錢狀況？酒量？男女關係？偵探告知前夫要再婚之後，又被挖出過去的生活，由佳里的心情如何？她大概也擔心日向子知道的話會感到不安，無法直接向青瀨確認，所以打電話給岡嶋詢問再婚一事是真是假。岡嶋怎麼回答呢？他八成說「我認為不可能」，但是他應該無法一口斷定「不可能」。既然如此，青瀨再婚一事就不會在她心中消失。她是否從偵探出現的去年二月，一直將這件事視為「要事先做好心理準備的事」，記在心上呢？一股衝動猶如海浪襲上心頭。如今還不遲，打電話給由佳里，親口告訴她再婚一事是胡說八道……

青瀨瞪視的電話響了起來。

他好戰地走過去，拿起話筒。對方不是腦海中浮現的任何一張臉。

「我是津村。所長有跟你聯絡嗎？」

真由美的語氣僵硬。青瀨看了手錶一眼，將近十一點。

「沒有。妳現在在哪裡？家裡？」

「我還在事務所。」

「竹內呢？」

「他出去吃東西。」

「妳快點回去吧。我說過了，不用擔心所長。」

「可是，我打他手機好幾次，他都沒接，也不在家。」

太陽穴抽動了一下。

「妳打到他家裡嗎？」

「是的。他太太說他還沒回去……」

「別再打了，反而會令她擔心。」

「她好像不太擔心。」

冷淡的聲音通過耳朵。

「也難怪，岡嶋總是很晚回家。總之，妳不必擔心。岡嶋只是在跟相關人員討論。」
「相關人員是指競圖的？」
青瀨隔了半晌才回答：
「沒錯。因為被東洋新聞的記者找碴，所以要思考對策。」
「跟誰？」
「我不清楚詳情，但是是自己人。」
「怎樣找碴？請告訴我。」
「我說過了，妳去問所長。我不能隨便亂說……」
「可是，我找不到他嘛。」
青瀨重新握住話筒：
「妳最好回去，勇馬在等妳。」
「他已經睡了。」
「妳是母親吧？廢話少說，快回去！給我在一分鐘之內，關上事務所的門！」青瀨粗魯地掛斷了電話。
他當場一屁股盤腿坐下。脈搏平穩下來之前，需要一段時間。
他撥打岡嶋的手機，轉接到語音信箱，忍不住罵了一句混帳傢伙。岡嶋的一言一行，擾亂著他的心緒。
岡嶋坦誠和由佳里互有聯絡。那是青瀨和由佳里離婚之後的事；三年前，岡嶋打電話給他說：「別賤賣自己！如果不嫌棄的話，要不要來我的事務所？」他知道青瀨的窘境。他透過風聲，得知青瀨以製圖的技術換取日薪，每天一家接一家店地喝酒，過著靠那筆錢自甘墮落的生活。風聲是自然跑進岡嶋的耳裡？還是誰告訴他的？

由佳里身邊的人都知道，她天生放不下弱者。即使吵架，如果知道對方受的傷比她更重，她就會將心比心，無條件地言歸於好。如果在公園或超市看到正在哭泣的幼童，她一定會衝過去蹲下來安撫。一旦知道重大災害發生，無論是國內或國外，她會在當天之內捐款。結婚前，青瀨說了他救助受傷長尾雀的故事，讓她記在心裡，不時想起來說：「欸，敏夫有沒有把長尾雀好好放回森林呢？」

說不定是由佳里拜託岡嶋，要他拯救青瀨。

後來，她擔心青瀨，問岡嶋：「他過得好不好？」那句話已經不是從岡嶋口中說出，而是被賦予由佳里的聲音和擔心的語氣，在青瀨的耳內重播。青瀨一頭栽進Y宅邸的事，或許也是岡嶋告訴她的。因此，她買了《二〇〇選》，而且在青瀨打電話給她時問：

「蓋了理想中的房子了？」

從一開始，被岡嶋雇用之前，青瀨重新振作起來的劇情就開始了。青瀨耳垂變燙，既羞愧又不甘心，儘管如此……

他心裡「啊」了一聲。

一道閃電劃過腦海。

他看見了什麼，有什麼重疊了。話語之中暗示了什麼。

從一開始……？就開始了？

不是關於岡嶋，也不是關於由佳里。思緒從剛才思考的事，跳到了其他地方。一定是關於吉野的事。沒錯，那是用來解開吉野一家人間蒸發之謎的……

電話在響，響了好一會兒，青瀨下意識地拿起話筒。

「抱歉，這麼晚打來。我是J新聞的池園。不得了的新聞進來，所以忍不住打電話給你。」

開朗的語氣甚至令青瀨感到暈眩。

「青瀨先生，你不要嚇到喔。仙台有一個人，十分清楚吉野先生的事。」

「你說什麼？有一個人？」

「是的。我想，他是吉野先生的父親或祖父的朋友。吉野、木工師傅、椅子的設計圖，他三樣都具備。我打電話給在仙台研究陶特的人，然後找到他。一個叫做山下草男的人。你猜七十年前，他在哪裡工作？」

青瀨的腦袋開始運轉。但是，池園沒有等青瀨的回應：

「那個仙台的工藝指導所。陶特待在那裡的期間，山下先生在他手底下工作！而且，山下先生認識做木工師傅的吉野先生。山下先生說，他清楚記得吉野先生。啊，不，我還沒有跟本人說過話。因為聽說他年事已高，很難用電話溝通。」

「可是……」

「當然，有可能不是那個吉野，而是其他人。畢竟這個姓氏並不罕見。」

池園搶先一步說出青瀨的疑問：

「可是，我覺得找對人了。絕對找對人了。仙台值得一去，如果去的話，就能問一問山下先生。」

「我暫時不能去。」

青瀨先說結論。首先，必須讓亢奮的池園冷靜下來。這肯定是一大進展，但是，內心的天秤沒有傾斜。一邊的盤子上，放著競圖和繁田；而另一邊的盤子上，放著不清楚真面目的沉重砝碼。

「咦……?!你很忙嗎？」

池園的聲音立刻降了八度。於是，青瀨也拾回了平靜：

「是的。發生了很多事，工作一大堆。我很想去，但是吉野的事沒有急迫性。」

「可是，青瀨先生，如果說到急迫性，雖然這麼說很不吉利，但是山下先生應該早已年逾九十。我之前曾經延後採訪前橋空襲事件的親身經歷者，結果對方就過世了。」

「這我知道。」

「我替你去一趟仙台吧。」

「池園先生……」

青瀨只好心一橫地說：

「老實說，我有點後悔，我在達磨寺無意間對你說了吉野的事。但是其實，我不想像偵探一樣，無論如何都要找到他。我只是不知道他搬去哪裡了而已。」

感覺得出來池園吁了一口氣：

「抱歉，我也並不想像偵探一樣。但是，陶特椅子的事真的很吸引人，所以我忍不住……我只是心想，如果尋找吉野先生的事，也能從陶特的方向助你一臂之力就好了。若是造成你的困擾，我很抱歉。」

「不用抱歉。你真的幫助我很多，我打從心裡感謝你。只不過，如果吉野的所在和椅子的事都能順利解決那倒好。但在拖延的過程中，我就想，吉野會不會是不想被我找到？他沒有告訴我他搬去哪裡，也是這麼一回事吧。」

青瀨接連撒了幾個謊，但是最後說的接近真心話。

「我十分明白你的心情。」

青瀨彷彿看見池園深深點頭的身影。

「那麼，暫時按兵不動吧。我先用簡訊傳給你山下先生和相關人等的聯絡方式。」

「謝謝。」

「如果你改變心意的話，請跟我聯絡。我還想跟你一起去旅行。另外……」

池園最後透露了真心話：

「椅子的事，請你不要告訴其他報社。等到能寫的時候，我想寫一篇報導。」

青瀨掛斷電話之後，「哈」地大笑一聲。總覺得自己從池園第一次露出的小聰明，獲得了救贖。

青瀨喉嚨乾渴，回到客廳拿起茶几上的玻璃杯就口。但是，手指只做出抓住玻璃杯的形狀，江戶切子在腳趾前面發出聲音，和啤酒的液體一起碎裂一地。青瀨愣了半晌，才總算要去拿抹布，苦笑想著「母親是對的」時……

啊……！

這次是低聲驚叫。

這次腦中的閃電照亮了一切。

跳躍的思緒發現了著陸點。

我知道「從一開始」的意思是什麼了，也明白「就開始了」的意思。

關於興建Y宅邸的故事，有著青瀨不知道的「前傳」。事情「從一開始」就規畫好了。去年二月，有人雇用偵探調查既沒有婚事，也沒有要跳槽的青瀨的周邊事物。而一個月後，吉野夫妻出現在事務所。當時，「就開始了」。

「一切交給你。青瀨先生，請蓋你自己想住的房子。」

那是匪夷所思的委託，但也是求之不得的委託，所以青瀨放棄解讀咒語，甚至召喚魔法世界，脫離現實。

但是……

吉野夫妻不一樣，他們有委託青瀨工作的現實理由。充滿謎團的這一家人之所以人間蒸發，是在調查青瀨，選擇他、委託他設計房子時，「就開始了」。

腳趾尖一陣刺痛。

首先，要收拾這個。

青瀨跪在地上，手伸向玻璃杯的碎片。他以鎖鏈拴住快要狂暴起來的心，聚攏江戶切子的花紋。

36

兩天後，青瀨搭乘東北新幹線，前往仙台。

他沒有知會池園，只告訴事務所晚上回來，沒有透露去處。岡嶋後來沒有再現身。昨天傍晚有聯絡，但是根據接電話的石卷說，不管問什麼，岡嶋都含糊其詞，讓人摸不著頭緒，只問：「繁田有沒有打電話來？」

無論如何，青瀨搭上了「疾風號」。吉野一家人間蒸發已經不是一位客戶的問題了，變成必須思考一切因青瀨而起的狀況。吉野雇用徵信社調查自己——明明沒有確證，但是青瀨幾乎毫不懷疑這個假設。原本片斷的資訊和一連串的謎團在腦中兜不起來，但是「從一開始」和「就開始了」這兩個關鍵字，給了他合理的框架。

若以新獲得的觀點回顧事件，首先，吉野夫妻委託青瀨蓋房子就不合理。他們說對於上尾的房子一見鍾情。當時青瀨也感到狐疑，上尾的房子是迫不得已蓋在形狀怪異的狹小用地，一般人光看那間房子，是無法果斷地將三千萬鉅款交給沒沒無名的建築師。總之，他們不是「一般人」。

然而，青瀨也想過吉野夫妻是純粹想要蓋一間好房子，所以，他們調查了青瀨是不是值得信賴的建築師。房子確實是一生中最大筆的購物，也有人為了蓋滿意的房子，花一、兩年的時間，到處走訪設計事務所。但是，青瀨不相信這世上會有雇用偵探調查建築師這種蠢事，而且吉野參觀了上尾的房子內部，也見過屋主，所以不是為了知道設計者的姓名和所在而調查的這種罕見案例。由此推導出的結論只有一個：吉野在知道上尾的房子之前，就調查了青瀨的周遭事物。他透過徵信社的報告，知道上尾的房子，決定以委託設計房子為藉口來見青瀨。

青瀨毫不知情地接受了委託。從此之後，心裡說不上是不信任或不安，莫名的微小擔憂在Y宅邸完成後，以吉野一家人間蒸發這種意想不到的形式，變成了現實。如果田端租屋處房東的話是正確的，在委託設計的時間點，吉野夫妻就已經分居或離婚了。但是，在青瀨眼中，他們是一對感情融洽的夫妻。也就是說，這件事的起點存在著欺瞞。所以青瀨一直認為，弄清這次難以理解的事情真相的關鍵，肯定在那個起點。但是，那是吉野一家人的隱情，青瀨做夢也想不到和自己有關。

其實，自己也站在難以理解的起點，扮演了一個角色。如此一想，便感到一股無以名狀的恐懼。問題在於扮演的角色；在舞台上，吉野賦予了青瀨哪種角色？

青瀨不知道。

難以認定吉野有惡意。姑且不論內幕如何，在工作的過程中，沒有出現欺騙的言行，也沒有恐嚇青瀨和事務所，或是破壞他們社會地位的痕跡。實際上，吉野委託青瀨設計房子，而且全額支付了設計費和建築費。這整件事只有好處，沒有對青瀨和事務所造成任何不利的壞處。結果，青瀨現在因為吉野一家人間蒸發而擔心，這還是浦和的客戶去參觀Y宅邸，說房子好像沒有人住才發覺的，否則如今說不定還不知道。

青瀨看了車窗外一眼。田園風景流逝，太遼闊，而且流逝得太緩慢，導致他忘了自己在搭新幹線。

昨晚，他思考過去的種種。回溯至赤坂時代、學生時代，甚至是遷徙的時代，他試著追尋「吉野」這個名字的記憶，但是徒勞而終。或許是忘記了，說不定有青瀨忽略掉的事情。但是，無論他和吉野在過去哪個時代有過交集，倘若是沒有伴隨惡意的緣分，應該就無法弄清吉野出現在青瀨面前的理由。應該是有惡意的，災禍接下來就要降臨在青瀨身上了嗎？

「請蓋你自己想住的房子。」

這是一句沒有半點惡意的話，然而，有時候聽起來非常諷刺。

車廂內播放廣播，即將抵達仙台。

吉野一家被臉部黝黑的男人追蹤，人間蒸發，這個單純明快的推測還沒被推翻。或許和金錢有關，或者是高個子女人的問題，人間蒸發的直接原因有可能是偶然或事後發生。但是，偶然發生的情況下，往往存在著看不見的起因。

如果不找出吉野，弄清起因，這個謎會糾纏自己一輩子。為何要委託青瀨設計房子？為何非青瀨不可呢？

37

過了中午。

青瀨在仙台車站下車。他原本想像的是地方都市常見的冷清車站，仙台巨大的規模和熱鬧的程度，令他吃了一驚。儘管如此，也毫無路人行色匆匆、被迫趕路的氛圍，季節彷彿比東京倒退了一個月。

出了東出口，走向計程車乘車處。池園傳來的簡訊，是關於在電話中提到的老人山下草男。昭和初期，他在前工商省設於仙台的工藝指導所工作。據說他認識受指導所聘請、待在仙台三個半月左右的陶特，也直接接受過陶特的指導。昨天，青瀨和他任職於公所的孫子聯絡之後，孫子說他年逾九十，有點重聽，但是頭腦清楚，欣然允諾和青瀨當面交談。

沒有客人在等計程車，司機在車外抽菸，面露討好的笑容，打開了後座的自動車門。青瀨一屁股滑進座位，目光落在記事本的筆記上。

「榴岡公園近嗎？」

「不到十分鐘，搭仙石線也只有一站……我可以發車嗎？」

「嗯，麻煩你。」

對方指定的碰面地點，是位於榴岡公園旁的國中前面。據說在學校用地的一隅，豎立了工藝指導所的紀念碑，說不定山下老人想要訴說當時的回憶。

「公園旁有國中？」

「有，有一間宮城野中學。開去那裡嗎？」

「對……那間國中蓋在工藝指導所的遺址嗎？」

「工藝指導所……？噢，從前蓋在那裡的建築物嗎？現在是一條大馬路，周邊蓋了公寓，我不知道是不是遺址。」

「聽說豎立了紀念碑。」

「是喔，那我就不知道了。」

或許是不熟悉地理而感到難為情，司機在抵達目的地、收完車資之後，隨著青瀨下車，向路人詢問紀念碑的地點。

青瀨望向榴岡公園的方向，從葉櫻一帶傳來鳥的啼囀，喃噼哩哩、噼噼囉、噼噼囉、噼噼囉……

青瀨心想大概是黃眉黃鶲時，司機叫他：

「先生，似乎是這個。」

司機將戴著手套的食指，戳進學校的鐵絲網圍籬。在陰涼處不顯眼的地方，豎立著一塊約三公尺高的天然石。青瀨走過去，隔著鐵絲網看，帶綠的石碑上嵌入一塊薄板，上頭寫著「工藝發源地」，漂亮的題字。底部設置一塊偏大的金屬板，記載設立紀念碑的意旨。

「請問……」

青瀨以為是司機，回頭一看，眼前是一名個頭矮小的中年男子，而他身後有一個更加矮小的老人。老人拄著原木的拐杖，是山下草男和他孫子，感覺中年男子將近不惑之年。兩人忽然出現，青瀨吃了一驚，往旁一看，一輛廂型車停在路肩。

「你是青瀨先生吧？」

「嗯，是的。」

「我是山下的孫子。其實，我是入贅的孫婿。」

昨天通過電話，所以青瀨知道他姓小澤。他遞出的名片上寫著「N村總務主任」，青瀨孤陋寡聞，沒聽過村名。從口吻來看，他似乎經常將「入贅的孫婿」這自我介紹掛在嘴上，語氣不亢不卑。

「遠道而來，辛苦你了。」

「哪裡哪裡，突然提出無理的要求真不好意思。」

打完招呼之後，青瀨對計程車司機揮手，司機才一臉滿意的準備上車離開。

主角山下老人沒有向青瀨打招呼，靠著圍籬的鐵絲網，凝視著紀念碑的金屬板。

「聘請德國的建築師——布魯諾．陶特，進行機能實驗……規範模型的研究等……引領全球……實踐了近代設計運動……正是近代工藝及設計研究的發源地……」

山下老人唸完，轉過身來，陷入深邃皺紋的眼睛望向青瀨：

「陶特先生啊，是個工作非常嚴格的人。他每天熱情地巡視作業處，就用這種表情。」

山下老人故意擠出眉頭深鎖的表情給青瀨看。

青瀨按老人的期待，笑了出來。一股感慨和困惑在心中散開，和陶特共度時光的人就在眼前。他如今仍然保留著七十年前的亢奮，出現在這裡。他八成有千言萬語想要訴說，青瀨想多少需要一些時間才能提到「吉野」。

「艾麗卡夫人也是個好人，她是個好祕書。他們只在這裡待了三個月多一點，真的很可惜。」

山下老人輕輕踏步，改變身體的方向，面向大馬路，竭盡全力地攤開雙臂。

「那是個氣派的指導所，好寬闊，因為是陸軍用地。你看，那邊有主要大樓和附屬大樓，有工廠，還有倉庫、宿舍、守衛的值班室。」

青瀨做好了陪他聊上半天的心理準備。

「我們所有員工都很尊敬陶特先生，盡可能地從他身上學習。」

小澤悄悄說，「我祖父不是正式的員工，當時做類似跑腿的事。」但是青瀨假裝沒聽到。

「陶特先生離開這裡時，說了一句非常棒的話。他說：『優秀工匠製作的精湛工藝品，不會輸給其他任何藝術品。』對不對，很棒的一句話吧？他還說：『品質這種東西，無論在哪個國家製作都一模一樣。不管是住宅、家具、衣服，但只要一扯到歐美，日本人具有的卓越感受就不知道跑到哪裡去了。只要是在歐美流行，日本人就歡天喜地。歐洲、美國製作了許多比日本更糟的劣質品。非常多金玉其外的劣質品也進入日本。但是，只要是歐美喜愛的事物，不管是什麼東西，日本人都不在乎，欣然接受。』」

七十多年前，陶特就說了這種話嗎？青瀨感到驚訝。

「然後，為了不生產劣質品，要注意四點。選擇正確的材料、正確地搭配各項材料、正確地處理材料，最後，是功能具足。如果不好好遵守這四點，就無法避免製作出劣質品。」

該說是耳濡目染嗎？不，他是閱讀了書本上翻譯的內容。他一再地閱讀，直到記憶中的陶特彷彿說的就是日語。

「不過，陶特先生還說：『不能只遵守這四點，如果沒有產出高度價值的基礎，就培育不出優良的品質。許多擁有優良古老傳統的工坊男丁，試圖創作和之前不同、嶄新的作品，為了做到這一點而捨棄悠久的傳統是非常危險的，我經常看到他們誤入歧途。』當時，吉野八成不懂這部分，我也是……」

青瀨驚覺山下老人提到了吉野，以為可以詢問他的事了，但是老人說個不停。他閉上雙眼，像是在背誦似的繼續說：

「試圖創作新奇的作品這種欲望本身，已經和品質互相矛盾。優良的技術不能中斷，這形成一種宏偉綿長的薪火相傳關係，而品質便保存於關係之中，只是形狀和裝飾等有些極小的變化，而且只是外觀的變化罷了……話雖如此，在日本和歐洲，光是直接傳承先人的工作，偉大的技術絕對無法延續下去。日本之所以在全世界各民族中，占有特殊的地位，是因為……」

山下老人的話中斷了。他的嘴巴仍舊嘟囔著，他閉上眼睛，從表情來看，好像進入了冥想。

「呃……」

青瀨試圖對他說話，小澤從一旁插嘴道：「青瀨先生。」從他皺眉的表情來看，能夠窺見他打斷青瀨的意圖。

「什麼事？」

「我想要請教一件事……青瀨先生，你之前不曾為了這次的事，打電話到我們公所吧？」

青瀨無法揣測他的意思，偏頭不解。

「你是山崎先生和大倉先生介紹的人，他們說你透過記者在找人，所以我不是在懷疑你的意思。」

沒聽過的名字一個接一個。代表池園是順著和陶特有關的人士，找到了山下草男。

「沒有，我沒有打過電話。不好意思，我今天才知道N村的村名。」

青瀨回答完，意識到自己的腦袋沒有在運作。

「你的意思是，除了我之外，有人打電話來詢問吉野的事嗎？」

「是的。有別人接到電話，對方似乎提起吉野陶太先生的名字，追根究柢地問他的故鄉是不是這裡，知不知道他的住處。」

青瀨想，是臉部黝黑的男人。他不僅在田端的租屋周邊徘徊，還搜尋到這裡了。

「這樣啊。」

青瀨佯裝平靜，深怕無法透露隱情的焦躁心情和歉意會顯現在臉上。

38

青瀨改成在車上聽山下老人繼續說。

因為長時間站在路邊談話也不是辦法，小澤提議：「往北開三十分鐘左右的地方，有吉野家的墳墓，我們去那裡吧。」

「我清楚記得吉野。」

山下老人一坐上後座，便懷念地說道。青瀨連忙翻開記事本，小澤說老人頭腦清楚不是騙人，但那僅限於他以自己的步調說話時；至於他回答問題的方式，則是相當奇怪。

「吉野先生是木工師傅吧？」

「是啊是啊，從他父親那一代開始。他是隔壁村的人，所以詳細情況我不太清楚。我是結婚之後才搬來這裡的。」

「是。」

「陶特先生啊，好像很喜歡太白山。他喜歡那個三角形，經常素描。」

「吉野先生也在指導所工作嗎？」

「他差一點。吉野真可憐，明明那麼有熱誠。」

「差一點……是什麼意思？」

「就是他想要成為實習生，但是他才十五歲。」

「也就是說……」

小澤從駕駛座說：

「當時在指導所，一年會對年輕的工藝師傅進行兩、三次實習生教育，為期三個月左右。」

山下接著說：「沒錯沒錯。他聽到消息像是要直接談判一樣，來指導所求陶特先生教他。那時陶特先生走訪了很多村子，所以吉野聽到有德國偉大的老師要來，就想著要請他看自己製作的椅子。」

「看椅子？」

小澤微笑道：「話題接上了吧？實際上，不清楚吉野先生是否見到了陶特。我祖父的記憶也很模糊。」

「我記得一清二楚。陶特先生看了吉野的椅子，然後，他說了那句話。『許多擁有優良古老傳統的工坊男丁，試圖創作和之前不同的嶄新作品，為了做到這一點而捨棄悠久的傳統是非常危險的，我經常看到他們誤入歧途』。」

小澤淡淡一笑：

「是不是真的也很難說。不過，聽到你在找的吉野先生擁有陶特的椅子設計圖，我恍然大悟。一定是陶特畫設計圖給少年吉野說：『請你試著製作這種東西。』」

青瀨深深地點頭。少年吉野就是吉野陶太的直系血親，這點八成沒錯。

「你知道少年吉野的名字嗎？」

青瀨打算問小澤，但是山下尖聲回答：

「伊左久。他有個姊姊，但是為了當女工離開了家。她是機織布的女工，那時代很多這樣的人。」

車子來到和緩的上坡，民宅稀落，說不定已經進入了N村。

「既然有墳墓，是不是代表也還有出生的老家呢？」

「早就沒了。」

山下脫口而出：

「他偷米，妻離子散。吉野真是可憐啊～」

「嗯?!誰偷米？」

「聽說伊左久先生的父親偷了附近人家的米。」

小澤映照在後照鏡中的表情，垮了下來。

「吉野的父親似乎是個本領高超的木工師傅，但是酗酒，妻離子散也是真的。那個時代，偷米會受到全村不跟他往來的制裁。」

「因為這個緣故，吉野也被朋友霸凌。朋友都嘲笑他很臭，看，伊左久倒過來唸就成了好臭＊。」

「聽說他父親逃到了某個地方，母親罹患肺結核，待在深山的療養所，但是不到一年就去世了……沒有人知道少年吉野後來去了哪裡。」

青瀨闔上記事本。

這件事令人心情沉重。父親失蹤，母親去世，吉野伊左久一個人離開了村子，成為實習生的夢想也幻滅。他究竟去了哪裡呢？山下說，他姊姊為了成為機織布的女工而離開家。他是去投靠姊姊嗎？那是某個遙遠的城鎮嗎？他確實抵達了嗎？

青瀨也離開了水庫的工棚。高三的夏季，他依靠獨立的二姊，擺脫遷徙的生活。他燃起鬥志，準備大學考試，心想「這裡就是人生的岔路口」，下定決心，甩開不希望他離開身邊的父親。知道吉野伊左久的遭遇後再回想過往，更加覺得自己好幸福，離巢也受到老天爺的眷顧。

吉野伊左久當時十五歲，如果健在，如今超過八十歲。吉野陶太四十歲，就兒子而言，總覺得年紀相差太遠。但倘若是孫子，伊左久和他兒子如果沒有連續兩代在二十歲上下生孩子的話，數字便兜不攏。一併思考時代背景和伊左久飽嚐的辛酸，他可能是晚婚，很晚才生下陶太才對。無論如何，上一代做的壞事導致妻離子散，除了吉野伊左久之外，肯定也使吉野陶太的身世落下了陰影。妻離子散，一家人間蒸發。一想到那或許也是連鎖效應，青瀨就受不了。

青瀨將臉轉向山下：

「吉野伊左久的姊姊在哪裡做女工呢？」

「啊～這沒有聽說。她似乎是美女，但是個頭非常嬌小。吉野也很矮小，長相很稚氣，看起來不像十五歲，所以才沒辦法成為實習生吧。」

「有沒有哪個地方是村裡的女孩如果要當女工，一定會去的地方？或是機織布的產地？」

「沒有耶～從N村和我們村子去當女工的人，都是商家的女傭，沒有哪家的女兒會去。因為很罕見，所以我才記得。吉野真的很可憐，只因為父親偷了米。不過，他製作了椅子，對吧？雖然無法獲得陶特先生的認同，但若是陶特先生給了他設計圖，他應該很有前途。他會不會在哪裡變成家具師傅了呢？不然就是當了學徒吧。」

青瀨也這麼認為，說不定就是那樣。

他也希望是如此。實際上，應該就是那樣。Y宅邸的椅子除了外觀之外，連新舊和創意都與真品無異。假設陶特畫了設計圖給他，可以認定伊左久是在那之後沒幾年就完成了那張椅子。若是他年紀輕輕就有技術能製作那種水準的椅子，應該在全日本的任何地方，都能找到工作。但是……

「任何地方」卻成為找人的障礙，要鎖定「某個地方」，是一件不著邊際的事。

青瀨無聲地嘆了一口氣。

光是能夠知道吉野伊左久這個人，來這一趟就值得了。因為能夠想像在兒子吉野陶太心

＊伊佐久日文發音爲isaku，倒過來唸kusai，在日文中是臭的意思。

中，這是人格的形成起點，有著無法輕易摧毀的中心思想。但是，依舊看不到他和青瀨之間的交集。聽完山下的話之後，若是硬要尋求重疊的部分，只有「遷徙」。青瀨想像，吉野也被父親伊左久帶在身邊，過了長久的流浪生活。青瀨認為，因伊左久去世，所以吉野才考慮定居下來。吉野從某個地方耳聞青瀨的身世，雇用偵探調查，然後委託他：「請蓋你自己想住的房子。」至今搜集到的資訊提出了異議「喂，且慢！」，但這肯定是目前為止，左思右想的推理中，最有善意的一個。吉野叼著菸斗的笑容，與仰望Y宅邸時感慨萬千的表情並不矛盾。青瀨想起吉野第一次造訪事務所時，一本正經的表情。吉野就像在對青瀨說：「你一定知道我想要蓋哪種房子。」

「青瀨先生，你第一次來仙台嗎？」

小澤問道，像是要讓現場氣氛開朗一點。

「是的。」

「你和東北沒有任何淵源？」

「不……小時候，我曾在山形待過一陣子。」

「是喔。山形嗎？山形的哪裡？」

「藏王，家父從事興建水庫相關的工作。」

「興建水庫啊～那麼，他也帶著你到處跑？」

「是的，跑遍了全日本。」

「哇～真羨慕啊。我出生之後，日常生活的範圍是半徑三公里左右。變成入贅婿之後，半徑進一步縮小。」

小澤笑道，青瀨也跟著笑了。

一樣米養百樣人，有人嚮往旅行，也有人夢想定居。有人希望有一天在地面扎根，也有人告別地面，在高樓層度過最後的人生。

「快要到了。」小澤說。

不到三十秒，車停了下來。那是一個只有天空和綠意，以及遠方看得見民宅屋頂零星散布的地方。

吉野家的墳墓孤伶伶地位於爬滿像苔蘚的雜草窪地一隅。前方不遠處，看得見公墓。偷米的罪有那麼重嗎？

沒有刻著姓氏的墓碑，像是比壓醬菜的石頭大上一圈的盆景石，一半埋入地面。從遠處看覺得它被棄之不理，走近一看，他張大了雙眼。

墓碑前，供奉著花。花不新鮮，枯萎乾癟，已經看不出來是什麼花。

誰供奉的？

如此想的剎那，全身起雞皮疙瘩。

是吉野，他來這裡了……

青瀨呆立不動。

臉頰感受到風，這時，一陣像是列車通過月台的風颳在身上。它吹過平原，吹拂草木，風聲的記憶在耳畔復甦。

青瀨拿出名片和筆，思考半晌之後，只寫下「請跟我聯絡」。小澤回到車上，拿來透明文件夾。青瀨將名片和簇生在地面的三葉草夾進去，放在墓碑前面，在四個角放上石頭壓住。

他雙手合十，閉上眼睛。

他總覺得，明白了吉野將陶特的椅子放在Y宅邸二樓大窗戶前的原因。吉野想讓父親伊左久坐，或者將骨灰罈放在椅子上。吉野要讓他看天空，隨著陶特的回憶，回到這個貧寒鄉村的晴朗天空。

青瀨的背後，山下老人發出嗚咽的哭聲：

「太好了，吉野，太好了。」

39

青瀨在當天回到所澤。

山下老人邀他留宿，但是接到岡嶋的聯絡，所以青瀨鄭重地婉拒了。岡嶋以急迫的口氣說：「我今晚無論如何都有事想和你當面說。你回到公寓之後，打電話給我。」青瀨心想大概是東洋新聞的繁田展開了第二波攻勢，難道岡嶋和上次不一樣，感到屈居劣勢嗎？

青瀨按照約定，回到公寓後馬上撥打岡嶋的手機，轉接到語音信箱。啤酒連岡嶋的份也買回來了，青瀨拆開半打的包裝，放入冰箱。過十五分鐘左右，再次撥打手機，還是語音信箱。青瀨留言「我回來了」，語氣微慍。

因早上很早出發，所以回程在新幹線上打了盹兒。青瀨自從做了「善意的推理」之後，對於吉野的情緒緩和了不少。雖然無法掌握他在仙台之後的行蹤，但是看到供奉在墳墓的花，青瀨覺得吉野就在附近，總覺能夠馬上見到他。第一次見面那一天，吉野在事務所交給他車票。青瀨和吉野站在同一個月台，搭乘同一輛列車。那是一輛不公開目的地的推理列車，不知道會抵達哪裡，但是有目的地。不久之後，即將抵達。列車停止，車門開啟，屆時一切將會明白。不……

青瀨已經明白了，他知道了真相。

青瀨感到手足無措。

明白了？知道了？為何會那麼想呢？

因為明白了，因為知道了，真相就在身旁。它在相隔一扇紙拉門的對面，打開紙拉門即可。只要那麼做就行了，為何不那麼做呢？

過了凌晨十二點之後，門鈴才響起。青瀨的腦袋持續全速運作，在無法獲得結果的情況下關機。青瀨詛咒拋下主人、失控背叛自己的大腦，服用頭痛藥，無力地橫躺在沙發上。

「是我，開門。」

青瀨解除公寓的自動鎖，打開家裡的門等待。不久之後，岡嶋進來了。一眼就看得出來，他喝了不少。岡嶋踩著不穩的步伐，進入起居室，一屁股盤腿坐在木質地板上，粗重地吁了一口氣。

「你還好吧？」

「嗯。」

「要喝水嗎？」

「給我酒。」

「只有啤酒。」

「給我。」

青瀨離開座位三十秒。回來之後，岡嶋有了戲劇性的改變。他皺起一張臉，咬牙切齒，緊握的雙拳在大腿上顫抖。

青瀨遞出啤酒：

「發生什麼事？」

岡嶋沒有接過啤酒，青瀨放在茶几上。

「繁田有行動了嗎？」

「……結束了。」

「喂，不要這樣。把話說清楚！」

岡嶋仰天說：

「今天《東洋新聞》會刊一篇報導。」

青瀨感覺到的不是震驚，而是不敢置信。

「胡說！那種程度的內容，怎麼可能變成報導？」

「就是變成報導了，像變魔術一樣。」

岡嶋垂下頭：

「……繁田向市議會告密，驅動了改革派的議員。反市長派的保守派市議員也開始追，今天組成了委員會。為了追究市長和業者勾結的委員會。」

什麼……？

「那麼，是他自己煽動，誇大其詞，然後寫了那篇報導嗎？」

「似乎是繁田的常用手段。」

一股怒氣湧上心頭。警方不會因為那麼一丁點嫌疑而展開行動，即使展開行動，調查也要花時間。因此，繁田對議會搧風點火，如果事情鬧大，警方也不得不展開行動。繁田打的是那種算盤嗎？

「繁田有再採訪你嗎？」

「沒有。」

「沒有？他說過會再次採訪你吧？他沒有再採訪你，就寫成報導了嗎？」

「這不是繁田的一己之見。他透過勝俣，讓草道也起心動念了。」

原來如此，勝俣縣議員，草道國會議員；一股試圖撤換市長的勢力。岡嶋的「靠山」怎麼了？岡嶋來這裡之前，應該和那一群人見了面。無法擊潰委員會嗎？檯面下的戰役已經潰敗了嗎？既然如此，說不定討論了報導刊登出來後的對策。青瀨不願想像，但那也是為了串供的討論……

「他們叫我住院。」

岡嶋嘀咕了一句。

「住院？」

「……」

「叫你住院嗎？」

「……嗯。」

「誰叫你住院？」

「……」

青瀨搖晃岡嶋的肩膀：

「誰說的？」

市長嗎？部長嗎？還是縣議員或國會議員呢？

岡嶋的眼睛泛著淚光：

「他們叫我在被委員會傳喚之前住院。因為生病，所以辭去競圖……事情就這樣決定了。」

決定了？

青瀨啞口無言。有人下了決定，要切割岡嶋。他們說不定是比繁田更惡毒的一群人。

沮喪的心情隨之而來，競圖沒了，藤宮春子紀念館和夢想一起消失了。岡嶋設計事務所、岡嶋昭彥抱持的堅定意志、想要留在這世上的建築物，消失了。

「青瀨……」

「怎樣？」

「事務所就拜託你了。不要讓它倒閉，繼續營運！」

說完之後，岡嶋用手摀住口，身體彎折成「く」字。

青瀨讓他在馬桶嘔吐，搓揉他的背部，岡嶋瘦成了這樣啊……手掌摸到凹凸的脊椎骨。

岡嶋回到客廳，像是換了一個人似的，拉開啤酒罐的拉環。

「別喝了。」

「別管我。天一亮，《東洋新聞》就會刊登報導，這條命還剩幾小時而已。」

「新聞只是幾張紙，要不了你的命。」

「會要了我的命，我完了。」

「岡嶋……」

「你在仙台知道了什麼嗎？」

青瀨不認為他是因想聽而問。

「之後再說，倒是……」

「你知道了什麼嗎？」

青瀨無聲地吁了一口氣：

「吉野陶太是仙台人，就這樣。」

「日向別墅怎麼樣？」

「什麼怎麼樣？」

「你遇見陶特了嗎？」

如果岡嶋想說這個話題，青瀨願意陪他聊。岡嶋在害怕，他試圖以其他話題，填補報紙送到各戶人家之前的時間。

「我想，我遇見他了。我看了所有跟你借的書。若非如此，說不定我們還是兩條平行線。」

「你覺得陶特為何誇獎桂離宮？」

話題突然跳到桂離宮，但青瀨跟上了：

「他喜歡桂離宮還有其他理由嗎？」

「教過我的教授說，也不能否定是昭和初期抬頭的現代主義讓他那麼說的。」

「所謂的風格鬥爭嗎？」

「沒錯。當時，日本的現代主義者推崇桂離宮，試圖破壞希臘式和哥德式的牆壁。所以，他們盯上了陶特。他們想要世界級的建築大師掛保證，所以帶他去桂離宮。這件事說得通吧？」

「事情應該沒有那麼單純。再說，我不覺得陶特會稱讚他不覺得好的東西。」

「那倒也是。現代主義說穿了，就是實用性和機能性，再來是機能美。但是話說回來，陶特是表現主義的建築師，他不是現代主義者。欸，他來日本時，或許擁有接近現代主義的想法，而且心中應該也想連結現代主義和日本建築的簡樸之美。至少他不是以純粹的現代主義者的角度欣賞桂離宮。陶特說桂離宮好美，美得令人泫然欲泣。」

「嗯，他在參觀那一天的日記寫到，美得令人泫然欲泣，有一種賞心悅目之美。」

「總之，姑且不論日本現代主義者的想法，陶特是重新發現桂離宮之美的人，這是不爭的事實。那個複雜離奇的男人，以『美』這個最簡單的字，評價桂離宮。他或許是在嘲笑風格鬥爭。看起來美的事物，具有絕對的價值。不，陶特搞不好是想說，美正是唯一絕對的價值。」

「這很難說，陶特費盡唇舌地訴說實用性和機能性的重要性。」

「不對。陶特的傑出之處，在於他相信自己的審美觀，且一輩子堅信不移……雖然這一點都不重要。」

青瀨大吃一驚，望向岡嶋的眼睛。

一點都不重要？

青瀨倒抽了一口氣，接著打了個寒顫。眼前是一雙放棄一切、自暴自棄的眼眸，看起來像內心空了一個大洞。

「怎麼會一點都不重要？」

青瀨問，他不肯以岡嶋那句話來結束這場對話。

隔了半晌，岡嶋才開口說：

「陶特也好，勒・柯比意也好，萊特也好，只要能夠沉醉其中，我什麼都好。我只是在尋找能夠沉醉其中的事物，但是就算找到了，什麼也不會改變。就算覺得有所改變，只要水一沖就沒了。我只能過我自己的人生。隔壁座位的孩子很會畫畫，因為羨慕，所以我偷看、模仿他的畫，這種本性就這樣跟了我一輩子。」

岡嶋站起身來：

「我回去了……我得看一看一創的臉。」

岡嶋說得雲淡風輕，但是表情悲傷。

「你別住院喔！」

青瀨忍不住說道：

「被委員會傳喚的話，出席就是了。好漢做事好漢當，但是沒有做的事，你大可斷然否認。」

「……」

「岡嶋，你不會就這樣完蛋。我們以後再參加競圖吧。」

岡嶋面向一旁遮住臉，輕輕笑了：

「我居然會淪落到被一直逃避的你鼓舞。」

40

天空魚肚白。

青瀨在附近的便利商店，買了《東洋新聞》的早報。他抱持是岡嶋想太多的一縷希望，但是翻開報紙的剎那，他的希望破滅了。好大一篇報導，標題多達三個。

「市長和設計業者勾結？」

「選定藤宮春子紀念館的指定業者，便宜行事？」

「S市議會將在今天之內成立委員會。」

報導內容完全倒向親自追究嫌疑的市議員的主張，該說是按照東洋新聞的繁田和反市長派寫的劇本走嗎？儘管沒有公開事務所和岡嶋（Okajima）的名字，但是刊載了記者和岡嶋的「一問一答」。

——你在確定指定業者的前後，好像和門倉建設部長喝了好幾次酒。
O先生：那又怎樣？
——你不覺得會引人誤會嗎？
O先生：我們餐飲費平分，我根本沒有賄賂。
——回程的計程車費是設計事務所買單。
O先生：……我不記得。
——你和篠塚市長、門倉部長，三人去東京看足球賽。
O先生：和競圖無關。我們三人都喜歡足球，充其量只是私人的往來。
——門票和交通費都是事務所買單。
O先生：不是。各付各的。

青瀨感到全身發燙。

繁田和岡嶋之間，確實有過這種對話。但是，略有出入。青瀨說不上來哪裡不一樣，為了讓讀者有岡嶋是「黑心業者」的印象，總覺得這是繁田的蓄意作為。報導的最後像是再補一槍似的，附上市議員的意見。

「當然也會傳喚O先生到委員會，把事情問清楚。」

事務所拜託你。不要讓它倒閉，繼續營運……

岡嶋說過的話，言猶在耳。如果出現這種報導，應該會受到業界相當強烈的譴責，事務所也可能經營不下去。青瀨一面整理服裝儀容，一面做好了相當程度的心理準備。

青瀨到事務所上班，明明還沒八點，但是三名同事已經到齊。辦公桌上攤開著埼玉縣版的《東洋新聞》。石卷和真由美正在講電話，竹內坐立不安，一臉求救的表情靠近青瀨：

「報社不斷打電話來。」

其他報社看了《東洋新聞》的報導，立刻打電話來。姑且不論內容的可靠性，但無法忽視「成立委員會」一事吧。

石卷用力掛上話筒，真由美也漲紅著一張臉那麼做。

「你們怎麼回應？」

青瀨輪流看著兩人的臉問道。

「我說所長生病請假，我們什麼也不知道。」

真由美的語氣和接聽電話時一樣嚴厲。

「所長一大早就打電話到我家，說他接下來要去醫院。」

青瀨點了點頭。

所以，還是住院了嗎？

「他不要緊吧……」

真由美沉著一張臉，望向青瀨。她因為這場騷動，好像忘了青瀨在電話裡斥責過她。

「不要緊，不是什麼重病。」

「真是的！竟然寫這種亂七八糟的內容！」

竹內拍打辦公桌上的新聞。

「真的很過分！」

真由美一個槍口對外，但是石卷瞪視空中，過一會兒，愁眉苦臉地面向青瀨：

「這些內容是亂寫的嗎？」

「那還用說?!」

真由美尖聲叫道。

「我是在問青瀨兄。」

石卷的低沉嗓音壓制了辦公室的氣氛，真由美和竹內都望向青瀨。

「被牽連了。」

青瀨沒有和任何人對上視線地說。

石卷皺起眉頭：

「被牽連了？這是怎麼一回事？」

「有人想要拉篠塚市長下台，所長被那些傢伙利用了。」

「扯上政治家？」

「沒錯。」

「可是……」

石卷將目光落在報紙上：

「俗話不是說，無風不起浪嗎？撇開政治鬥爭有的沒的不說，所長請市長和部長喝酒，取得競圖的資格，這件事怎麼說？」

「所長不是那種人。」

真由美情緒性地插嘴說道。

「那麼，我問妳，聚餐回程的計程車費由事務所買單，這是騙人的嗎？」

「我不知道有那種事。我記帳記了一堆計程車費。」

「妳不可能不知道吧？S市的部長搭計程車回S市內，妳找出來不就行了嗎？剛才的記者也那麼嗆我。」

「我也被問了，所以查了一下，有好幾張來自計程車公司的請款單。我認為那是所長自己使用的。」

石卷嚇得身體向後仰：

「果然有啊。」

「那是所長自己用的。」

「在S市內？」

「也有。」

「那麼，不是所長吧？」

「你們兩個夠了。說不定所長搭計程車在S市內移動，就算是S市的部長，也未必就住在S市內吧？」

竹內插嘴說道。他不是試圖包庇岡嶋，而是在袒護真由美。但是，真由美以一臉不需要掩護射擊的表情說：

「一定是所長用的。」

「憑什麼能夠那樣一口斷定？再說，不使用計程車券，而是計程車公司來請款，不是很奇怪嗎？如果是所長，他應該會在下車時付錢，將收據交給真由美吧？」

「大約二月前，因為在S市搭了好多次計程車，所以事後一次支付車資。」

「所長那麼說的？」

「是啊。」

真由美挺起胸膛，但沒想到加深了岡嶋是明知故犯招待部長的嫌疑。

石卷摩擦著落腮鬍，望向青瀨：

「青瀨兄，你怎麼想？」

他語帶責難。石卷說不定認為青瀨也是共犯。

「岡嶋確實拚了命。」

「這我知道。他接到了平常接不到的工作，我也認為所長很努力。可是，計程車費由我們事務所買單，很不妙吧？我真的想知道這裡寫的內容，實際上發生了嗎？」

「或許有。」

青瀨嘆息說道：

「不過，只要他本人不承認，我們也只能支持他。」

這句話沒有讓石卷和真由美點頭。真由美想要說什麼，但是電話在背後響起，她一個轉身，甩動髮尾，重新面向辦公桌：

「您好，岡嶋設計事務所。噢，平常承蒙關照。什麼？是的，確實是我們事務所，但內容是胡說八道。報紙亂寫的。完全不用擔心，請按照預定行程施工。」

石卷豎起耳朵，聽真由美講電話，身體靠向青瀨：

「會怎麼樣？」

「什麼會怎麼樣？」

「事務所啊。事情變成這樣，接下來經營得下去嗎？」

石卷的表情不像建築師，而是扛著妻子和四個孩子生計的好丈夫、好父親。

「有客戶打電話來？」

「沒有，還沒。」

石卷強調「還沒」。

報紙上出現「所澤市內O設計事務所」。岡嶋設計事務所參加藤宮春子紀念館的競圖，尚未向社會大眾公布，但是被知道應該是遲早的問題。

「競圖會怎麼樣？」

竹內問道，他的表情突然變得不安。

青瀨粗重地吁了一口氣，既然被問到，只好回答。講完電話的真由美也看著他。

「退出。」

「怎麼會這樣！」竹內發出接近慘叫的聲音。事務所就此沒了動靜。石卷轉動椅子，仰望牆上的海報。真由美注視著競圖專用辦公桌，「岡嶋設計事務所的九十天戰爭！」，倒數的翻頁日曆顯示「75」。

電話又響起，靜止的空氣流動，真由美伸出手。石卷從位子站起來，搓揉垂頭喪氣的竹內肩膀之後，走向青瀨悄聲說：

「退出競圖，代表承認嫌疑吧？事務所會越來越慘。」

「退出的理由是生病療養。」

「那種理由行不通吧？我想，大家都會認為是舞弊，所以才退出。那麼一來，工作再也不會上門了。」

「既然這樣，找新的工作怎麼樣？」

青瀨微動肝火，石卷嘟起嘴巴：

「那是你吧？」

「這話什麼意思？」

「你之前就已經在準備要離職了吧？」

或許是岡嶋說的，或者是徵信社的偵探也接觸了石卷。

「我不會辭職。」

「當然，我也不會辭職。」

「岡嶋說，不要讓事務所倒閉。」

「可是，所長做了這種事……」

「石卷！」

青瀨怒目而視：

「你忘了嗎？如果不是岡嶋收留你，你現在還在看岳父的臉色，在肥料工廠做行政工作。岡嶋在我窮困潦倒時收留了我。回想一下，是誰讓在泡沫經濟瓦解的游泳池溺水的悲傷敗犬，重新擁有建築師的名片？你給我做好心理準備，我和你，要死就跟所長一起死！」

石卷垂下頭，沉默不語。竹內嚇得張大嘴巴。真由美緊握話筒，咬著嘴唇，盯著青瀨。

41

到了下午，石卷和竹內分別出門去工地監工，青瀨留在事務所。儘管來自報社和業者的電話告一段落，但是他不好意思單獨外出留下真由美一個人。

等到兩點，岡嶋仍沒有來電，青瀨試著撥打手機。若是他在醫院，手機應該關機了，但是沒想到耳邊響起撥號聲，不久後接通了。

「我是青瀨。」

「平常承蒙關照，我是岡嶋的太太。」

接聽的是岡嶋的妻子八榮子。青瀨之所以沒有打電話到岡嶋家，是因為他和八榮子不熟。去他家的次數，十根手指數得出來，而且每次去，她都泡完茶就馬上躲到裡面，不曾和她好好聊過。

「岡嶋怎麼樣？」

「剛才住院了。」

「是嗎。」

大概是因為青瀨輕易地回應，八榮子的語氣為之一變：

「醫生診察之後，說他的胃和十二指腸有嚴重的潰瘍，而且出血，如果放任不管的話會很危險。」

青瀨相當吃驚。

岡嶋不是裝病。難道是強大的壓力在短短幾天之內，鑽破了胃壁和腸壁嗎？不，八成是因為他為了獲得競圖的資格，一直勉強身體。青瀨想起岡嶋昨晚的悔恨表情，手掌摸到脊椎骨的凹凸觸感讓他的臉在腦海中復甦。

「他在哪一間醫院？」

「第二醫院。我想，要住院好一陣子。聽說持續出血，血中的血紅素數值不到一半。雖然不至於要輸血，但是不好好增加血紅素，潰瘍也好不了。」

八榮子的抱怨語氣，令青瀨感到內疚。甚至覺得她在說，你不必來探病。無論是報紙報導的事，或是營運事務所的事，八榮子都隻字未提，掛斷了電話。

「他太太接聽的嗎？」

青瀨聽到聲音，回頭一看，真由美的眼眸中有種奇異的光芒。青瀨從前也想過，八榮子之所以對事務所和員工漠不關心，會不會是真由美造成的。

「他住院了，似乎有嚴重的潰瘍。」

頓時，真由美臉色蒼白。

「天啊……」

「聽說要住院好一陣子。妳要做好心理準備，應付外部的人。」

「他太太很擔心嗎？」

真由美是在討罵嗎？

青瀨打算回嗆「妻子怎麼可能不擔心」，但是怕會看到真由美內心陰暗的部分。
「妳想說她不擔心嗎？為什麼？」
「我沒辦法信任她，她做了身為女人最差勁的事。」
真由美以和語氣一樣強烈的眼神，瞪視青瀨。
身為女人最差勁的事？難道她親眼看到八榮子外遇嗎？青瀨之前聽真由美說過，她離婚是因為丈夫一再外遇。是因為同病相憐，所以令真由美發怒嗎？不，青瀨還是認為同心梅是岡嶋亂講的，是嫉妒心讓真由美變成這樣。
「這件事和妳無關吧？」
若是有關，妳就說有！坦白妳和所長有男女之情！
「有啊。因為我和你、石卷先生一樣，都是被所長收留。否則，不知道我和勇馬現在會變成怎麼樣。所以，只要是為了所長，我赴湯蹈火在所不辭。我什麼事都願意做。」
青瀨被她的氣勢嚇到。就在下一秒鐘，有人敲門，但是沒有直接開門進來。真由美說：
「請進。」
「打擾了。」
一名五十多歲的男子，態度謙和地出現。
「請問有什麼事？」
青瀨詢問對方，男子深深地鞠躬：
「所長岡嶋先生他……」
「他身體欠安，今天住院了。」

「這樣啊……」

男子露出非常失落的樣子：

「在這種非常時期，打擾了……我是藤宮春子的外甥。前幾天，和岡嶋先生見過面。他的為人令我深受感動，所以看到今天早上的報紙，我坐立難安，於是跑來了。」

青瀨連忙請男子落坐沙發。

男子自我介紹：

「我是柳谷孝司，是藤宮春子妹妹的兒子。對我和家母而言，都希望由岡嶋先生設計紀念館。所以，看到今天早上的報導實在令我們擔心得不得了。」

「那都是記者未經求證就寫的報導……我們不認為那些內容全是事實。」

青瀨慎選用字，好讓人能夠做正面解讀。柳谷眼睛一亮：

「你的意思是，報導是騙人的？」

「不能說是騙人的，但也不是真的。」

「那麼，岡嶋先生有可能設計紀念館嗎？」

「這我不敢保證……畢竟他住院了。」

青瀨含糊其詞。

「希望能由他來設計。」

柳谷像是自言自語似的低喃道，從外套的內袋拿出一個信封，並將手指伸進信封內，取出一張老舊的明信片。那是凱旋門周邊的素描，背面以潦草的字跡，斜斜地寫了幾行字。沒有貼郵票，也沒有收件人姓名。青瀨一看就知道，那不是寄出的郵件。

「家母也非常擔心，要我把這個拿給岡嶋先生，當作護身符。」

青瀨唸誦字跡潦草，用鉛筆寫的文字。

填補空洞
填補內心的空洞
一味地填補
怎麼填也填不滿的內心空洞

「這個是……？」

「在遺物中找到的。我想，是阿姨在街頭賣的明信片。」

青瀨點了點頭。

「只有這一件用日文寫下文字。我們給岡嶋先生看了之後，他非常感動。他說，填補內心的空洞……那正是藝術。」

這是生意上的話術？還是岡嶋真心如此認為呢？

「後來，阿姨畫的畫幾乎都沒有賣出去。岡嶋先生說，一定是她為了特定的某個人而畫。所以，我們強烈希望由岡嶋先生來打造紀念館。其實，家母和我的想法跟岡嶋先生一模一樣。」

「這話怎麼說？」

「你知道『無言館』嗎？」

「嗯，知道。」

它是一間位於長野上田市的美術館，展示戰爭時陣亡的美術學生的遺作。岡嶋也將它列入了這次的視察清單。

「阿姨去世的兩年前，曾經回國一次。她說，無論如何都想去無言館。」

青瀨默默地促請他往下說。

「其實，祖母在生前告訴我，表舅的戰死令阿姨深受打擊。表舅和阿姨兩家住得近，他是一個文靜的美術學生。聽說戰況惡化，學生被迫上戰場，表舅被派往南方，但在途中，船被美軍擊沉。阿姨好像對表舅抱持淡淡的愛慕之情。祖母說，表舅當年才十五、六歲，前往戰地之前在學畫。」

「無言館有他的畫？」

「沒有，因為空襲而燒毀了，一幅也不剩。我想，阿姨因此想要去無言館看一看。我想，她將表舅和英年早逝的美術學生們的印象重疊了。」

為了表哥而畫。小小的愛慕之情，年輕人的不幸死亡，讓她在這世上留下了超過八百幅的畫。

青瀨瀏覽明信片的文字。

填補內心的空洞……一味地填補，怎麼填也填不滿的內心空洞……

岡嶋的解讀是，她為了某個人創作，留下了作品。因為他理解她的想法比火更熾熱。

柳谷反覆提到「請替我向岡嶋先生問好。希望他一定要設計阿姨的紀念館」，並留下許多藤宮春子的資料後，離開了事務所。青瀨低著頭目送他，心想要讓他失望了。

青瀨沒有時間沉浸於感傷，因為真由美將藤宮春子的明信片放進皮包，說要去探望岡嶋。她的眼睛濡濕，說不定是柳谷帶來的悲傷情話，又觸動了她的情弦。

「他才剛住院，最好稍微觀察一下情況比較好。」

青瀨委婉地制止她，但是真由美眼眶含淚地抬頭說：

「我就是要去，而且他也需要人幫忙買東西。」

「妳要我說幾遍?!他太太全部都會處理。」

青瀨是想要潑她一盆冷水，結果卻是火上澆油。

「她沒有資格當人家太太，居然放任他胃穿孔。」

「那是因為岡嶋任性妄為。」

「你不懂！」

「不懂的人是妳！」

真由美將皮包揹在肩上，想要外出，青瀨不禁抓住她的手臂，但是瞬間被甩開了。

「妳冷靜一點！」

「我沒辦法冷靜。所長現在不知道是什麼心情。」

「所以妳別再添亂了！妳去了也只會礙事。」

「礙事？」

「沒錯。」

「你知道嗎？我想你不知道吧?!」

「知道什麼？」

真由美的表情醜陋地扭曲著：

「一創是別的男人的孩子。所長忍氣吞聲，她卻得寸進尺，假裝所長不知情，厚顏無恥地當她的太座。」

眼前的畫面靜止了，唯獨真由美像是被按下播放鍵似的在動作，從大門離去。

青瀨動彈不得，心思跟不上變化。

胡說八道！

許久之後，他才吐出這四個字。除此之外，他說不出話來。

42

岡嶋設計事務所的混亂情形，與日俱增。

來自營建公司和承包業者的電話連接不斷，客戶的詢問也絡繹不絕，竹內為一對三十多歲的教師夫妻提出的環保住宅方案被取消。不知道是從哪裡聽到的消息，想要Y宅邸複製品的大阪客戶也打電話來逼問：「到底怎麼一回事？」非但圖稿沒畫好，還引發這場騷動，青瀨只能一個勁地道歉。

「所長什麼時候出院？」

一個名叫八木沼，五十多歲、品性低劣的男子，賴在會客室的沙發上。他打電話來說有事想要問一下，不到十分鐘，人就來了。他自稱是提議成立委員會的S市議員，將一張資源回收公司總經理的名片，抵在青瀨胸口，自顧自地深深坐在沙發上，展現威嚇感。

「我想需要一段時間，因為他的胃和十二指腸都潰瘍了。」

青瀨回答。八木沼眼中浮現懷疑的神色，他懷疑岡嶋是裝病：

「他不是已經住院一週以上了嗎？好歹知道還要再住多久吧？像是再一週、十天之類的。」

「無法預估，聽說也需要增加紅血球的治療。」

八木沼挑釁地靠近黝黑的臉，下顎有一條斜斜的舊傷，讓人不想看也會看到。

「你知道吧？我們想要快點決定傳喚他到委員會的日子。」

「我隨後會送上診斷書。」

「情況有那麼糟嗎？」

「就是因為很糟，所以才會住院吧？」

焦躁的情緒流露於言詞之間，其實青瀨也沒有正確掌握岡嶋的病情。上週他去了兩趟醫院，第一次岡嶋正在診察，所以只留下慰問品就回來，隔天再度前往，看見東洋新聞的繁田在醫院走廊上徘徊。岡嶋像是落跑似的，到了個人病房之後情緒亢奮，而他妻子八榮子則是一臉將所有人視為敵人的表情，隨伺在側，所以青瀨無法和他有深入交談。

「抱歉，連茶也沒有奉上。現在就是這種狀況，能不能請回？」

真由美和竹內也忙著接聽電話。八木沼瞥了事務所內一眼，咂了個嘴，站起身來：

「你告訴所長，他逃不掉的！不管他什麼時候出院，我們一定會請他來議會。」

青瀨的大腦對於他的恫嚇，過度敏感地反應：

「事情未必會按照你們的劇本走。」

「你們？」

八木沼一屁股坐回沙發，像是在威嚇青瀨似的，大大地張開雙腳。

「喲~什麼意思？劇本是指什麼？」

青瀨嚥下黏稠的唾液說：

「政治鬥爭好像是你們的工作吧？但是，希望你們別把我們這種小公司扯進去。」

「哈！做賊的還大言不慚，你少口出狂言。明明是你們所長請官員吃喝，走後門進入了指定名單。」

「我不知道他有沒有那麼做。」

「就是做了。反正你們也是一夥的！」

「你們那一夥人又是怎樣呢？這樣窮追猛打難道就不骯髒嗎？」

八木沼的臉色一變。青瀨以為會挨揍，但是八木沼只是用膝蓋頂了茶几一下，讓它搖晃，拋下一句「他確定出院之後，聯絡我！」，大搖大擺地離開了事務所。

青瀨和講完電話的真由美對上眼。

「那個人根本是猩猩。」

青瀨開著玩笑，但真由美只是「嗯」了一聲，敷衍帶過，手伸向再度響起的電話。自從她堅持要去探望岡嶋那天以來，她的話就明顯變少了。青瀨猜她在醫院和八榮子之間可能發生了什麼事，儘管腦中浮現令人討厭的畫面，但他不想再提起。

「我去見客戶。」

外頭已經微暗。青瀨對真由美撒謊外出，不知該將這股尷尬歸咎在誰身上才好。

43

青瀨開著雪鐵龍，前往第二醫院。

他不是因為被八木沼逼問，而是原本就打算今天去探望岡嶋。身為代理所長，他必須確實掌握岡嶋的病情，並且和他討論今後的事。最重要的是，他想要看看岡嶋。真由美脫口說出關於一創的事，他一無所知，也無法否認。儘管如此，他還是想見岡嶋，天南地北地閒聊也好，想和他說說話。

事務所內殺氣騰騰，但其實是籠罩在一股無力感之中。競圖化為泡影，失去目標，唯獨嘈雜和瑣事像敗戰處理或無關痛癢的比賽一樣被留了下來。但不可思議的是，情緒沒有滯留在心中，不斷地往體外散去。這幾天、幾週內，自己究竟表露出幾年份的真情呢？他試著與人產生連結，從超脫世俗的幻想中醒來，亦從自我束縛中獲得解放。因為蓋了Y宅邸，因為將Y宅邸放回心中了。

青瀨希望Y宅邸誕生在這世上的理由，是一股良善，是一份愛。

「請蓋你自己想住的房子。」

青瀨放鬆油門，前方的交通號誌從黃燈變成了紅燈，看得見第二醫院的白色建築。大腦試圖讓他看別的事物。青瀨獨自站在海岸邊，真相的海浪在腳踝附近一來一回。他已經知道了，知道了真相。青瀨對真相深信不疑。所有資料齊全，線索連成一線，紙拉門已經開到一半，再來是……

懷裡的手機震動。

他已經進入了醫院用地，將方向盤往左切，把車停在停車場入口的附近。手機還在震動。

「喂，我是青瀨。」

「平常承蒙關照！」

是金子營建公司的年輕老闆：

「向您報告！雨水管和門燈的支柱，按照您的指示，配合地毯漆成了波爾多紅。哎呀，那顏色超讚，搖身一變像是白金台的漂亮公寓。業主也非常開心。」

「那就好。」

「您有空的時候，也請過來看一下。照片感受不到它的好。」

「嗯，有點忙……你看報紙了嗎？」

「啊，看了。反正那種報導是和選舉之類有關的惡搞吧。來自上頭的壓力很大，一下要我們支持誰、出人出力的，建築業界煩得要死。青瀨先生，請不要在意那些，繼續往前衝。工作是人與人的關係嘛，我會追隨您到天涯海角的。」

青瀨一陣鼻酸。

他說了「請多指教」。為了回應年輕老闆的期待，他決定堅持做一個清高的建築師。

44

傍晚的會客時間到六點，還有一小時左右。

岡嶋住在內科大樓四樓的五號房。個人病房房門一字排開的走廊，像是學生宿舍一樣寒酸。岡嶋的名牌被卸下了，青瀨環顧四周之後，敲了敲門，無人回應。他呼喊「我是青瀨」，將耳朵貼在門上，聽見微弱的回應，是男人的聲音。

病房內不見八榮子的身影。房內非常狹窄，岡嶋躺在病床上，正在操作電動開關，試圖挺起上半身。點滴架有兩支，但沒有掛任何東西。

青瀨倒抽一口氣。岡嶋的上半身隨著馬達聲升起，他的臉消瘦得和之前判若兩人。臉頰凹陷，皮膚乾糙，沒有脂肪，眼睛下方有深深的黑眼圈，幾乎要令人誤以為是瘀青。

「你甩油了啊。」

青瀨說了一句無傷大雅的玩笑，岡嶋虛弱地笑：

「因為沒有中菜和燒肉的點滴。」

青瀨試圖跟著笑，但是表情僵硬。他低頭掩飾，坐在病床旁的圓椅：

「出院之後，你就能吃個夠。喂，不用勉強起身。」

「事務所怎麼樣？」

「沒事。你別擔心。」

「有客訴或取消嗎？」

「有不少人打電話來詢問，也有來鼓勵的。只有一件取消。」

「其他報紙有大寫特寫嗎？」

「倒是沒有，都是在窺探動靜的報導。」

「石卷和竹內怎麼樣？」

「竹內和津村小姐負責接聽電話，石卷到處跑工地，感覺他終於認真起來了。」

青瀨從進入病房時就察覺到床頭櫃上有凱旋門的明信片，真由美果然來過這裡了。

「青瀨，別露出那種可怕的表情。醫生說，我的病情沒有外表看起來那麼嚴重。我只是睡不著而已，一直睡不著。所以，臉才會變成這樣。不過，這倒是派上了用場。」

「嗯？」

「東洋新聞的繁田，剛才來了。」

「來這裡嗎？」

「嗯，被他打聽到了。他連門也沒敲就進來，一手拿著相機。不過，他一看到我的臉，嚇了一大跳，而且八榮子正好回來，就放聲大叫，所以他倉皇逃走了。下次他會寫什麼呢？大概什麼也寫不出來了吧。活該！」

青瀨之前說「你別住院喔！」，這句話現在令他感到心痛。

「痊癒之前，你就在醫院待著！外頭的事情交給我，你什麼都不用擔心。」

「不好意思，看來也只好這樣了。」

岡嶋嘆了一口氣，像是想起來似的掀開棉被，轉動腰桿，將雙腳垂掛在床畔，想要穿拖鞋。

「怎麼了？要上廁所嗎？」

「我要抽根菸。」

岡嶋將手伸進枕頭下，取出 FRONTIER LIGHTS 的香菸盒和打火機。

「我說你啊……」

青瀨來不及阻止。岡嶋露出全身的藍色睡衣，走向窗邊。

「這裡有點像藤宮春子的房間吧？」

岡嶋岔開話題，打開高度及腰的紗窗，手掌一撐，讓身體稍微騰空，半個臀部坐在窗框上，頭髮隨風搖曳。病人這樣做，看起來十分危險。

「你快下來，這裡是四樓欸。」

岡嶋不理會他，點燃香菸。

「你會挨護理師罵喔。」

「我會避免挨罵地抽。」

岡嶋深吸一口菸，然後背過頭去，噘起嘴巴，朝窗外吐出煙。

「你看，沒事。」

「我看潰瘍好不了了。」

「青瀨。」

「幹嘛？」

「陶特說過吧。他說，桂離宮美得令人泫然欲泣。」

青瀨凝視岡嶋朦朧的側臉，心想：「你之前不是下了結論，說那一點都不重要嗎？」

「陶特大概知道這世上最美的事物吧。無論是有形的，或者意象的事物，總之，他知道堪稱絕美的事物狀態，所以自己也試圖創作美麗的事物。那是填補自己內心空洞的行為，一味地填補怎麼填也填不滿的內心空洞，永無止境的行為。」

青瀨看了床頭櫃的明信片一眼，岡嶋也那麼做。

「聽說柳谷先生去了事務所。」

「他來了。」

青瀨想事到如今，告訴岡嶋遺屬寄予的期待未免太殘酷，便按下不說。

「我在柳谷先生家看到原畫時，渾身顫抖。骯髒的服裝……像是和路上垃圾融合的臉部皺紋……夾著菸屁股，骨節突起的手指……但是，每一幅畫都好美。技巧、寫實、有無訴說什麼等看法，都被拋到九霄雲外，只是被美麗鎮懾。就像不小心說出『好美』，它們就會變得廉價一樣。而且我想要比你更深入了解藤宮春子，活用於設計，創作出比你好的方案，所以也就沒說出來。」

「美妙、陰暗、恐怖……而且美麗是吧。」

岡嶋從嘴邊拎起變短的香菸，侷促地彎曲身體，磨擦窗框下的外牆，熄掉香菸。一、兩顆小小的火星被風捲走，消逝於黑暗中。

「因為藤宮春子的心中，有不容動搖的美的範本。你聽說了吧？稱不上是戀情的戀情，像是思春期的白日夢一樣的回憶。因為她表哥死了，所以那分美成為永遠。她一味地畫美麗的畫，畫了幾十年。儘管如此，她仍搆不到心中的絕美，持續畫到氣絕身亡。她有可能畫出那分美嗎？不可能吧。我的設計能夠贏過那分美嗎？贏不了吧。」

岡嶋的臉染上紅暈：

「雖然贏不了，但是我想要創作，我想要設計出適合永遠安置她的畫的美麗建築。我總覺得有一瞬間，我的思緒和她同步了。」

「嗯。」

「不過，我沒有資格設計她的紀念館。」

岡嶋垂下頭，然後抬起頭，注視青瀨：

「繁田說的是真的。我付了部長的計程車費，也請他吃過一次飯。但我發誓，J聯盟的開幕賽門票和交通費是平分。我之所以大費周章，是因為部長和市長是不折不扣的足球迷，而我沒有門路接近他們。我在高中踢過足球沒有騙人，雖然我是候補球員，而且中途放棄了。所以，我請討好市長的足球相關業者，以及能夠拿到票、類似黃牛的傢伙吃喝。對方不是官員，所以我小看了他們，高調行事的下場就是這樣。拖大家下水，競圖也完蛋，我真的覺得很抱歉。」

「夠了，別再說了。」

青瀨早就知道了。不，青瀨想像了更誇張的招待。

「回來床上。先讓身體好起來。」

這時，病房門開啟。青瀨看到八榮子驚訝的表情，反射動作地站起身來，但令人意外的是，八榮子反倒客氣地說「請慢慢聊」，說完就關上了門。

「這樣好嗎？」

「沒關係。」

岡嶋關上窗戶，回到床上。他淺淺一笑說可能偷抽菸被發現了，盤腿坐下，身體動來動去，和青瀨面對面。

「你有什麼話要說吧？」

「嗯？我剛才說的就是全部。我也大致知道你的狀態了。」

「你一臉『我有話要說』的表情。」

自從進入病房之後，青瀨就忘了一創的事。如果對岡嶋的觀察沒錯，代表他也猜中了關於由佳里的事。但青瀨今天不想問，他決定等到這場騷動平息之後再問。

「說吧。別吊人胃口。讓我一直想的話，今晚又是漫漫長夜了。」

「……」

「調查婚事的徵信社的事吧？我當時也真是的，居然說溜了嘴。」

青瀨吁了一口氣，既然如此就問吧。

「是由佳里拜託你雇用我的嗎？」

岡嶋發出「啊」一聲，雙手在臉前方左右擺動。

「不是、不是，那是誤會。是我自己要用你的，我想要強化事務所。」

「從我進入事務所之前，你就和由佳里有聯絡了吧？」

「我說過了啊，一年會聯絡兩、三次。」

「我的落魄情況變成你們的話題。以由佳里的個性來看，她應該忍不住不提吧。」

「她是很擔心你。不過，如果是她要雇用你也就罷了，她不可能對我說『請你雇用他』這種話吧？」

青瀨沒有點頭。

「『我可不打算一輩子就這樣』的想法是那時候開始的。我知道你的能力，所以雇用了你。Understand？」

「可是，你高估了我的戰力。」

「什麼？」

「我啊，因為泡沫經濟瓦解，徹底磨掉了稜角，變成唯命是從的建築師。」

我居然會淪落到被一直逃避的你鼓舞……

「喂，自我解嘲是在挖苦我喔。你不是蓋了Y宅邸嗎？」

青瀨在內心坦然地點頭。然後，他的思緒不知飄向了何方，俯看著他和吉野陶太佇立在那個起點站的月台。

「青瀨，你怎麼了？喂～」

「我可以再問一件事嗎？」

「啊？嗯，什麼事？」

「關於徵信社的事……偵探跑去問由佳里我的事，他問的是再婚的事，然後由佳里吃驚地打電話給你。」

「是啊。」

「你怎麼回答？」

「我回答，我認為不可能。但無法斷定吧？何況你又不說私事。」

青瀨點了點頭：

「後來，她有打電話跟你聯絡嗎？像是問那件事怎麼樣了？」

「沒有……就那麼一次。」

「就算沒有那件事，你們一年也會通兩、三次電話吧。」

「是沒錯，但是從那之後超過一年，一次也沒聯絡。」

「我知道了。」

青瀨明白了。一股感慨湧上心頭。

「我想，她很擔心吧。只是不方便一直打電話來。」

「或許是吧。」

「你們真的沒辦法了嗎？」

青瀨不是從話語，而是從岡嶋的眼神明白他的意思。

「事到如今，沒辦法了。」

青瀨的聲音在頭蓋骨迴響。

「如今這時代，兩對有一對離婚，二十分鐘或兩小時有一對破鏡重圓也不足為奇。」

岡嶋或許是說真心話。

青瀨下了一個小小的決心，站起身來：

「我再來看你。」

「還早啊。」

岡嶋的聲音之大，令青瀨嚇了一跳。岡嶋露出求助的表情，他仰望青瀨的那個角度，突顯出眼睛下方的黑眼圈。青瀨察覺到他的情緒不穩定，堅強和懦弱的態度輪流出現，岡嶋的言行沒有確切的脈絡可言。

青瀨坐回椅子，他決定陪他到會客時間結束為止。

岡嶋面露放心的笑容，吁了一大口氣：

「啊～和你像這樣聊天，讓我想起學生時代。」

「我只讀到一半，所以懷念的心情也只有你的一半。」

「我是個討厭的傢伙吧？」

青瀨苦笑：

「或許是吧。你什麼時候洗心革面的？」

「哈哈！那麼，我現在是個好人囉？」

「比繁田好一點。」

「喂～黑色幽默！這樣才像你。」

「我有那麼愛諷刺人嗎？」

「或者應該說，你就像是黑盒子，不知道裡面藏了什麼、什麼會跑出來。Y宅邸就是個好例子。」

「你在誇獎我嗎？」

「怎麼說呢？你就跟陶特一樣，完全令人摸不著頭緒。」

「搞什麼，明褒暗貶啊？」

「青瀨，告訴我一件事。」

「什麼？」

「對你而言，最美的東西是什麼？」

他又突然改變話題了。青瀨正想著被突然這麼問也說不上來，一個答案不知從哪裡被拋進腦海，唯一、絕對的美……

「北光。」

「是喔……北面的光線啊……原來Y宅邸靠的不是技術。」

「或許是上了年紀吧。在赤坂時代，覺得外觀漂亮的東西就等於美的東西。」

「我懂。」

「你呢？」

「嗯？」

「最美的東西是什麼？」

或許是沒有料到會被反問，岡嶋露出皺眉沉思的表情，眨了眨眼，那段空白令青瀨感到不安。最後他說：

「勇馬的笑容吧。」

青瀨懷疑自己的耳朵，難不成勇馬是岡嶋的……

「傻子！開玩笑啦，開玩笑！」

岡嶋指著青瀨笑道：

「你那什麼表情嘛。不可能，我沒有那種能力。」

青瀨花了幾秒鐘才理解這句話。舞台的燈光轉暗，接著出現的岡嶋看起來像是赤身裸體。

「我想向你好好說清楚。」

岡嶋收起笑容：

「我之前偶爾會去真由美的住處，那裡很舒服，勇馬也很願意親近我。但是我發誓，我和真由美不可能。我們就像兄妹一樣。」

「造孽啊。」

青瀨說道。真由美之前的慌張模樣，烙印在眼皮底下。

「我承認，我很依賴她。我們非常了解彼此，所以我真的相信有同心梅。說到男女之間的友情，令人難為情，但是我覺得，同心梅的關係也不賴。因為男人有些話，絕對無法對男人說，關於這點我很抱歉。我知道一創的事時……你聽真由美說了一創的事吧？」

青瀨默默地點頭。

「知道一創的事那一晚，我喝得爛醉，對真由美傾吐心聲。我真的做了最差勁的事，我把憎恨分給了她一半。」

岡嶋眨了眨眼：

「我和八榮子從以前就處得不好。當然，也有愉快和歡樂的時光，但是她最重視的是保險外務。我自詡為獨當一面的建築師，派對一個接一個參加，所以各過各的生活。我們也有點互相輕蔑對方，我瞧不起保險這份工作，而她冷眼看待錢賺得少的我。日子一天一天過去，我在五年前，知道了一創的事。我有個關係親近的醫生朋友，他說他正在研究精子的數量。當時我的尿道炎治療結束，就抱著好玩的心態接受檢查，發現了這個事實。知道的時候我快瘋了，不是因為生育能力，而是一創。但是，我什麼也沒對八榮子說。我只甩了她一記耳光，但是我沒有說我為何打她，我也沒有逼問她。我想要殺了她，但是沒有考慮離婚。你知道為什麼嗎？」

青瀨等他繼續說。

「因為太丟人了。我在脖子上掛著一級建築師的看板，自詡為藝術家，但其實老婆給我戴綠帽，一直欺騙我，我居然拚命賺錢養育她和別的男人生下的孩子。我死也不想讓業界的人知道。我就是這種男人，我就是這種死要面子的男人。」

岡嶋緊咬嘴唇，嘴唇在顫抖：

「……一創……是個好孩子，他聰明又善良。我非常疼他，但是看著他的睡臉，我就會想到他不是我親生的，明明昨天之前還是。這太過分了。世界變得一片黑暗，我詛咒自己的不幸。有時夜裡，我甚至想乾脆放一把火燒了房子，把一創、八榮子和我都燒成灰燼……但是……」

岡嶋的表情迅速變得柔和：

「一創好可愛。就算知道他不是我親生的，他還是好可愛。即使想著這傢伙不知道是誰的骨肉，情感上還是深愛著他，覺得他可愛得不得了。我們沒有血緣關係，但一起度過的時光，是只屬於我和一創的。他在作文裡面寫，未來想要當建築師。他說他想要當一個像爸爸一樣的建築師。」

青瀨點頭，岡嶋注視著他：

「我討厭自己，我最討厭像我這種陰險狡猾又乖僻的人。儘管如此，一創卻是那麼的可愛，就算知道他不是我的親生孩子，他還是好可愛。想到自己也有這一面，我就淚流不止，總覺得自己脫胎換骨了。我立志要為了他而活，要為了他留下點什麼，於是努力工作。我之所以雇用你，也是因為這個原因。我想要壯大事務所，交給一創。我和八榮子相敬如冰，我不會原諒她，但是可以和她同住在一個屋簷下。我想，她應該也有她的苦衷。比起沒有被告知苦衷的我，無法說出苦衷的她更痛苦。所以，我勉強自己這樣走過來，習慣這樣的家。」

岡嶋的身體放鬆，他用手指抹過眼周，有些害臊，輕輕拍手，雙手合十：

「我的話說完了，感謝聆聽。」

「才沒說完，以後也要說給我聽！」

青瀨忍住哽咽，堅定地說。

走廊變得熱鬧，好像開始分送晚餐了。

青瀨站起身來，岡嶋帶著笑意仰望他：

「下次聽你說。」

岡嶋伸出手。

青瀨有點不好意思，便輕拍他的手說「我會再來」，轉身離去。

45

青瀨沒有去事務所，回到了公寓。

除了玄關的燈之外，他沒有開燈就躺在沙發上。他沒有吃晚餐，也不想喝啤酒。頭痛欲裂，比平常多服了一顆止痛藥，就著唾液吞下。

手上握著電話的子機，順從心情的起伏，先是用力，然後輕輕地重新握住。

岡嶋的殘影在眼前浮游，大概是聽他說了太多話。他的感慨濃縮，趕走自己的同情和共鳴，化為結晶。那就是岡嶋的人生……

下次聽你說。

青瀨想要搞清楚一切。他想要知道吉野和由佳里的關係，以及吉野委託設計的來龍去脈。如此下定決心之後，過了兩小時。

青瀨挺起上半身，用手指按壓左右的太陽穴，疼痛稍微緩和了。他看了壁鐘一眼，八點二十五分，時限到了，再晚的話今天就無法打這通電話了。

他按下子機的按鈕，從這支電話撥打，應該也會響起《海螺小姐》的音樂。

「喂。」

「是我。」

青瀨立刻說話，蓋掉日向子接聽電話的不安聲音。

「咦?!爸爸？怎麼了？」

他不曾在這種時間撥打日向子的手機。

「妳現在在哪裡？」

「自己的房間。」

「在念書嗎？」

「啊，我剛才在調查不用學數學的國家。」

日向子說著玩笑話。

「是喔。抱歉，打擾妳了。我有點事……」

青瀨支支吾吾，想到日向子內心的三棱鏡，他期待著女兒成熟的反應。

「我有點事想要問妳，所以打電話來。」

「什麼事？」

日向子的聲音又變小了。

「沒什麼大不了的事就是了。」

青瀨竭盡全力發出開朗的聲音：

「喏，妳之前不是說，有人打電話到家裡嗎？原本時常打來，後來不再打來。」

「啊，嗯……」

「那種電話，妳也接聽過嗎？」

「……」

「打電話來的是一個叫做吉野的男人吧？」
「咦?!咦?!為什麼你會知道？」
青瀨閉上眼睛：
「他是我的朋友，所以妳不用擔心。他不是壞人，也不是怪人。知道了嗎？」
「他是你的朋友嗎？」
「對，他是我很熟的人。」
「是喔，原來是這樣。我好像想歪了。」
日向子似乎打從心底鬆了一口氣。
「我猜猜看，他第一次打電話來，是去年二月吧？」
「呃……」
「下了大雪吧？」
「啊，下了，我想就是那個時候。他打來好幾次。媽媽露出奇怪的表情，拿著電話走進房間……他後來偶爾會打來。」
「最後是什麼時候？」
「十一月，月曆上應該打了一個×。後來就再也沒有打來。」
所有虛線變成了實線。
起點站的月台上，有三個人，站著吉野和青瀨，以及另一個人，由佳里。
「可是，為什麼你的朋友要打給媽媽呢？」
「因為他和媽媽也是朋友。」

「是喔，原來是這樣……」

「抱歉，嚇到妳了。」

「沒有，一點也不可怕。」

「太好了。」

青瀨真心說道。這件事結束了。

「對了，日向子，下次要約哪裡？」

「呃～還是在法國號？」

「要不要去Y宅邸？」

青瀨並非事先想好，他是為了讓日向子開心，才脫口而出。

「真的？」

按事務所的狀況，現在不可能去。

「下次或許沒辦法，但是下下次，或者下下下次應該可以。」

「我要去！我想去！說好囉，你一定要帶我去。」

「屋主不在家，要帶打掃用品唷。」

「了解！帶什麼都沒問題……」

忽然間，聲音消失了。

「日向子……？喂？」

青瀨馬上想到，因為日向子發出太大的聲音，所以由佳里敲了門。果不其然，她好像進了房間，她們正在說什麼。

這時，日向子的聲音回到了耳邊：

「是媽媽，你要不要跟她說話？」

日向子語帶期待和亢奮，對她而言，或許是求之不得的機會上門。

「不……不用了。」

「為什麼？爸爸，你想要問那個叫吉野的人打電話來的事吧？他和媽媽也是朋友，對吧？」

青瀨沒有做好心理準備，由佳里應該也是如此。日向子說出吉野的名字，她現在應該很驚慌失措。

「妳能不能告訴媽媽，我等一下打給她？」

日向子正想說什麼，青瀨開朗地說「數學加油唷」，掛斷了電話。

青瀨覺得好累，那是一種在連續熬夜的泡沫經濟時期也沒有經歷過，彷彿全身細胞被沉重的滾輪輾壓過的疲勞感。

唯獨腦細胞清醒著，正從起點詳查解開的謎。

吉野委託徵信社調查青瀨，在那過程中，他知道青瀨有個離婚的前妻。偵探也直接找了由佳里，她聽到青瀨要再婚，驚訝地打電話給岡嶋詢問這件事。那是妨礙青瀨打開真相的紙拉門。由佳里受到偵探突襲的當下，她只是一連串騷動的被害者。但是，還有「後續」。吉野脫掉徵信社這件隱身衣，嘗試接觸由佳里，也數度和她通電話。由佳里得知調查的理由不是青瀨要再婚，而是因為別件事。所以從此之後，她不再打電話給岡嶋，因為沒這個必要了。

吉野也從由佳里口中得知了一些訊息。由佳里八成告訴他，青瀨對建築失去了熱情，如今是個按照客戶吩咐，因循苟且地畫圖的建築師。後來，吉野參觀上尾的住宅，和香里江一起造訪事務所，委託青瀨設計房子。

「請蓋你自己想住的房子。」

那是由佳里說的話。

也是由佳里給青瀨的訊息。

察覺之後，青瀨發現那是這世上唯一一個人——由佳里才會說的話。那不是愛，而是良善。對於這分良善連由佳里自己都束手無策。純粹且無私的良善，產生了那句咒語，對青瀨施加了魔法。

青瀨不知道該開心，還是該難過。陌生國度的某個陌生人準備了童話故事，降臨在自己眼前。他只能凝視它，深深嘆息，委身於故事之中。

先前完全不知道的眾多資訊，因為由佳里的話而串連起來。吉野不時打電話給由佳里，報告Y宅邸的興建進度。最後一通電話是去年十一月，Y宅邸落成的時候。高個子女人應該是由佳里，吉野邀請她，或者是由佳里要求造訪了Y宅邸。

由佳里是神，而吉野是她的使者嗎？

不是。雇用徵信社，調查青瀨的人是吉野，準備三千萬圓鉅款的人也是他。吉野始終是主動，而由佳里是被動。首先，吉野有意願蓋房子，他向由佳里闡明將三千萬圓交給陌生人的理由，並且告訴她，他不想讓青瀨知道那個理由，祕密地完成這件事。

由佳里接受了。因此，才有了那句話。由佳里想要讓青瀨重新振作起來，將暗藏在內心的願望，寄託於吉野的計畫……

吉野隱瞞青瀨的理由為何？

青瀨等待電話，由佳里今晚一定會打來。

因此手機響起時，他瞬間接聽。

「好久不見。」

是能勢琢己，約莫十年沒有聽到他的聲音了，青瀨深有所感地想。他和由佳里在自己心中是一組的。

「你從哪裡得知我的手機號碼？」

「我問了西川先生，不方便嗎？」

「不，沒關係。什麼事？」

「我聽說你們的事了，事務所的情況很糟吧？」

「風暴還沒過去。」

「聽說退出競圖了？」

「嗯。」

「真遺憾，好不容易碰上你。」

「改天還有機會碰上，我們一定會重振起來的。」

「還有機會嗎？」

青瀨總覺得額頭被人用手指戳了一下。

「賄賂就出局了。不然我來幫你們收掉事務所。」

「不用你雞婆，我們有我們的……」

「要不要來我這？」

青瀨感覺思緒一陣空白。

「不是要你現在馬上來。等到善後結束，風平浪靜之後再來就好。你考慮一下。」

青瀨閉上眼睛：

「你是要我逃出沉船嗎？」

「除了船長之外，沒有人有義務留下來吧？」

「赤坂的事務所也曾是一艘沉船。」

「當時，整個業界都是沉船。如今，有船沒沉，你要毫不猶豫地跳過去！」

「我很感謝你，但是不可能。所長對我有恩。」

「你想要一起死嗎？」

「胡說八道！我會跟所長一起重頭來過。別管我了，你擔心自己的船吧！」

家裡的電話響起，應該是由佳里打來的。

「我要掛了。打造一間美好的紀念館吧！」

青瀨放下手機，一把抓起子機，抵在耳朵。但是……

耳邊傳來風聲……？是吉野……？不是，是女人在啜泣。不，不是由佳里，打來的是八榮子。

「先生他……從病房的……窗戶……」

跳下去了。

青瀨注視空著的手心。幾個小時前，和岡嶋的手輕微觸碰的指尖微微顫抖。

46

青瀨將近凌晨十二點抵達了醫院。

大門旁停著一輛巡邏車，除此之外，別無異狀。熄了燈的一樓寂靜無聲。青瀨重拾一絲期待，八榮子說「岡嶋跳下去了」，但是沒說他死了。青瀨告訴自己這種稱不上是強辯或狡辯的解釋。

他猶豫該不該前往病房。尋找著夜間掛號的櫃檯，只聽見自己刺耳的腳步聲。他在走廊的轉角轉彎時，八榮子整個人靠在公共電話上的身影躍入眼簾。

她好像正講完電話，將話筒移開耳朵，掛在掛勾上，靜止不動。她倚在牆上，一動也不動。

總覺得有火焰被吹熄了，微暗的走廊更加失去了亮度。

青瀨緩緩走近，一雙紅通通的眼睛望向他。她的眼睛和眉毛都呈銳角揚起，與其說是在哭泣，看起來比較像是憤怒的表情。

「岡嶋太太……」

青瀨說不出下一句話。

「這邊。」

八榮子以氣若遊絲的聲音說道，離開牆壁。她說岡嶋不在病房，而是在地下室的太平間。他們在樓梯間和上樓的制服警官擦身而過。警官像是在講悄悄話似的說，「待會請再說一次事發經過」，八榮子深深一鞠躬。

太平間的門打開了一條細縫，線香的氣味微微飄散到走廊。青瀨盯著八榮子的頸項，進入太平間。鐵床上覆蓋著床單，隆起橫躺的人型……八榮子掀開蓋在臉上的白布。

岡嶋的頭部某處令青瀨聯想到陶特的死亡面具。青瀨希望是那種遺容，然而，不是。從頭部到額頭、耳朵、嘴巴、下顎，緊緊地纏著繃帶，露出的臉部面積很少。

臉頰和鼻子沒有傷痕，完好如初。眼皮看起來像靜靜地閉著。那是一張令人感覺不到痛苦和苦悶的遺容。

青瀨甚至忘了合掌，身體失去熱度，情感麻木了。眼前看到的景象明明是難以動搖的現實，但卻沒有真實感。

「他原本還有一絲氣息。」

八榮子忽然說道，她的眼睛一眨也不眨：

「我衝過去的時候，他還……」

她露出盯著當時景象的表情。

「他說了什麼嗎？」

「他什麼也沒說。」

「遺書呢？」

「沒有。」

八榮子用雙手搗住臉。

據說岡嶋幾乎吃完了醫院供應的晚餐白粥。八榮子回來時，岡嶋也別無異狀，九點熄燈前後，也沒有護理師感到異常。

晚上十點，意外發生，巡視的護理師發現五號房的窗戶開著。四樓窗戶正下方，沿著牆壁種植著杜鵑花，岡嶋的腰部以下即墜落在杜鵑花叢中，頭部和胸部墜落在柏油路面。醫師說，如果相反的話，或許會得救。據說來了許多警察，但因為是明顯的自殺，所以調查時間很短。

八榮子將白布蓋回臉上，沒有戴戒指的白皙的手，看起來像是替岡嶋的人生落下了布幕。

「一創呢？」

青瀨忽然想起問道。八榮子抬起頭，窺探青瀨的眼神：

「他還不知道。他在睡覺，所以我請家母到家裡陪他。」

八榮子就此打住，離開太平間，步上樓梯回到一樓之後，在陰暗處停下來回頭轉向青瀨：

「你聽先生說了吧？」

咦……?!

「沒錯，是我害死他的。」

啊……

青瀨意識到，是因為自己在樓下問了一創的事。他完全沒想到那件事，但是八榮子想必一邊爬樓梯一邊那樣想。

八榮子直視著青瀨：

「他好可憐……居然連你也沒有為他哭泣。」

眼淚又從八榮子的眼裡奪眶而出：

「先生說，你是他唯一的朋友。你們從以前感情就很好，志趣相投。」

青瀨的嘴角動了一下。

少騙人！我和你哪有那麼好……

胸口感到熱度，體溫突然恢復，被關閉在某處的情感在內心翻騰。

岡嶋死了，他自殺了。

幾小時前，他還笑著。他將臉靠得那麼近，說了那麼多話。

是這樣啊，原來是那樣。因為他想要死。他不需要遺書，他對青瀨說了好長、好長的遺言。岡嶋說的一字一句，全部都是遺書，也是遺言。青瀨卻沒有察覺到，渾然不覺。

但是，他繃緊了正要鬆弛的淚腺。

不……

真的是這樣嗎？

岡嶋……待在病房裡的岡嶋……想死嗎？

青瀨向八榮子低頭致意，虛浮地邁開步伐。他的步伐逐漸變穩，隨即變成快步，闊步追逐畫在地板的藍線，穿越右轉再左轉的走廊，進入了內科大樓。電梯等得令人不耐煩，他衝上樓梯。抵達四樓時，氣喘吁吁。他直接經過護士站，打開個人病房的門，電動床消失了。他奔向窗戶，開鎖打開窗，探出上半身，望向下方的外牆。雖然陰暗，但是看得見，有五個、六個、七個，不，有八個，捻熄香菸的痕跡。從岡嶋的口吻來看，他不只當時在病房抽菸，說不定在那之前以及之後，在青瀨回去後，他又抽了菸。

會不會是意外呢？

青瀨清楚記得，岡嶋坐在高度及腰的窗框，穿著拖鞋的腳趾稍微離地。所以青瀨才覺得危險。加上岡嶋為了避免被護理師發現，將頭伸出窗外噘嘴吐煙。他雖然一手抓住窗框，但是如果不小心失去平衡，就有摔下去的危險……

「你在做什麼？」

青瀨聽見尖銳的聲音，回頭一看，一名像少女的護理師站在門口。他連忙關上窗戶說「我走錯病房了」，鑽過護理師身旁。他正常地走在走廊，沒有人追上來。

無論是意外或自殺，都改變不了岡嶋死了這件事。然而，對於被遺留下來的人而言，尤其是對於才六年級的一創而言，兩者有所不同。縱然身邊的人隱瞞他，這件事遲早會傳入他耳裡。父親留下自己，逃到輕鬆的地方；父親心中的痛苦，大於對自己的關愛。一創不時會注視那個永遠傾斜的天秤。不，說不定他會感到更難受。假如知道自己不是岡嶋之子的那一天到來，他是否會對父親的死感到內疚，責怪自己的存在，並且憎恨母親呢？

青瀨忽然想到父親，他到處尋找逃走的九官鳥小黑，從懸崖跌落而死。父親擅自認定「小稔會難過」，一直尋找，唱著獨角戲，但是在青瀨心中，卻認為「父親是為了自己」「是自己害的」。當時感到的內疚，如今也沒有消失。話雖如此，對於父親的回憶卻毫無缺損，他依舊愉快且豪邁地活在青瀨心中。因為那是意外事故，因為他的死突如其來，和生活方式無關。假如那一天，知道父親是自己選擇死亡，應該會撼動青瀨對於父親的所有認知。無論是笑臉或怒容、和藹或嚴厲，青瀨都會從自殺這個終點回溯，持續尋找其他的意義。

岡嶋不可能自殺，他充滿父愛地訴說一創的事。沒錯，他滔滔不絕地反省競圖，以及傾訴陶特和藤宮春子的美，一切的一切都是為了「今後」在助跑。那肯定不是遺言，而是表明岡嶋的決心，他要將人生重新來過，持續走在建築這條路上。

青瀨搭乘電梯下樓。到了一樓，電梯門一打開，他就衝出電梯，全速穿越樓層。他忽然想到證明這是一起墜樓意外的方法。

青瀨跑出醫院的夜間出口，跑向停車場。他從雪鐵龍的車內拿出手電筒，回頭走向醫院。他凝眸注視戶外的導覽標示板，大致掌握方向，繞到內科大樓的後方。那是一個像中庭的地方，中央有草坪廣場和小山，散步道和建築物的交界種植著杜鵑花。他一面往上看，一面步行。如果高度及腰的窗戶以狹窄的間隔並列，就知道那裡是個人病房的區域。但是，不必在樓上找尋線索。樓下的柏油路上，可以看到一大灘水漬，肯定是事後沖洗鮮血的痕跡。

青瀨畏怯了幾秒鐘。他彎下腰，將手電筒對著水漬前面的杜鵑花，依序往葉子上面、樹枝裡面、根部移動光線。有了，他馬上找到菸蒂。岡嶋抽到接近菸屁股，而且在牆上磨擦捻熄，所以菸蒂歪七扭八，幾乎只剩下濾嘴的部分。青瀨將手電筒湊近，讀取到 FRONTIER LIGHTS 這個英語標記，那是岡嶋抽的品牌。然而，青瀨想要找出的是「漂亮的香菸」。倘若岡嶋是正在抽菸時跌落，香菸就不會被捻熄，直接掉落。姑且不論長短，應該不會變得歪七扭八，而是會保留原形。

兩根、三根、四根……青瀨陸續找到了菸蒂，每一根都是歪七扭八。他想像說不定岡嶋跌落後，香菸沒有熄滅，繼續燃燒。有可能杜鵑花的葉子燒焦了，也有可能直接在地面燃燒到菸屁股，自然熄滅，留下「漂亮的濾嘴」。

五根、六根……每一根都是歪七扭八的菸蒂。病房的外牆有捻熄八根香菸的痕跡。還有兩根，青瀨將手伸進杜鵑花的樹枝和根部，撥開它們擴展搜尋的範圍。他也掃視散步道，但是沒有，怎麼也找不到其餘兩根。

可惡！

青瀨走到水漬的前方，光線照在一條條水痕連結的排水溝口。這時，他聽見腳步聲。抬頭一看，一名男子站在前方不遠處的路燈下。

是東洋新聞的繁田。

「你來做什麼？」

青瀨低聲問，感覺馬上要變成怒吼。

繁田不為所動，一隻手背在身後。他藏著相機，來拍現場照片。

這傢伙……

青瀨踩著威嚇的腳步，走向繁田。他一面靠近，一面用手電筒直接照射繁田的臉，除了燈光令人眩目之外，青瀨看不到他的表情。

青瀨拋下手電筒，雙手揪住繁田的前襟：

「你來做什麼?!」

「我在警察局聽說……」

「滾回去！」

青瀨搖晃繁田時，有什麼東西「啪嚓」地掉落地面。

是花，一束用透明塑膠袋包裝的百合花，被腳步踉蹌的繁田踩在鞋子底下。

繁田轉過頭來，雙眼泛淚，淚水彷彿就要奪眶而出。他喘氣似的說了什麼，青瀨聽見他說：「對不起……」

這時，青瀨心中的怒火真的被點燃了：

「你少自以為是了！」

青瀨揪起繁田的前襟，自己也一起跌入杜鵑花的樹籬。

「岡嶋不是因為你的報導而死，他才不會因為那種報導而死！這是意外。你給我仔細調查，寫出真相！」

47

隔天從一早就是雨忽下忽停的天氣。

岡嶋的死沒有刊載於任何一份報紙。青瀨做好了心理準備，報紙大概會用「有賄賂嫌疑的業者自殺」這種說法，但當時已晚，或許趕不上早報的截稿時間。

青瀨打電話召集眾人，早上七點前，所有員工齊聚在事務所。從幾分鐘前起，真由美就喊著「你為何不馬上告訴我們？」接著眾人一陣沉默。真由美直接趴在桌上啜泣，如果昨晚告訴她，她鐵定會在八榮子眼前緊挨著岡嶋的遺體，展開一場兩個女人的戰爭。青瀨肯定自己昨晚的判斷。

「事情為什麼會變成這樣……？」

石卷沉吟道，他的兩眼通紅：

「視察時，他感覺很開心……他還說要蓋一間令世人大吃一驚的紀念館……」

竹內意志消沉地駝著背，看得出來他很悲傷。但是，他對石卷的話有所反應，挺起身體望向青瀨，熱淚盈眶的小眼睛帶著怒氣：

「是因為報紙吧？如果不是那傢伙寫了那種內容，所長就不會死了。」

「還有市府和議員那一群人。」

石卷吐出憤怒的氣息：

「所長死了，他們一定鬆了一口氣。他們逼所長住院，讓他一個人扛下所有責任……就算是意外，他們也要負責。」

青瀨雙臂環胸，沉默不語。

眾人聚在一起，開始陳述對於墜樓的意見，個個一臉無法接受是意外的表情。因為青瀨那樣說他們才勉強接受。但他們會那樣想也難免，報紙大肆撰寫競圖的不當行為，岡嶋又弄壞身體而住院，自殺的動機俱足。

警方也是如此。青瀨將繁田留在杜鵑花的樹叢之後，和八榮子聊了半小時左右，然後前往警察局。正好遇到在醫院的命案現場值班的刑警，他一副絕處逢生的樣子，在小房間向青瀨詢問案情。刑警沒完沒了地詢問競圖相關的事，重點始終繞在岡嶋有無自殺意圖打轉，像是：「他是否情緒低落？」「他的言行如何？」「他是否暗示過要自殺？」

青瀨在回答之間，穿插香菸的事，給刑警看包在手帕裡的六根菸蒂，希望警方調查排水溝內的狀況。刑警覺得有意思，煞有介事地即興推理，「若是跳樓自殺，窗框上應該會附著鞋底的髒污。如果窗框乾乾淨淨，就能證明你說的對。但地點是病房，死者穿著拖鞋，就算窗框上沒有附著髒污，也完全合理。」刑警在推理的同時，也試圖弄清青瀨為何執拗地主張這是一起意外，問道「你是擔心領不到保險金嗎？」，青瀨回答「如果不是剛保保險，就算是自殺，應該也領得到保險金吧？」，刑警說「是啊、是啊」，面露滑稽的笑容說，「不管是自殺或意外，都領得到保險金」，並語帶弦外之音地說「他太太是資深保險外務員，應該早就知道了」，窺視青瀨的反應。縱然確信是自殺，說不定刑警的腦海裡浮現「外遇男女將礙事的丈夫推下樓」這種基本模式。無論如何，青瀨覺得刑警詢問八榮子的時間比一般長。祈禱警方不會知道一創的事。

「事務所會怎麼樣呢？」

石卷語氣生硬地問道，他一臉預料到負面答案的表情。

「所長太太說要收起來。」青瀨說。

石卷點點頭，就這樣低著頭。竹內悠悠地嘆了一口氣，一臉死心的表情，環顧事務所。真由美轉頭看著青瀨，她因為淚水而模糊的雙眼，突然聚焦：

「可是所長說，希望事務所繼續營運。」

「他是那麼希望的。如果可以的話，我也想在這裡繼續工作下去。但是唯獨這一點，沒有辦法。」

「就因為所長太太的一己之見……」

「別說了！」

青瀨大喝一聲，將臉轉向石卷和竹內：

「繼續完成現在正在著手的工作，解散的事等之後再說。」

現場靜默下來，青瀨將真由美逐出視野之外。

「會舉辦守靈和喪禮嗎？」

石卷問道。即使所有人都認為岡嶋是自殺，也要舉辦嗎……？

「會。」

昨晚，青瀨前往警察局之前，詢問了八榮子的打算。她搖了搖頭說實在無法舉辦，但是青瀨認為應該要辦，強力勸她，並告訴她香菸的事。也說了他認為是意外，所以舉辦一般的喪禮即可。但是，八榮子聽不進去，青瀨言之以理，她只是一味地哭泣。「這也是為了一創」這句話到了喉嚨，但卻說不出口。凌晨三點多他才回到公寓，但是無法闔眼。無法替岡嶋做所有人都會做的事，令他深感遺憾。到了快六點，八榮子打電話來，說他們召開了家族會議，決定由親屬舉辦守靈，喪禮則在殯儀館舉行。據說是大叔父裁決的。大叔父說，如果偷偷摸摸辦喪事，等於是承認岡嶋家有人行賄。

「我告訴所長太太，我們事務所的人會負責工作方面的接待。如果有兩人就好了，我和另外一個人。」

石卷和竹內同時舉手。

「好。」

青瀨沒有選人，繞到屏風後方。他喉嚨乾渴，用杯子裝滿自來水，一口氣喝光。

「青瀨先生……」

回頭一看，眼前站著重心不穩的真由美，她的臉因為哭泣過度和平常不一樣。

「什麼事？」

「我也可以去幫忙吧？」

「妳不准來」這種話，青瀨說不出口。如果真由美要來，他必須事先問一下八榮子。

「津村小姐……岡嶋住院那一天，妳和他太太之間發生了什麼嗎？」

真由美濕潤的眼睛微現怒火：

「什麼也沒發生。」

「妳去了病房吧？病房裡有明信片。」

「我去了。可是，所長叫我回去……」

眼看真由美又快要哭出來。

「岡嶋為何叫妳回去？」

「他說，我來這種地方也會被懷疑。」

這句話是指計程車收據的事。

「我說，我無所謂。結果所長說，拜託妳回去，他露出非常悲傷的表情……」

「所以，妳回去了。妳沒有遇見他太太吧？」

「我遇見了。」

「妳遇見了？」

「我和她在走廊上擦肩而過。可是，她太太好像沒有認出我……說不定她是無視我，害怕我會跟她說什麼吧。」

「是嗎？」
青瀨將臉湊近真由美，壓低音量說：
「岡嶋很後悔。他說，他很後悔把憎恨分給了妳一半。」
「為何？」
真由美瞪視青瀨：
「你為何要告訴我這些？」
青瀨在嘴唇豎起食指，窺視屏風另一頭的動靜，然後說：
「因為妳很死心眼。」
「她一次也沒有向所長道歉。」
「有些事道歉也無濟於事。」
「所長死了。太過分了吧。他不知道真相的死了。」
真由美語帶嗚咽，越說越大聲：
「競圖只是引爆點，是她害死了所長。」
「那是意外。」
「她一直在折磨所長。所長終究不知道一創是誰的孩子……」
青瀨立刻伸出手，摀住真由美的嘴巴，五指用力，令她閉嘴。
「不准再告訴別人那件事！妳已經對我說了，我一定會跟誰說，那個人又會對別人說。總有一天，會傳入一創的耳朵。聽懂了沒？」
真由美全身顫抖，青瀨沒有放開手：

「妳在代替岡嶋恨她嗎？岡嶋說，他和他太太過得下去。他對我說，他要為了一創而活。妳和他不能在一起，妳有勇馬，所以只能走別條路。」

「……」

「人死的時候是一個人，岡嶋也是如此。」

「……」

「聽說岡嶋不是當場死亡，他原本還有一絲氣息。」

「……」

「但是，他沒有呼喚妳的名字，因為他不需要妳的幫助。」

真由美閉上雙眼，斗大的淚珠奪眶而出，打在青瀨的手背上。

真瀨赫然驚覺，放開了手。頓時，真由美劇烈地咳嗽，她抬起頭來，手抵在喉嚨，像是缺氧般斷斷續續地吸氣。青瀨連忙搓揉她的背。這時，竹內出現了，問：「妳沒事吧？」青瀨拜託他拿水來時，真由美「呼～」地吐出一大口氣，接著慢慢調整呼吸。

「抱歉。」

青瀨聲音嘶啞地說，真由美用雙手摀住臉。她無力地翻轉纖弱的身子，靠在牆上，就像和昨晚八榮子的身影重疊。

「我真的很抱歉。」

青瀨再說一次，轉過身去，眼前是竹內一臉擔心的表情；他束手無策，只是注視著真由美的背部。

青瀨從竹內的身旁穿越。這個年輕人靠不住，既不會討女人歡心又不強勢，卻是個大好人。青瀨寧願相信奇蹟發生，希望真由美有天會愛上他。

48

喪禮那一天，太陽微微露臉。

位於市郊外的殯儀館，岡嶋的親屬租借了最小間的禮廳舉行他的告別式。儘管如此，弔唁者並不少，「公司相關」的櫃檯前面，身穿喪服的人們大排長龍。許多人按著眼角，而且所有人都沉默無言。前天，各報紙一同刊載了報導，內容大致上都是「有行賄嫌疑的業者自殺」，但是《東洋新聞》寫到「警方正從意外和自殺這兩個方向著手調查」。

青瀨和竹內站在櫃檯，石卷坐在椅子上，負責清點香奠。真由美沒有現身，前天和昨天，她都請假了。她並非曠職，而是連續請兩天病假。昨天青瀨接到電話，問了病情，她說還有點暈眩，但是想來幫忙。她的語氣平靜，還說「請別擔心」；青瀨一面遞給弔唁者回禮的兌換券，一面仍不時抬起目光，在身穿喪服的人群中尋找她的身影。

他也在尋找另一個女人的身影。他覺得由佳里應該會來，做好了心理準備。

繼銀行、信用金庫的人之後，西川的太太以一臉十分過意不去的表情出現了。她說：「先生深受打擊……連飯也完全吃不下……他真的很膽小，所以我代替他來……請原諒他……」

熟識的營建公司老闆和裝修業者接連現身。金子營建公司的年輕老闆，伴隨拄著拐杖的上一代老闆同來，雙眼和鼻子都通紅。隨著越來越接近櫃檯，老闆的臉越來越皺，連哀悼的話都說不出來，只是用力握緊青瀨的手；石卷和竹內也遇到類似的場景。這是岡嶋設計事務所至今每一天努力運作的象徵。

「青瀨先生……」

身旁的石卷對他低喃，青瀨連忙遞給眼前的弔唁者兌換券。他之所以心不在焉，是因為發現了由佳里。她在隊伍的後方，一身洋裝、昂然挺立的站姿，令人無法忽視。

青瀨也馬上察覺到她有同行者，再度深感自慚形穢。能勢琢己身穿黑色西裝，一眼就看得出來是名牌貨。他們一靠近櫃檯，能勢就像是帶領由佳里似的往前一步，從懷裡掏出沒有包小綢巾的香奠。石卷對於「能勢」這個姓氏有反應，抬頭看了他一眼。

「請節哀。」

能勢動作俐落地完成交付奠儀，將臉轉向青瀨：

「我們在停車場遇到的。」

斜後方的由佳里微微點頭。

「沒想到事情會變成這樣。我在電話裡說過的事，你再考慮一下。」

能勢小聲地說，消失在一旁。由佳里的身影顯現，她稍微低頭，打開紫色小綢巾，取出香奠，纖細的手指上沒有戴戒指。

「等一下能不能說一下話？」

青瀨遞出兌換券說道。

由佳里抬起頭來，直視盯著自己的青瀨。她的眼睛濕潤，但是眼眸深處，帶有某種下定決心或看開一切的神色。看起來像是即使青瀨不問，她也打算和他聊一聊。

「嗯，一下下的話。」

由佳里露出在意身後弔唁者的樣子，從青瀨的視野中離開。

她的殘影留在視網膜上許久。睽違七年的重逢。日向子上小學時，學校曾要求父母一起來面談，從此之後的相會僅僅幾秒鐘就結束了。

「我去看一下裡面。」

弔唁者中斷之後，竹內一副心神不寧的樣子離席。石卷目送他離去，將臉轉向青瀨：

「剛才的能勢先生是？」

「能勢事務所的所長。」

石卷只是點了個頭，他肯定在想像青瀨要跳槽的事。

誦經開始不久，真由美就出現了。她不是從旁邊或後面，而是從正前方來，將寫著「津村」的香奠放在桌上。接著，她馬上繞到桌子內側，開始整理箱子裡的香奠。工作被搶走的石卷感到驚愕。

她表現得很堅強，雖然臉哭腫了，但是已經止住淚水。

「辛苦了。」

青瀨對她說。真由美停下手邊的動作，看也不看地說：「抱歉，我偷懶曠職。」

「是這樣嗎？」

「我整天黏著勇馬，因為我一直晚回家，被他討厭了。」

「嗯。」

「他說，媽媽最愛『競兔』，對吧？」

真由美不自然地笑著咬住嘴唇，快要露出哭臉，但像模特兒一樣，勇敢撥起頭髮望向青瀨：

「抱歉，讓你擔心了。」

竹內回來發現真由美，「啊」地驚呼一聲，露出了不合時宜的笑容。

「裡面怎麼樣？」

青瀨問。竹內的笑容為之一變，臉色一沉，他說去檢查了所有的供花和花圈。

「市長和建設部長都沒有送花來……」

石卷的眼睛冒火，竹內和真由美低下了頭。

「無所謂，有我們送他一程就好。好，我們輪流去上香吧。」

青瀨邁開步伐，石卷默默地跟隨在後。

禮廳內的光線意想不到地明亮，方才超出廳外的弔唁隊伍，如今已經很短。青瀨隔著前進的人的肩膀，看見了八榮子的身影。她用手帕遮住半張臉，對上完香的弔唁者低頭行禮。一創在一旁，嘴唇緊抿成一條線，動也不動，像是在瞪著什麼，盯著經過眼前的弔唁者。他站在八榮子前方半步的地方，彷彿想要保護母親，不受一群一身黑的大人欺負。

他明年上國中，正好是稚氣快要消失的面孔。岡嶋經常說他帶一創去了哪裡，給青瀨看照片。青瀨記得他的成長經過，所以站在一旁的一創，宛如是最新的一張照片。

「我們沒有血緣關係，但一起度過的時光，是只屬於我和一創的。」

青瀨站在靈堂前，小小相框內的遺照，岡嶋笑容燦爛。他什麼時候和誰拍的呢？青瀨從來沒有看過他這種滿面春風、毫無防備的笑容。

我是個討厭的傢伙吧？

青瀨發出「嗚」的聲音時，為時已晚，眼淚立刻流了下來，情緒潰堤。他也不想再忍住淚水了。

49

為了接送弔唁者，計程車在禮廳前面形成隊伍。

由佳里在走出建築物的地方等候，她目不轉睛地盯著靠近的青瀨。搞不好青瀨一次也沒讓由佳里看過自己哭泣的臉。

青瀨想要在安靜一點的地方說話，但是接下來還要善後，所以朝草坪走去，邀由佳里在木製長椅坐下。他稍微挪動臀部，轉身面向她。由佳里淺淺坐著，伸直雙腿，注視著鞋尖。她的側臉令人感覺不到物換星移。

「……走得好早……他跟你同年吧？」

「嗯。」

「他太太好可憐……兒子也是……還是小學生？」

「剛上六年級。」

「世上根本沒有老天爺吧？」

「或許就是有，才會變成這樣。」

「什麼意思？」

「我的意思是，老天爺決定的。」

「我聽見大家在傳的話，是真的嗎？」

「不，是意外。他不小心從病房的窗戶跌落的。」

「是嗎……」

由佳里以一副「不管是自殺或意外，他都走得太早」的表情，嘆了一口氣。

哀悼岡嶋的死亡，使隔開兩人的河流和緩下來，給予青瀨能夠坦然說出心情的環境，感覺現在能夠好好地對她說。關於吉野，青瀨想，即使省略許多事應該也能解釋得清楚，這樣也可以減少追問由佳里各種問題。

「我在找吉野先生。」

青瀨開口，由佳里望向他：

「你在找……？」

由佳里沒有反問吉野是誰，代表她也同意他省略沒說的部分。

「吉野先生不見了。他們應該要全家人搬到Y宅邸，但是他們沒有那麼做。我不知道他們退掉田端的租屋之後，一家人的下落。」

由佳里好像相當驚訝，原來她不知道吉野消失無蹤了。

「真的嗎？」

「真的。」

「日向子說沒人在家，那麼……」

「因為我沒辦法對日向子說，他們一家人間蒸發了。」

由佳里點了點頭：

「他從什麼時候不見的？」

「去年的十一月。Y宅邸在十一月初交屋，他沒有搬進去，就這樣消失了。」

由佳里露出追尋記憶的表情。

「妳有沒有想到什麼？」

「沒……沒有。」

「妳在十一月下旬，和吉野先生見面了吧？」

霎時，氣氛緊繃，由佳里馬上回答：「嗯。」

「當時，他有沒有說什麼？像是暗示他即將失蹤的事。」

「他什麼也沒說，我什麼也沒感覺到。」

「他會不會顯得悶悶不樂？或者有沒有妳覺得奇怪的地方？」

「我覺得他很正常。他給我看Y宅邸，請我吃蕎麥麵，感覺一直很愉快。他還說，他馬上要搬進去。」

Y宅邸……蕎麥麵……總覺得由佳里畫了底稿。如此一來，青瀨能夠揮灑主題了。

「妳應該知道……去年三月，吉野先生和他太太來了事務所。他們指定我，委託我設計房子。我在想，那個理由和這次的人間蒸發是不是有關連。」

青瀨等了幾秒鐘，但是由佳里沉默不語。

「說不定沒有關連，但是我想知道。」

由佳里露出困惑的表情。

「能不能告訴我，吉野先生委託我設計的來龍去脈？」

「我不能說。」

由佳里的語氣顯得話中有話：

「吉野先生拜託我不要告訴你。」

「我知道了。」

青瀨爽快地按下不問。他早就預料到由佳里被封口，而且如果不能說，那也不需要說。他下定決心，不再對由佳里說出尖銳的話語。

他要等吉野親口對他說，這也是該問吉野的事。

青瀨改變問題：

「去Y宅邸之後，吉野先生有打電話來嗎？」

「沒有。」

「一次也沒有？」

「他一次也沒打電話來，我也沒打給他。我打給他看看吧？」

青瀨感到困惑，但是馬上回應：「麻煩妳了。」如果由佳里打給他，說不定吉野會接聽。

由佳里從皮包取出手機：

「你知道他的電話號碼嗎？吉野先生總是打電話到家裡，所以我手機沒有他的號碼。」

由佳里撥打青瀨唸的號碼，將手機抵在耳朵。青瀨聽見手機流洩出來的撥號聲，轉接到語音信箱。兩人面面相覷，青瀨說「原來他一直關機」之後，響起「嗶」的電子聲。由佳里點了個頭，嚥了一口唾沫，然後說：

「我是……青瀨，請跟我聯絡。青瀨稔先生很擔心你。」

兩人同時悠悠地吁了一口氣。

「他會跟我聯絡嗎？」

「這是第一次轉接到語音信箱，所以說不定是某種好預兆。」

「但願如此。」

「我無論如何都想和他當面談談。我不只是想知道他委託我設計的理由，也真的想要找到他。我擔心他的太太和孩子們。」

由佳里深深點頭。

「也有怪男人在到處尋找吉野先生。」

「壞人？」

「我不知道。可是，我總覺得吉野先生是因為被那個男人追蹤而逃跑。」

由佳里用手摀住嘴：

「你有沒有報警？」

「沒有，這充其量只是我的想像。」

「完全沒有吉野先生的行蹤嗎？」

「他至少去過一次仙台，附近的村子有他祖先的墳墓。」

「在仙台有墳墓？」
由佳里偏頭不解：
「他的故鄉不是桐生嗎？」
思緒一下子跑到別的地方，桐生……
大概是因為青瀨的臉色變了，由佳里的表情也緊張了起來。
「吉野先生說的嗎？」
「嗯……對。」
「群馬縣的桐生，對吧？」
「我想應該是。」
「……」
「桐生是什麼地方？」
「我父親去世的地方。」
「啊……」
「他在桐生川水庫的工棚……」
話說到一半，聯想竄上腦部。
桐生紡織品。沒錯，桐生自古以來，是以紡織品聞名的小鎮。假如吉野伊左久的姊姊在那裡當女工，線索就能串連起來。家庭破裂的伊左久來到桐生，投靠姊姊。他在那裡安頓下來，有了家庭，然後生下陶太……
一定是這樣。事情的開端在桐生這塊土地，在那裡發生了什麼。青瀨為了準備大學考試，沒有跟著父母去桐生。比青瀨小五歲的吉野，當時是國中生。範圍縮小了，讀國中的吉野、吉野的父親伊左久、青瀨的父親，可以篤定因果隱藏於這三者之中。

「好吧。我說。」

青瀨的思緒被由佳里的聲音拉回長椅。

我說？

「現在已經不是遵守約定的時候了。吉野先生告訴我的話，或許會成為找他的線索。所以，我說。」

由佳里的臉部泛紅：

「他也沒有對我和盤托出。老實說，我也不知道是真是假。」

青瀨以眼神催促她往下說。

由佳里將手抵住胸口，試圖冷靜下來：

「吉野先生說，他欠你──青瀨稔一份天大的恩情。那份天大的恩情，不管怎麼還也還不完。」

青瀨目瞪口呆。

天大的恩情……？欠我……？

「你知道嗎？」

「我完全不知道。」

「如果要從頭說起……」

由佳里的說話速度變快。據說在這次的事情之前，吉野曾經和由佳里交換過名片。吉野交付北歐家具到由佳里負責裝潢的餐廳酒吧，因為「青瀨」這個姓氏不是隨處可見，所以吉野看到名片上的「青瀨由佳里」，猜測她或許和青瀨稔有關。因為他從以前就在尋找「青瀨稔」。於是他委託徵信社調查，得知她是七年前和青瀨離婚的前妻。

「所以偵探才會來找我。然後過一陣子，吉野先生打電話來家裡，我完全忘記他，他提起北歐家具的事，我才會意過來。他說有關於你的事想跟我說。因為先前徵信社的事，讓我覺得毛骨悚然，一開始馬上掛斷了電話。我說『我們離婚了，他已經和我無關』……」

「沒關係，然後呢？」

「吉野先生在某一次打電話來時，坦誠說是他委託徵信社的，我非常驚訝，也很生氣，嚴詞問他為何要做那種事。結果，他說他欠你一份天大的恩情，他想要報恩，所以希望我幫他，要我替他出個主意。」

由佳里暫停了一下，青瀨沒有插嘴提問，除了「報恩」這一點之外，過程大致如同青瀨的想像。

「他說，他想要在不被你知道的情況下報恩。他想以你不知道是報恩的形式報恩，但是想不到方法。」

以我不知道是報恩的形式報恩……？

「這件事很奇怪吧？他說，他有不能說的隱情。我問了好幾次，但是他希望我見諒。這件事說起來真的很怪，他感覺像拚了命，也像是無路可退，總之，他很認真地拜託我。所以我也被捲入了這件事……然後，他說他有一大筆錢。他有三千萬圓，問我有沒有方法能讓你收下。我說沒辦法，也叫他別那麼做，沒有人會收下那種莫名其妙的錢，希望他不要攪亂你的人生。可是他一籌莫展，說既然不能說出隱情，只好以金錢表示誠意。我也束手無策，然後……」

由佳里沒有往下說，青瀨也沒問。因為接下來就沒有吉野的隱情了，只有青瀨和由佳里的。

遠方出現真由美的身影，她正在尋找青瀨。

「我得走了。」

由佳里大概是察覺到了，站起身來。接著，她注視青瀨，低頭致歉：

「對不起，我也是共犯。我欺騙了你。」

青瀨一時之間說不出話，他追上前往計程車乘車處的由佳里，和她並肩而行。他已經沒有在想吉野的事，而是想著走在一旁的由佳里。他有話想說，但是不知道該怎麼說才好。

再走幾步，計程車的自動門就會開啟。

青瀨停下腳步說：

「Y宅邸拯救了我。」

由佳里也停下腳步：

「我不是為了你而那麼做，是為了我。」

「為了妳？」

「沒錯，僅止於此。呃，那叫什麼來著？刻畫時間的房子？」

「嗯?!」

「是我搞砸了。要是讓你蓋你想蓋的房子就好了。房子這種東西，什麼材質都好，無論是木造、混凝土、磚頭或黏土。我明明能夠生活在任何一種房子。」

「由佳里。」

相隔八年，青瀨呼喚她的名字，纖弱的背影已經走向計程車。就在門開啟時，耳邊傳來「嘰～嘰～」的聲音，由佳里望向天空。

「剛才是……」

「啊，是什麼呢？」

「是蒼鷺，一定是蒼鷺。」

由佳里面露驕傲的笑容，她的側臉像是慢動作一樣，緩緩地滑進計程車的後座。

50

那一晚，青瀨夢見了陶特。

他又在高崎的洗心亭咆哮。和之前不一樣，青瀨看得見紙拉門的對面，沒半個人。陶特對著空無一人的空間怒吼。

青瀨一覺醒來，知道是夢，再度閉上眼睛。他好睏，睏得不得了。

岡嶋的臉在青瀨的腦海中短暫地飄蕩。

岡嶋的靈魂現在在哪裡呢？他安然回家了嗎……？啊，青瀨錯過機會沒問。對於岡嶋而言，這世上最美的事物是什麼呢……？要是握住他的手就好了。離開病房時，要是用力握住他伸出的那隻手就好了……

微微聽見了由佳里的聲音。

我明明能夠生活在任何一種房子……是我毀了青瀨……世上沒有老天爺吧……？由佳里看見Y宅邸，被木頭的香氣和北光包圍……她心裡想著什麼呢……？

吉野插了進來。

他擺放了父親製作的陶特椅子，它是唯一搬進的物品，他要讓父親第一個坐在Y宅邸的貴賓席……隱藏於伊左久和青瀨父親之間……吉野說的「天大的恩情」，應該和父親的死有關吧……？

51

喪禮之後，過了十天左右，八榮子打電話來。

青瀨前往從事務所步行十分鐘左右的岡嶋家，他預料到八榮子找他，是為了收掉事務所的事。青瀨也有事想要告訴她。他一面思考該怎麼開口，一面按響昭和懷舊風格的門鈴。

八榮子引領他至和室。雖然青瀨已經大致預料到事情的走向，但談話並沒有朝平和的方向進展。

「我會支付各位合理的遣散費，加上給你們添麻煩的部分，請收下這筆錢，結束事務所。請忘了我們。」

八榮子的臉色蒼白，語氣冰冷，沒有抑揚頓挫。

青瀨眨了眨眼，無法點頭，或者回應半句話。請結束事務所，請忘了我們。我們是指誰？是指八榮子和一創嗎？

「我在病房外聽見了。」

八榮子抬起頭，注視著青瀨：

「一創的事請你保密。請你保證，你絕對不會告訴任何人。也請你強烈要求津村小姐……讓她保證。請你讓她發誓，拜託你。」

「那是當然……」

「我並不是一直在欺騙先生。我沒有愛上別人，或者和別人交往。我因為保險的工作需要到企業跑業務，有一個人，每年都會讓所有新進員工投保，不管我怎麼拒絕，他都會邀我去喝酒……我要是清楚告訴先生就好了，我始終無法告訴他……他什麼也不問，依舊疼愛一創。要是他從我口中聽到我和誰做了什麼，一定會受不了。我總覺得一切會像是氣球破掉一樣飛走，消失不見。我好害怕。」

「我明白了，不用再說了……」

「可是，要是我告訴他就好了。要是我告訴他，我們離婚就好了。假如不是我，而是別人待在他身邊，就算事情因為工作而變成這樣，他也一定不會死。」

八榮子哭了一陣子。

青瀨終於下定決心。他是為了告訴八榮子，岡嶋不是自殺，而是死於意外，讓她將這一點銘記在心而來到這裡。

昨天，青瀨又去了警察局一趟，他找到當晚的刑警，聊了半小時左右。刑警調查了排水溝，據說一根菸蒂也沒有找到。刑警賣弄人情地說「我也讓鑑識人員調查了窗框」，還滔滔不絕：「結果，沒有採集到拖鞋鞋底的纖維材質，它和鞋底的泥土不一樣，難以附著於其他物品。假如岡嶋是抽了菸，然後自殺的話，等於穿著拖鞋的腳沒有接觸窗框，從空中跨越窗框，來到窗外。」青瀨提出新的疑問：「話說回來，有人會穿著拖鞋跳樓自殺嗎？」刑警含糊地回答「倒也不是沒有」，接著修正說法，「穿鞋的情況下，大多會脫掉鞋子，但是穿拖鞋的案例原本就少，所以很難說」，最後強辯道：「通常沒有留下遺書、衝動性自殺的人，根本不會考慮到鞋子和拖鞋的事。」

就「別人的行為終究無法理解」這一點而言，刑警的想法是正確的。青瀨無法完全否認岡嶋可能是衝動性自殺。待在病房的岡嶋確實情緒不穩定，而且青瀨想要起身時，岡嶋求助的表情和聲音在他腦海中揮之不去。青瀨也想像，岡嶋為了一創而活的想法越是激昂，當事情變成這樣時，那種想法是否就越接近沒臉見一創的絕望感？他也有可能自殺。儘管如此，也不能抹滅是意外的可能性。可是沒有遺書，拖鞋的事也沒有確證。但青瀨親眼看見岡嶋朝戶外吐煙時，那種搖搖欲墜的身體平衡。再說……

「抱歉，我連茶都沒有泡……」

八榮子移開原本按著眼角的手指，將手撐在榻榻米上，試圖起身。

「不用客氣，請坐下。」

八榮子被青瀨這麼一說，重新坐下，表情柔和了幾分。無論任何時候，淚水都會帶走一些情緒。

青瀨端正坐姿：

「我明白妳的意思了。我會保密，並且讓她保密。請妳放心。」

「謝謝。」

「不過，這件事和一創有關，所以我非說不可。岡嶋不是自殺，而是死於意外。」

「那件事，你已經……」

「這件事很重要，請妳聽我說。一創在學校會被人說三道四，一開始可能是被人在背後指指點點，有人會說他父親在工作上做了壞事。不管妳和親戚再怎麼隱瞞，自殺這種謠言也會傳入一創的耳裡。遲早有一天，一創會問妳，說不定那一天就是今天或明天。」

八榮子以手摀住嘴巴。

青瀨從懷裡掏出記事本，攤開一張夾在其中、對摺再對摺的紙，放在矮桌上。那是一張報導的剪報。

「到時候，請給一創看這個。」

警方正從意外和自殺這兩個方向著手調查……

「只有這篇報導有意外這兩個字，其他報紙都認為是自殺。所以，請給一創看這篇報導，告訴他警方後來經過調查，結果發現是意外。」

「可是……那樣豈不是……」

「不是欺騙，真的是意外。如果妳不相信，這一切就毫無意義。如果妳不相信，一創也不會相信。」

八榮子面露苦悶的表情。

「那一晚，岡嶋還有氣息，對吧？可是，他什麼也沒說。他沒有呼喚任何人的名字。」

「……是的。」

「那不就是因為他想要活嗎？」

「嗯?!」

「他不是尋死而跳下來。所以，他沒想到自己居然會死，認為自己五分鐘後、一小時後，甚至是幾年後，也會理所當然地活著，腦袋才會無法運作，而沒有留下半句遺言。他一心只想著『開什麼玩笑，我必須活著、我必須活著』，無法使出最後的力氣說話。」

八榮子垂下頭，斗大的淚珠一顆、兩顆地滴落在報紙剪報上。

八榮子微微點頭，指尖像是試圖拭去淚水似的，輕撫滲入報導的淚水。

青瀨下定決心說：

「所長太太，請讓岡嶋設計事務所繼續營運。請讓我經營，直到一創長大成人為止。我會壯大事務所，交給一創。這是岡嶋的期望，我也這樣希望。」

八榮子沒有點頭，也沒有搖頭，只是筆直地凝視著青瀨。這時，她突然站起身來：

「請等一下。」

八榮子消失在走廊，隨後她拿著一本B4的素描本回來。

青瀨雙手接下。素描本格外地薄，除了封面和封底的厚紙之外，感覺只有十張左右。裝訂的線圈處，殘留著撕掉紙後的碎片。

一翻開封面，第一頁出現建築物的素描，是遠景；一間具有和緩弓形屋頂，像一座小山丘的建築物。它的頂端，畫著不知道是什麼的渾圓突起物。造型單純，但是看得出來是刻意維持單純。青瀨以建築師的眼光判斷，那不是速寫，也不是臨摹，而是自學的素描。它是藤宮春子紀念館的草圖。他在翻開素描本之前就預料到了，但實際看到後，青瀨的心情更加激動。

「先生在病房畫的。」

聽到八榮子的聲音，青瀨抬起頭來：

「在病房？」

「是的。護理師發現它夾在床頭櫃和牆壁之間……今天，警察送回來的。」

警方說不定冒然斷定它是遺書。重新一看，發現建築物的女兒牆邊畫著雜亂的黑色圓圈。翻到第二頁，原本是遠景的建築物拉近了，黑色圓圈垂直拉長，變成了橢圓形。第三頁更加拉近，橢圓形變成長方形，青瀨知道那是什麼。

那是藤宮春子房間的窗戶。原原本本地呈現從公寓外面拍的那張照片的素描，雜亂的線條也畫出了包圍窗戶的磚塊和灰漿剝落的感覺。岡嶋掌握到概念了。屋頂呈弓形彎曲，原尺寸大小的公寓窗戶嵌入又白又大、美麗的紀念館建築物的下方。

青瀨看了第四頁、第五頁、第六頁，驚訝得瞪大眼睛，接著從第一頁從頭看。原來有情節。面向那扇小窗戶，畫著一條筆直的路，造訪紀念館的人，在這條路上走向白色建築物。驚訝的是，從遠方看還不知道那是窗戶。看起來應該是模糊的黑色牆壁，令人好奇地想往前走，不久之後，才會意識到那是窗戶、磚牆。再走近一看，會遇見古老、貧窮、令人悲傷，巴黎不為人知的一面。接著，知道那漆黑空洞的窗戶，正是孤高畫家峭峻靈魂的居住地，讓人想要窺視窗內。人與窗戶如此接近。但是再往前走，窗戶和牆壁逐漸從視野消失，因為路一面左轉，一面緩緩地往下傾斜。沿著建築物綿延的路變成半地下，兩側的牆壁越來越高，不是一般的牆壁。牆壁從上往下，貼著滿滿的瓷磚。熱鬧的瓷磚藝廊，像是畫軸一樣，描繪著街道、人、看板、歌、酒和舞蹈，走訪巴黎十八區的今昔。那是藤宮春子生活過的世界、活過的時代。青瀨赫然明白，原來建築物屋頂的美麗線條是蒙馬特山丘，畫在頂端的圓形突起物是蓋在山丘上的聖心堂圓頂。青瀨點了點頭。接下來坡道緩緩升起來到地面，在那裡等著造訪者的，是樸素莊嚴的藤宮春子紀念館的門廳。

青瀨感嘆地吁了一口氣。

它們是一幅幅精緻的寫實素描，卻又充滿故事性。岡嶋不是試圖打造一間收放藤宮春子作品的建築物，而是試圖將藤宮春子的人生化為一棟建築物。

內部如何呢？

只畫了兩張，之後到最後一頁都是白紙。第一張令青瀨偏頭不解，等間隔的水平畫著五條直線，僅止於此。線與線之間，到處有像是以打橫的鉛筆筆芯塗抹般，宛如雲的東西……是雲嗎？既然如此，從下方仰望天花板……３Ｄ機能在青瀨的腦海中運作，馬上有了答案，那是鋸齒屋頂。配置自古以來，在各種工廠採用的屋頂窗，用來納入北光，柔和照亮工作者的手邊。

青瀨驚訝得連聲音也發不出來，看了另一張素描。這一張模仿透視圖，連人物也描了進去，但是有許多打×和塗黑的地方，直接投射出在錯誤中摸索的腦海畫面。青瀨知道岡嶋在反覆思量繪畫的展示方法。看似候選方案的其中之一很奇特，畫作直接放在地板上，嵌入透明玻璃或壓克力板下方。彎腰的人正在欣賞地板上的畫作。好像是幼童的小人躺在地板上，手伸向畫作上方。北光從鋸齒屋頂的窗戶，灑落在那裡。

岡嶋先有直接在地板上展示畫作這種奇想，然後想到用北光將光的反射抑制到最小的方法。青瀨的推理是如此，但是內心卻不這麼想。岡嶋納入了青瀨的優點；允許自己納入別人的優點，不再自視甚高，岡嶋設計事務所的所長試圖一展長才。

「青瀨先生……」

八榮子呼喚他。青瀨意識到她像是一直在觀察似的注視著自己。

「什麼事？」

「請告訴我你的真實想法。你們都是建築師，看得出來吧？……這是遺書嗎？」

八榮子的肩膀緊繃，然而，她的眼神想要否定的答案。

「不是。」

青瀨柔和地說。八榮子想要聽更多：

「即使不能參加競圖，先生還是畫了無法實現的東西嗎？」

「沒錯……請看，這本素描本很薄吧？他八成撕掉了所有在視察時所畫下來的東西。然後，他在病房從頭開始構思自己的創意。他想到令人大吃一驚的外觀，內心雀躍，但是內部怎麼畫也畫不好，讓他捶胸頓足。我很清楚，因為我是建築師，所以知道。岡嶋壓根不想在那間病房結束生命。」

眼前的八榮子忽然如釋重負，舒開額頭的皺紋，放鬆地垂下了肩膀。她嘆了一口氣，那口嘆息含有開朗的粒子，令人感覺到轉機。

「一創能夠成為建築師嗎？」

青瀨輕輕點頭，笑道：

「我小學的時候也在作文中寫到，『我想要成為建築師，絕對要成為建築師』。」

52

青瀨順道前往事務所。

一打開門，三人的臉轉向他。辦公室氣氛沉悶，既然決定停業，就不能接新工作，而且幾乎沒有委託上門，前途黯淡的慘澹心情使眾人的對話減少。石卷從幾天前起，就在意著警方的動向。雖說所長死了，不，正因為所長死了，所以他擔心警方是否會展開徹底調查。每次事務所的門開啟，他臉上就會閃過緊張的神色，似乎在想像經常在電視新聞中看到、捧著瓦楞紙箱的調查人員一湧而入的畫面。

杞人憂天。青瀨聽說，S市的委員會不了了之。對於反市長派的市議員而言，岡嶋住院是好事一樁。他們口沫潰飛地說「嫌疑變大了」，追究市政府的責任，但是岡嶋兩腿一伸，他們失去政治秀的舞台。況且，除了代付計程車費之外，別無證據確鑿的非法事實，使他們的氣勢由盛轉衰。反市長派的保守派市議員自討沒趣，轉趨低調，如今就算召開委員會，也只有極少數的革新派市議員會大聲批判。

青瀨看了牆上的海報一眼，一切始於藤宮春子這個名字。他將目光轉向競圖專用桌，眾人不忍心收拾，誰也沒有動手。翻頁日曆倒下，倒數的紅色數字停留在「75」，像是紙相撲的落敗力士一樣，仰望天花板。

真由美替他泡了咖啡。

「青瀨先生……請用。」

「謝謝。」

「對了對了，我忘了說，你太太真美。」

「是前妻。」

「真可惜啊。」

姑且不論一個人的時候，青瀨在眾人面前，不再露出苦瓜臉。竹內好像和真由美呈反比，進入了危險水域。他會在跟業者講電話時突然眼淚汪汪，忘了和客戶的預定而爽約，或者有人叫他也不回應，神情恍惚地眺望窗外……他大概對於前途感到不安，對於要和真由美別離感到落寞。但是青瀨總覺得，終究是岡嶋的死所產生的失落感，一天一天地侵蝕著竹內的心。無論是所長和新進員工的關係，或者是年齡差距，他失去了比起兄長更接近父親的人。他認定岡嶋是自殺，所以對於岡嶋的死，或許感到某種愧疚。關於這一點，石卷和真由美也是一樣。

事務所今後也會繼續經營……

如果這麼說，氣氛應該會為之一變。真由美大概會深受感動，石卷會重新振作起來，一道曙光會照進竹內的內心，而事務所會逐漸恢復成一個月前的日常模樣。

但在那之前，有該做的事，不只是繼續發揮設計事務所的機能即可。如果不繼續營運岡嶋設計事務所，就無法達成和八榮子的約定。青瀨的胸口有一股熱情，即便離開岡嶋家，也絲毫沒有冷卻。

青瀨拿起倒下的翻頁日曆，一面在腦中進行減法，一面哧哧地撕下日曆。他將數字減少至「53」，把它直立於專用桌的正中央。

「青瀨先生，你在做什麼？」

真由美慌張地走過來。

「繼續進行。」

「繼續進行？繼續進行競圖嗎?!」

真由美瘋狂大叫，令石卷和竹內轉過頭來。

「你們過來這裡。」

青瀨對他們兩人說，從公事包裡取出紙袋，將內容物在競圖桌上攤開，是素描本、公寓的照片，還有岡嶋向柳谷孝司借用的眾多藤宮春子的資料。

兩人慢吞吞地靠向競圖桌，臉上掛著問號。

青瀨看了眾人的臉之後說：

「繼續進行競圖，完成我們事務所的方案。」

「哪有人這樣……」

竹內全身軟癱地蹲坐下來。

「可是，已經……」

「青瀨先生，怎麼了？事到如今還說這種話。」

石卷悲傷地說道：

「別做這種事了，只會更痛苦而已。」

「你們看了這個之後，還能那麼說嗎？」

青瀨翻開素描本：

「竹內，站起來。你看看！受到蒙馬特山丘啟發的紀念館。喏，在山頂能夠看見聖心堂的圓頂吧？這裡有窗戶，就是這張照片。藤宮春子在巴黎的公寓持續畫了四十年，那間公寓的外牆和窗戶就在山丘的山麓、這間紀念館的牆壁上留下來。還有這一幅，妝點半地下迴廊的瓷磚畫，完美地生動描繪著藤宮春子生活過的街道和時代。紀念館裡的點點滴滴，都是該保留的回憶、該傳達的記憶。」

「這、這是……」

真由美注視青瀨。

「岡嶋……所長在病房畫的。」

石卷和竹內也望向青瀨。接著，他們將目光拉回素描本。石卷伸手翻頁，竹內也伸手，手指輕撫建築物的線條，眼神變得認真。已無需解釋。如今這一瞬間，在腦袋全速運作的建築師腦內，既不是遺書，也不是遺作。

不久，石卷發出低吟，竹內也發出低吟，真由美按住眼角。

「石卷……」

「是、是。」

「開始畫圖。」

「嗯?!」

「我們要以岡嶋的方案參戰。」

「參戰……?哎呀，我懂。我也想做，我也想試著打造這座紀念館。可是，我們已經退出競圖了……」

「馬上開始畫！別忘了鋸齒屋頂要隱藏在蒙馬特山丘的線條對面！」

「怎麼可能！光是這個草圖，根本強人所難。」

「你辦得到。以所有知識和想像力，補足沒有畫出來的部分。知道嗎？如果你拿出真本事，我和岡嶋都比不上你。」

青瀨抓住石卷的雙肩：

「忘掉泡沫經濟瓦解的荒蕪景象！殘兵既不是罪，也不可恥。相信自己的力量，畫線吧！」

「青瀨兄……」

「展示廳由我來畫。柱子的間隔、配置、尺寸，還有樓梯要怎麼辦，全部由你決定，我會配合你。這部分先提出創意之後，我們再一起討論……還有，竹內。」

「是、是。」

「嚴選材料！將一坪的單價壓在一百五十萬以內。」

「什麼～?!」

「沒有時間驚訝，動用你所有低成本住宅的專業知識。」
「可是、但是，原本是一坪兩百吧？」
「那樣贏不了。」
「贏不了？要贏？贏誰？」
「能勢事務所的鳩山。」
石卷的反應比竹內更大：
「這、這是怎麼一回事？」
「我要把案子帶到能勢的事務所，和鳩山的提案預先競圖。」
「預先競圖？在那裡獲勝？」
「沒錯。無論是內容或成本，岡嶋提案都要凌駕鳩山提案。再來就由他們事務所的所長定奪了。」
「哦！」
「所以，要十萬火急地進行。要是最後一刻才帶過去，會落得吃閉門羹的下場。」
青瀨拿起翻頁日曆，再度撕掉日曆。大把抓起好幾頁，不斷撕掉。
截止日期是這一天，「21」……
「三週內完成，然後帶過去。聽到了沒？」
事務所內不再傳出慘叫。石卷喀啦喀啦地拗響手指，而竹內睜大眼睛，熠熠生輝：
「復仇戰嗎?!」
「不是報仇。但是，要是輸給看不起我們的鳩山，岡嶋會死不瞑目。還有……」

青瀨用力地握起拳頭：

「要在S市的那個地方，留下岡嶋的作品。市長、建設部長和政治家們死了之後，岡嶋的作品還會繼續存在。」

剎那的寂靜之後，響起吶喊聲。「好！」「跟他拚了！」「我們動手吧！」

真由美的眼淚也變成喜悅的淚水。

「現在不是哭的時候！津村小姐，妳飛去巴黎！」

「什麼?!什麼～?!」

「妳的護照效期還有很久吧？請製圖師西川先生也去。補位也好，什麼都好，你們搭最快的班機去！」

「可、可是。」

「別擔心！我會把原因告訴令慈。」

「我在意的不是那個，為何是我？」

「有些事情光看照片，看不出個所以然。我希望妳親自去看藤宮春子的公寓，還有街道。瓷磚畫迴廊也是這個提案的賣點之一，我想基於真實的素材畫圖。」

「可是、可是，那由西川先生去就好了……」

青瀨將臉湊近真由美：

「我想，岡嶋也想親眼看看。妳要代替岡嶋去，我希望妳去看、去感受，將感想化為語言，賦予西川先生的透視圖生命。」

真由美一個轉身，緩緩邁步，消失在屏風後方。但是，她馬上快步走回來說：

「我可以訂兩個房間吧？」

青瀨笑道：

「嗯，妳要小心西川先生，他從前被稱為赤坂的野獸。」

竹內「咦」地反應過來，他似乎突然擔心起來，不時偷瞄大聲嚷嚷的真由美。石卷看著素描本，抬起頭來，以手指在空中畫線。青瀨說要叫外賣，他立刻舉手。

「對了，我忘了說一件事。」

青瀨真的忘記了：

「岡嶋設計事務所今後也會繼續營運。這個競圖結束之後，你們要不斷地接新工作！」

青瀨聽不到接下來的喧鬧。

他背對眾人，坐在自己的座位，閉上眼睛和耳朵，打開思索之門。

53

後來連續三天三夜，岡嶋設計事務所的燈都沒有熄滅。

石卷像是一頭遭到拘禁、神經衰弱的熊一樣，在事務所內徘徊。眾人生活在放著素描本和資料的競圖桌、打開ＣＡＤ的電腦桌，以及製圖桌這三點連成的三角形內。區域的正中央是用餐的桌子，堆疊著拉麵店和蕎麥麵店的空碗。竹內一家接一家地打電話給瓷磚的製造業者，告知幾個購買片數的總量，執拗地問出各個總量的折價金額。真由美和西川昨晚從成田機場出發，此時或許已經抵達了巴黎。

青瀨的右腦一直在思考主要的展示廳，他想出了三個提案。如今，剛鎖定其中一個。他將三張素描擺放在桌上，閉上眼睛選擇。即使閉上眼睛，影像也沒有消失，不失新鮮感和能浮現在眼皮底下很重要。那意謂著青瀨的客觀肯定了自己的主觀；也代表擁有普遍性，通過了第一階段。

果然留下來了——從日向別墅的「客房上層」獲得靈感的那個提案。橫向一字排開的畫架和繪畫，像是從外海滾滾而來的海浪一樣，延續好幾排。每爬上一階樓梯，後面一排的畫作就立起；第三排、第四排、第五排，最後變成一幅巨大的畫作，讓參觀者和藤宮春子本人面對面。

然而，接下來才是開始。現在還是在布魯諾．陶特這位巨人的肩上，要從他肩上一躍而下，無限地拓展想像的世界，朝它飛翔。

青瀨閉上眼睛，寶塚歌劇團成員步下橫寬和舞台寬度一樣大的階梯的華麗場景，投射在眼皮底下。他奪取攝影機的視角，接近肅穆兵馬俑的隊伍，仔細研究身影重疊、分別露出臉部的士兵雕像。俯瞰沙漠的風紋一邊改變形狀、一邊移動的模樣。渴望鮮血的群眾一起站起來，跺響地面，掄起拳頭，跳落在競技場中心。他們化身為身穿鎧甲的鬥士，環顧全方位延展的階梯構造……

青瀨將紙和鉛筆拉過來，迅速素描浮現腦海的畫。讓客房上層的階梯彎曲，像是競技場一樣接近圓形。於四處加上代表通道的兩條線，讓中心部有寬敞的空間。如此一來，互相重疊的畫會變成金字塔。真有趣。而且如果有通道，即使樓層擁擠，也能確保客人的動線。

「哇啊～青瀨先生，主要展示廳是圓形嗎?!」

青瀨正在考慮。

「傷腦筋，圓形完全和鋸齒屋頂的形狀強碰。」

才不會。

「三連的鋸齒屋頂辦不到啦，光線無法灑落在整個展示廳。」

就算是四連、五連都無所謂，讓光線灑下來！

「石卷先生，請你快點計算出瓷磚畫迴廊的距離。」

「等一下，我們正在討論這邊的……」

「無法決定片數，就不能順利交涉。」

「你這樣說，我也沒辦法，建築物又還沒定案……欸，青瀨先生，如果做成五連，構造會變得複雜，為了補強和防漏，費用會增加，工期也會拉長。」

「那怎麼行！」

又不是在大雪地帶，少神經質了！

「話說回來，鋸齒屋頂不適合圓形的展示廳。只從北面採光，沒辦法覆蓋整個圓形吧？」

讓光線反射就好了，以像是船帆的巨大反射板和特殊塗料。

「不行！沒有錢做那種多餘的巧思！自然光不是也可以嗎？如果以燈光補足呢？」

「如果把展示廳做成方形，所有問題就解決了。請重新考慮。」

我要用圓形，畫架呈放射狀排滿展示廳。如果從上方俯看，想必很狀觀。沒錯，這樣也很有趣。青瀨動手在正中央的空間，寫上「透明玻璃電梯」。

「青瀨先生，你、你、你在做什麼？完全無視構造計算！」

「吼～那種漂亮的電梯，你覺得要花多少錢啊?!」

「謝謝惠顧！我是來來軒！來收碗。」

「辛苦了。另外，可以拜託你送晚餐嗎？」

「當然可以。」

「那麼，大碗的燴飯。」

「我也要，我要中碗的……青瀨先生，你呢？」

「芙蓉丼飯。」

「啊、啊，我也要那個。」

「改成芙蓉丼飯？」

「我也是！大碗的芙蓉丼飯。」

算了，毫無意義。就算用電梯獲得高度，也無助於欣賞畫作。青瀨粗魯地用橡皮擦擦掉字跡時，放在桌邊的描圖紙翩然掉在地板上。地板的大理石花紋隱約穿透。青瀨想起岡嶋的奇想，直接將畫作放在地板上。他究竟在思考什麼呢？藤宮春子畫的人物大多都坐在地上，岡嶋是為了讓參觀者親身感受畫家的視線……不，不是。或許那也是岡嶋的目的之一，但青瀨總覺得那不是他的真正目的。

那麼，是什麼？

「咦?!怎麼回事？」

……

「啊！電梯消失了。石卷先生，你看。」

「撿回一條命，真是讓人冷汗直流。」

嗯？難道是……

「怎麼回事？」

……

「你變回骷髏13啦？明明這陣子說個不停。」

「啊，可是，初期的骷髏13，話也挺多的唷。」

「是嗎？」

「我借你吧？我家有全集。」

原來啊！我知道了。青瀨理解了岡嶋的用意，不是「放在地板上」，而是運用「到地板的空間」，試圖增加展示作品。沒錯吧？藤宮春子的作品至今沒有被任何人看到，沉睡了幾十年。就算紀念館蓋好，八百幅畫作的大部分也會繼續沉睡在收藏庫。所以你試圖減少收藏庫的畫，我猜對了吧？你在思考增加常設展示的基本數量的方法。好，我就活用到地板的空間，稍微增添仰角如何？這麼一來，就會變得容易欣賞畫作了。不行啊，有高低落差，客人會絆倒。那麼，採用斜坡。就是它，從展示廳的外側往二樓，設置迂迴而上的斜坡就行了。讓客人走在有扶手的斜坡左右，畫作直接放在正中央，稍微嵌入斜坡，用壓克力板覆蓋如何？這樣的話，就能賦予所有畫作仰角。這一招也用在門廳的斜坡吧。這樣能夠將為數不少的畫作，運用於常設展示。而且……

收藏庫的規模可以縮小。

「什麼？怎麼回事？」

……

「青瀨先生。」

減少收藏庫，只需原本的一半、一百個區位就行了。

「啊，那個……石卷先生～聽見了嗎？」

「我聽見了，但不行，如果擅自改變主題的規格，就會喪失參加競圖的資格。」

「說的也是。啊，可是……」

「可是什麼？」

「我會搞定。」

「你會搞定？什麼意思？」

「一百個收藏區位以高規格製作，但是剩下的一百個作為倉庫，降低規格。」

「你的意思是，藉此試圖降低成本？」

「是的、是的。」

「你真小氣啊～」

「小氣？既然這樣，請你教我。要從哪裡下手，才能將單價降低五十萬?!」

「好啦好啦，別發飆嘛，是我不對。」

我忘了，窗戶裡面怎麼辦？是啊，窗戶裡面。那扇窗戶只是裝飾用嗎？這樣的話，未免掃興。你想要窗戶裡面有東西，對吧？當然，絕對需要。要在紀念館內打造窗戶的裡面，重現她的公寓。乾脆把那裡也當作展示廳吧。以透明的壓克力板包覆，用來堆積的畫作是複製品也沒關係。不過，最上面的畫要放置真品，讓客人欣賞。除了那張照片的房間之外，只要空間允許，也打造其他房間吧。沒問題，津村小姐會去仔細看實屋。設計時，粗略地畫一下，聽她說完再詳細設計就行了，對吧？

「竹內，方便說個話嗎？」

「什麼事？啊，南面的立面圖嗎？」

「唯獨這裡，這邊是正面。」

「是啊，這是勝負的關鍵。」

「怎麼樣？」

「這個寬度比所長的素描窄吧？」

「嗯，如果這樣蓋的話，無法那麼優雅地往旁邊延伸。」

「夠優雅了，何況蒙馬特山丘的線條也不呆板……你不喜歡？」

「整個建築物看起來像不像聖心堂的教堂？寺院的圓頂像占據了山丘一樣。」

「被你這麼一說，確實……那個圓頂看過一次照片之後，就會烙印在眼底。」

「沒錯。屋頂頂端仿照圓頂的創意，看起來像是圓頂頂端的塔屋或裝飾，所以山丘看起來像圓頂本體。縮窄了寬度，看起來又更像了。」

應該有大量沒有鑲嵌木框的畫布。

「咦?!」

「喔，我不是在說這個……呃，圓頂太大了嗎？如果縮小成這樣……如何？」

「嗯，這樣的話，有跟沒有一樣。」

「也是。」

果然不妙。如果將畫作像旗幟一樣展示的話，會被紀念館人員罵。

「稍微挪動中心線如何？像是往右移。」

「原來如此……往這邊移……這種感覺嗎……？」

「喔！」

「喔！」

「好耶！山丘和圓頂明確地分別存在，遠近感也漂亮地呈現出來了。」

「嗯，這個可行。竹內，謝啦～」

第五天，青瀨面向製圖桌，從平面圖著手。一開始畫，放射狀的線像萬花筒一樣美麗。他乘興繼續下去，確信可行。石卷也從第六天起，使用ＣＡＤ著手於正式繪圖，他一口氣畫完了最重要的南面立面圖。但是，門廳所在的東面陷入了苦戰。摩擦落腮鬍的習慣，變成了抓住落腮鬍。竹內持續打電話，掛斷之後，像是跟計算機有不共戴天之仇似的不斷敲打，估價單的厚度與日俱增。

過了十天之後，已經分不清日夜，像是化為不夜城，如同泡沫經濟全盛期的事務所一樣。眾人睡在沙發和地板上，至於回家次數，青瀨兩次，石卷和竹內只有一次，而且沒有過夜，淋浴之後，將換洗衣物塞滿包包，就回到事務所。平面圖很花時間，石卷與圖稿之間產生爭執，反覆丟了又畫，畫了又丟。青瀨踢飛椅子，石卷打倒電腦，竹內敲壞計算機，發出像是郊狼遠吠般的怪聲。

青瀨並不期望能快點完成，他待在舒服的蠶繭內。自從畫完Y宅邸的圖之後，他首度沉醉於亢奮感。岡嶋就在身旁，兩人一起畫線，一起撕破圖稿丟棄。兩人一起尋求美得令人流淚的事物。

「Bonjour。」

第十三天，真由美從巴黎打電話來。據說瓷磚畫迴廊的透視圖完成了。

「房間好像只要訂一間就好。因為我每晚熬夜陪西川先生畫透視圖。」

「別告訴竹內。快點寄過來！」

青瀨在一號機前面等候。石卷毛髮蓬亂得像是一頭獅子，而竹內沒有睜開眼睛，硬撐在辦公桌前面。

第一張收到的透視圖，是藤宮春子的公寓窗戶。青瀨忍不住瞪大眼睛，因為窗戶的右上方，掛著半圓形的花盆，看似雛菊的白花盛開，滿溢出來。應該不是西川加油添醋，或許是遺屬拍照時，花盆跑出鏡頭外，或者是藤宮春子死後，附近鄰居裝飾的。看在青瀨眼中，陰暗寂寥的窗戶宛如獲得新生。神明正在祝福死亡之前持續作畫的藤宮春子。

「就用它吧。」

竹內睜開一隻眼睛說道。石卷深深地點頭。

岡嶋應該也會同意獻花給她。

光是如此，讓兩人去巴黎就值得了。青瀨這樣想時，收到了第二張透視圖，圖上標著「瓷磚畫迴廊（左面）」。

青瀨知道，三人會發出類似歡呼的聲音。透視圖給人的印象就是如此強烈。走在路上的巨人的高跟皮靴，胯下另一頭，色彩豐富地顯現雅致的街道，令人聯想到電影《艾蜜莉的異想世界》。變形的看板、交通號誌和塗鴉在舞動。隨著往內側前進，夕陽西下，霓虹燈招牌亮起，聊天的年輕人、並肩坐在長椅上的老夫婦、好幾隻狗和貓，浮現在旋轉木馬的燈光下。長了腳的鮮紅口紅面向的前方，有鮮紅風車的紅磨坊正在拋媚眼等候。

竹內睜開雙眼。石卷欽佩地說：「西川好可怕。」青瀨發現了一件小事，他察覺到一名拿著畫筆的女子，坐在旋轉木馬的馬車上。大概是真由美的創意，她一定是藤宮春子。

亢奮尚未消退時，收到了「瓷磚畫迴廊（右面）」。這一張更勝一籌，突破了令人「大吃一驚」的境界。

用色為之一變，接近無色彩。老舊的公寓、石板路、煤油燈令人產生一種錯覺，彷彿從華麗的街道闖進了小巷。然而，並非無人。孩子們跑過細長的小巷，七、八個感覺十分調皮、滿臉笑容的孩子排成一列，像是在玩電車遊戲，又像在玩蜈蚣賽跑，在這條小巷、那條小巷，旁若無人地到處跑來跑去。大人們從公寓和工廠的窗戶探出頭來。大家都在笑。提著洗衣籃的大嬸，高喊「衝啊衝啊」；老人將香菸叼在掉了牙齒的縫隙，用力地拍手。看來是小鎮的運動會。而黃昏也造訪這一幅畫，亮起燈火的窗戶內，一家團圓；有父親誇獎「你真努力」，撫摸孩子的頭、有孩子或許是跑過頭累了，在餐桌前打瞌睡。

竹內靜默下來。石卷像是畫中的孩子們一樣，笑容黏在臉上。青瀨仍舊看著畫。唯獨一個窗戶內，沒有天倫之樂。一名青年背對燈光，半個身體隱沒在陰影中，看著窗外，舉起一隻手。用不著比對左面的畫，坐在旋轉木馬上的藤宮春子，就在青年的正前方。那是遊樂園常見的景象，他正在對經過眼前的她揮手。

對了。柳谷來事務所訴說藤宮春子的事時，真由美也在。在戰爭中陣亡的表哥……淡淡的戀情……對於現在的真由美而言，眷戀應該是令人心痛的主題。可以解讀成她從藤宮春子身上，獲得了持續愛戀一個人的勇氣嗎？

電話響起，青瀨制止竹內，拿起話筒。

「啊，阿青，如何？」

耳邊傳來孱弱的聲音。

「太狂野了。」

「不行？」

「正好相反。棒到我們三人說不出話來。」

「是吧?!我認為這是我的最佳傑作，畢竟……」

聲音中斷了，青瀨以為是因為國際電話線路不穩的關係，但不是。

「阿青，對不起。我沒有參加喪禮，真的對不起。老闆那麼照顧我……我原本想要去參加，真的……」

「別放在心上。你悲傷到臥床不起，我想岡嶋地下有知，一定也很欣慰。」

「謝謝。我做了那麼失禮的事，你還讓我來巴黎，真的謝謝。真由美也對我很好，工作上幫了我很多忙。謝謝、謝謝。」

「你也幫了我們很多忙。那麼，可以請津村聽電話嗎？」

「好，好像不行，她睡著了。」

「咦?!可是剛才……」

「她一掛斷電話，倒頭就睡著了。我想，她非常累，每天在街上到處走，晚上又陪我……要叫醒她嗎？」

「不，不用了，讓她睡吧。」

「了解。不幫她蓋件什麼，她會感冒。」

「你別亂來唷。」

「你、你、你少胡說八道！我可是gentleman。」

「那麼，請替我轉告津村……good job。」

「你英語也不錯嘛！」

「哈哈哈，獻醜了。你也休息吧。你的透視圖真的很棒，謝謝。我們也會努力。」

青瀨掛斷電話，心想竹內一定豎起耳朵在聽。但是回頭一看，竹內背對著自己，他從真由美的辦公桌借用計算機，正在專心敲打著。

六天後的深夜，青瀨完成了主要展示廳和兩個副展示廳的圖。他對於成果很滿意，也有相當大的成就感。然而，心中卻有一抹寂寥；隨著接近完成，依依不捨的情感越來越強烈。終於要道別了，真的必須送走岡嶋了。

雖然高興圖完成了，仍必須有所節制。石卷還在用ＣＡＤ進行最終回合的奮戰。竹內也是一樣，他一手拿著計算機，和厚厚一疊估價單廝殺。真由美前天回國了，但是發高燒請假。競圖桌上，放在一堆文件頂端的翻頁日曆，減少到了「３」。

青瀨注視完成的圖，點了個頭，撕掉膠帶，從製圖板卸下，捲成筒狀放入圖筒。胸口的熱情消失了，真的完全消失了。失去熱度的身體極度倦怠。他說「我要回去睡覺了」，石卷和竹內停下手邊的工作，站起身來。

「辛苦了。剩下的交給我們。」

石卷說道。他看起來像是出現在《星際大戰》中的丘巴卡，變得更加可靠了。青瀨心想，說不定會是他將事務所交接給一創。

「請好好休息。真的謝謝你讓我們可以參與競圖。」

竹內說道。他今晚也只睜開一隻眼睛，因為只吃外賣的食物，真由美一定會嘲笑他變胖了。

「你們要好好完成喔！」

青瀨語帶嗚咽。他低下頭，逃也似的離開了事務所；膝蓋顫抖，無法順利走下樓梯。他有點害怕開車回家，回到相隔六天的公寓。

信箱快爆了，幾封廣告郵件從信箱口滿出來。青瀨打開公事包，一股腦地將郵件塞進去，搭電梯上樓回到家，打開啤酒罐的拉環。他拿出兩個杯子，和岡嶋乾杯，但是喝不到一半就睡著了。

因此，他又晚了半天才讀信。

公事包的底部，有一個混在廣告郵件裡的白色信封。寄件人是「吉野陶太」和「北川香里江」的聯名。

54

天空陰陰的。

青瀨走關越高速公路北上，從高崎系統交流道進入北關東高速公路，在終點伊勢崎交流道下高速公路，前往桐生市。

青瀨提議桐生川水庫作為碰頭的地點。那是他父親過世之地，也是吉野陶太的生長之地。

「你想必覺得奇怪，因為好不容易蓋好信濃追分的房子，我卻拋下房子，下落不明。而最重要的是，我沒有告訴你真相就委託你蓋房子，真的很抱歉。」

那是一封長長的信。岡嶋喪禮那一天，由佳里打吉野的手機，在語音信箱留言。吉野說他聽到留言，心想再也瞞不下去，於是執筆寫信。告白與謝罪就是信的所有內容。

首先，「吉野夫妻」並不存在。吉野陶太是吉野伊左久的長男，香里江是長女。從前，青瀨認為夫妻在一起久了，連長相都會越來越相似。而他們兩人其實是親兄妹，「三個孩子」是香里江的孩子，她和叫北川的男人組成家庭。吉野也有妻子和兩個孩子，但是妻子帶著孩子們回到長野市內的娘家，他造訪青瀨的事務所時，正在協議離婚。

那封信令青瀨心中充滿「我就知道」和「怎麼可能」。

母親去世，當時十六歲的吉野伊左久，投靠在桐生機織布工廠的姊姊。工廠老闆可憐他，允許他和姊姊一起生活在一・五坪的宿舍房間。伊左久是將來的木工師傅，一面在機織布工廠當跑腿，一面自學木工的技術，二十歲前就在家具製造工廠覓得工作。三十五、六歲獨立門戶，年逾四十之後才結婚。他在桐生市北部，叫做梅田的地區開設工坊，生了一男二女。那裡就是後來興建桐生川水庫的山地。

「我們過著貧窮的生活。從小，我和香里江每天都要撿木柴和汲水。家父是個徹頭徹尾的木工師傅，對自己的工作毫不妥協，對每一件作品耗盡心血。話雖如此，沒沒無名的家父製作的桌椅，不可能被人高價收購。」

雪鐵龍駛過架設於渡良瀨川的橋，前方就是桐生市區。

「家母死於胰臟癌，家父的酒量從此增加。他對於自己無法讓家母接受像樣的治療感到遺憾。我當時是國中生，家父認為我該繼承家業，當個家具師傅，這令我感到反感。我想要升學讀高中，如今連寫出來也令人害羞，我想要當醫生。年紀和我差好幾歲的小妹體弱多病，每次感冒幾乎都會變成肺炎，所以我像家母一樣，非常擔心她會死去。那一天也是。小妹發著高燒，臥病在床。傍晚，家父走到庭院，抱著一隻黑鳥進入家裡。那是一隻九官鳥，牠非常親近人，經常流利地說話。小妹很開心，當然，我和香里江也是。隔天早上，小妹一下子退燒了。家父說要做個鳥籠給牠，小妹興高采烈地手舞足蹈，家裡充滿笑聲。那是家母去世之後第一次。但是……」

三天後的晚上，青瀨的父親出現了。他說「小稔大概會難過」，到處走來走去，尋找「小黑」。

「一個身穿工作服的男人，隔著窗戶發現九官鳥，立刻高聲呼喊『找到了、找到了！太好了！終於找到了』，並且進來家裡。他真的很開心。從塞滿鈔票而鼓脹的錢包，掏出一張五千圓紙鈔說『謝謝你們抓到牠，這是一點心意』，遞給家父。對於當時的我們而言，那是一筆驚人的鉅款。但是，家父沒有收下，他只說：『不用了，你把鳥帶走。』他喝了不少酒，是個酒喝越多，話就越少的人。男人將九官鳥抱在懷裡，走出家門的當下，小妹開始號啕大哭。她接近尖叫地哭喊：『小九！小九！』原來她已經連名字都取好了。連香里江也哭了起來。家父如坐針氈，他搖搖晃晃地站起來，對小妹說：『不准哭、不准哭！』那令我感到悲傷。束手無策的家父，看起來軟弱得快要消失。小妹哭個不停。家父環顧家裡，重重地嘆息說『我拿椅子去換』，走出了家門。我想，因為男人盛讚放在房間的椅子，所以家父想到了用它交換。那是家父引以為傲的一件作品，只要有空，他就會擦亮它。據說是仙台時代，家父從布魯諾．陶特手中獲得設計圖製作的。原本是非賣品，但是當時，家裡除此之外，沒有任何能賣五千圓的東西。」

交通號誌變綠燈，青瀨發車前進，已經進入了桐生市的鬧區。鋸齒屋頂的建築物掠過視野角落，令他心頭一怔。北光的柔和光線在此地也照亮工匠們的手邊，從背後支持細緻的桐生紡織品。岡嶋留下的鋸齒屋頂素描，浮現眼前。青瀨感受到這不可思議的緣分。

「過了一小時左右，家父回來了。他沒有帶著九官鳥，氣喘吁吁。他背對我們，又默默地開始喝酒。我問：『鳥呢？』換作平常的話，我不會問，因為我養成了凡事放棄的壞習慣。可是當時，我問了。因為家父說要用椅子換鳥時，我非常驚訝，而且開心之情甚於驚訝。家父為了小妹，願意賣掉那張視若珍寶的椅子，他的心意令我開心。可是，結果沒有換到鳥，我非常失望，而且十分遺憾。即使我問鳥呢？家父也什麼都不回答。我問了好幾次，家父還是沉默，我大叫鳥呢？撲到家父身上，搖晃他的身體。我哭著搖晃他，可是，家父始終一句話也不說。他緊閉雙眼，任我胡鬧。小妹一直哭泣，香里江抱住她，撫摸她的頭。家裡沒有報紙，電視畫面也模糊不清，所以我和香里江都不知道男人死於那天晚上，就這樣長大了。」

車子穿越市區，從這裡到桐生川水庫是一條筆直的道路，沿路的民宅變得稀落。正前方出現新綠耀眼的山巒，道路漸漸攀升。

「小妹還沒上國中就死了。九官鳥的事變成悲傷的回憶，我和香里江都沒有說出口，將這件事從記憶中抹去。三年前，我們知道了事情的真相。家父因為中風而病倒，接近臥病在床的狀態，身體也很衰弱，於是呼喚我和香里江，說有件事無論如何都想告訴我們。」

吉野伊左久在山路上，追上青瀨的父親，懇求能不能用椅子和他交換九官鳥。青瀨的父親說「牠是我兒子很寶貝的鳥」，拒絕了他。伊左久還是不肯死心，再三苦苦哀求，青瀨的父親再度打開錢包，抽出一張一萬圓紙鈔說：「你用這筆錢去買別隻九官鳥給你女兒。」或許是因為喝了酒，伊左久怒火攻心，出言不遜地說：「我不是要你施捨！」他心想，「蓋水庫的臭傢伙！我是有頭有臉的木工師傅，沒有落魄到要你施捨的地步」，粗聲粗氣地說：「既然你那麼有錢，你不會買別隻九官鳥給你兒子嗎?!」青瀨的父親一臉困惑，提議道：「既然這樣，我想用這一萬圓買那張椅子。」那句話火上澆油。伊左久怒嗆道：「像你這種人不配坐這張椅子！」青瀨的父親從話中察覺到侮蔑的意思，自尊心強的板模師傅情緒激動，兩人互相咆哮，扭打在一塊兒。其實就體格而言，要墜入崖下的人應該是伊左久。但是，互相推擠的過程中，小黑從懷裡飛出來，振動翅膀。青瀨的父親反射性地將手臂伸向空中，想抓住繞到腦後的鳥，然後就從伊左久的視野中消失了。

「家父說：『我沒有推他，但我確實抓住了他的前襟，用力拉扯。』」伊左久馬上離開了現場。他跑回家，害怕自己成為犯罪者。他父親偷米，家庭破裂的惡夢復甦。他心想，假如自己被關進牢裡，孩子們怎麼辦……？

「家父眼中含著淚水對我們說：『所以我逃走了。我沒有救他，也沒有求救。我究竟做了什麼？他也有兒子。如果我求救，說不定他就不會死……』」

接著，伊左久牽起陶太和香里江的手，懇求他們：「我希望你們找出他的兒子，補償他。我知道他兒子的名字。」因為九官鳥在吉野家的期間，數度呼喊了這個名字。

「喂～青瀨稔～」

吉野和香里江束手無策，要找出二十五年前，暫時在興建水庫工地工作的人的兒子，簡直難如登天。縱然找得到，也不知道該怎麼補償才好。最重要的是，他們也感到畏縮。雖說是久遠以前的事，但是每當想像自己告訴對方，自己的父親和對方父親的死有關，就令人想逃。香里江嫁過去的北川家愛面子，連大叔母看身心科的事情都隱瞞著。香里江感覺家人對這種事情很忌諱，害怕被丈夫和公婆知道伊左久的自白。而吉野當時和妻子的關係也急速惡化，心情一刻不得平靜，他和所有人一樣，比起過去，更重視現在。

每次去探病，伊左久都會懇求他們：「拜託、拜託你們。」那令人很不好受，因此吉野和香里江開始撒謊，敷衍了事。現在正在找、我們委託了偵探、馬上就會找到。久而久之，伊左久越發衰弱。搬到療養院之後，他意識模糊的時間增加，再過半年，他不會說話了。兄妹告訴自己：「這樣就好。這樣就能平心靜氣地送走父親。」

後來，伊左久又活了一年多。兄妹收到病危通知，趕到療養院時，伊左久陷入彌留狀態。兄妹一起看著他，但是……

「嚥下最後一口氣之前，家父的氣息有些粗重，喘了一大口氣，說出對不起。我真的很驚訝，以為聽錯了。可是，香里江也聽到了。主治醫師告訴我們：『那是殘語。』因為腦梗塞而不能說話的患者，經常在臨死之際說出簡短的話語。比如健康時常說的話，以及心裡一直想的事。聽到那句話，除了因家父去世感到悲傷之外，我想著可以為他做點什麼。家父臥病在床，每天在心中重複著『對不起』超過一年以上，直到去世為止。家父是如此的痛苦，悔不當初。香里江像小妹過世時一樣哭泣。我心想，我什麼也沒替父親做，要是能好好替他了卻心願就好了。那一晚，我下定決心，要找到你……青瀨稔。那是去年的一月三十日。」

信中詳細寫到，吉野委託徵信社調查，一再接觸由佳里的來龍去脈。吉野將伊左久懇求的「補償」換成「報恩」，並且試圖不讓青瀨察覺到。他說當時只能這麼做。

「我錯了。首先，我必須一五一十地告訴你家父說過的話，向你謝罪，然後再開始報恩。可是，雖說下定了決心，還是很害怕。我不知道你是怎樣的人，也不知道說出真相你會有怎樣的反應，一直心生膽怯。結果，我們選擇了不會破壞我們兄妹的生活以及家父的名聲，並且能為你的人生帶來好處這種極不負責任的方法。為了執行不可能行得通的計畫，一再圓謊，持續欺騙你。」

吉野格外後悔讓青瀨深信他們假裝的一家人，在信中數度道歉。據說他為了避免被青瀨看破手腳，挖空心思。無論是破土典禮或是交屋時，他告訴香里江的兩個女兒，這是為了助人而演戲，強迫她們添加幾分演技。至於小兒子，則什麼都沒有告訴他，只叫他不要離開母親身邊。

「當時，我沉迷其中，真的對你和香里江的孩子們，做了不能原諒的事。」

看在青瀨眼中的一家人間蒸發，其實香里江和三個孩子只是待在北川家，平凡地過著生活，吉野則是一個人消失蹤影，據說他的失蹤理由是和自己真正的家人有關的突發問題。

「你打了好幾次電話給我，我都沒有回電。即使你問我為何沒有搬到Y宅邸，一家五口消失到哪裡去了，我也無法回答。因為若要好好回答，包含假的一家人和真正的家人在內，都必須和盤托出。我試圖窺探情況，打電話到Y宅邸時，你接聽了電話。得知你在擔心我們時，我大吃一驚。可是，我說不出話來。我越來越難啟齒，真的非常抱歉，覺得死都沒臉見你。」

吉野也向青瀨的姊姊們道歉，他透過徵信社調查，知道青瀨有兩個姊姊。然而，愧疚之情無處宣洩。他一心只想著父親的遺言，要補償青瀨稔。

車子穿過一片綠意，正前方、右手邊和左手邊都是像鄉村山野一樣，綠油油的小山。青瀨擔心雪鐵龍的避震器太軟。轉過和緩的彎道之後，水庫的水壩進入視野。即將抵達，和吉野重逢。

青瀨審視了自己的心情。

父親並不是被人推落。

那是一起意外，父親是死於意外。

他在臨終的瞬間，試圖抓住小黑。他為了青瀨，不讓小黑逃走。

太好了，能夠知道心愛的父親臨終的心情，太好了……

青瀨將車停在水庫管理事務所的停車場，距離碰面的時間還早，他下車走向架設於水庫上方的道路。

風勢強勁。左手邊是一片水庫湖，遠方有一座橋。前方的湖面上，許多橘色的浮標連成一線，橫渡兩岸之間。父親說那叫做「浮子」，避免流入水庫湖的枯木進入放流設施。父親什麼都會教他。

青瀨感受到水庫的引力，如果不抵抗，心就會被吸進去。

「青瀨稔。」

青瀨覺得有人在呼喚自己，回過頭去。

看見吉野陶太，他像一根木棒一樣，直立不動。北川香里江在他身旁，她低垂著頭，幾乎能夠看見後頸的髮際。

55

香里江的臉色蒼白，她好像從見面前，情緒就到達了極限。

她一看到青瀨，雙腿一軟，整個人癱倒在地，淚如雨下。每次試圖說出謝罪的話，就被嗚咽聲蓋過，並且全身顫抖，不住地大哭。青瀨和吉野兩人從兩側攙扶她，帶她到吉野的車上，放倒副駕駛座的座椅，讓她躺下。青瀨在她耳畔說：「請妳不用擔心任何事。我一點也不生氣，反而感謝你們……」

吉野聽到了，青瀨也這樣對他說。儘管如此，吉野的緊張一點也沒有緩和下來。

他恢復直立不動的姿勢說：

「青瀨先生，這次的事從頭到尾……真的非常抱歉。因為我們兄妹的膚淺、沒有勇氣、不誠實……給你添了莫大的困擾……踐踏你的心。我知道事到如今，道歉也無濟於事，但是請容我致歉。真的很抱歉，我真心誠意地向你道歉。對不起。」

吉野深深一鞠躬。

青瀨無聲地吁了一口氣，過了半晌才說：

「請抬起頭來……我接受你的道歉。不必再道歉了，抱歉的話就到此為止吧。」

「是、是……」

青瀨觀察車內的香里江，她抽抽搭搭地哭，但是好像比剛才冷靜了些。青瀨將目光拉回吉野身上：

「要不要稍微走一走？」

青瀨和吉野並肩走在水庫上方的道路，風勢變得更加強勁。無論是風或雨，大自然帶來的種種都會幫助人將心情轉化為語言。

「你原本打算蓋好之後，怎麼處理Y宅邸？」

首先，青瀨想要問這件事。Y宅邸只是為了向青瀨贖罪而蓋的嗎？

吉野好像理解他問這個問題的用意：

「我並不只是為了補償你而委託建造。我有我的理由，該說是夢想，或者是賭注。我想要和家人再次重新來過，所以蓋了那間房子。」

「重新來過？」

「是的。我委託你的當時，正在和妻子協議離婚。是妻子開口的，我只有驚慌失措。我忙於工作，忘記去托兒所接小孩、紀念日爽約，許多家事累積成一座高山，夫妻關係降至冰點時，妻子發現我將家裡的定期存款解約……我這麼做是有原因的，但是妻子大發雷霆，帶著兩個孩子回去長野市內的娘家。我去接過他們幾次，但是娘家的哥哥從以前就和我處不來，他不讓我見妻子，一味堅持要我在離婚協議書上蓋章……哎呀，抱歉，說這種事。」

「請繼續。」

「是……現在回想起來，實在沒有必要那麼拚命地工作……我啊，把輸贏賭在泡沫經濟瓦解後。」

青瀨看了吉野的側臉一眼，泡沫經濟瓦解後？

「世上所有東西都賣不出去，進口雜貨店會最先一家接一家倒。所以，我買了進口雜貨。我將定期存款解約，也借錢，不斷購買如同不用錢的雜貨。家具、餐具和運動用品都很便宜，只要是進口貨，我什麼都買。因為我想要獨立門戶。當然，我沒有告訴當時任職的公司，幾乎像身兼兩份工作，所以家裡的事完全……可是……」

吉野停下腳步，凝視遠方：

「頗久之前，內人也希望購買信濃追分的土地。她的父母住在長野市內，從前在那塊土地附近的企業休閒設施當管理員，內人在國中畢業之前，在信濃追分長大。所以，我們夫妻有一陣子也談論著夢想，說將來有一天要在那裡蓋房子，讓孩子們在那裡成長茁壯。」

吉野將臉轉向青瀨：

「所以，我委託你設計Y宅邸。我真的想在那塊土地蓋房子，然後去見內人，問她『妳願不願意在那間房子和我重新來過，請再給我一次機會』，我打算這麼說……沒錯，我將我眷戀的夢想，加諸在對你的補償之上。真的非常抱歉。」

「答應我，不要再道歉了。」

「啊，對不……啊。」

青瀨噗哧一笑，吉野的表情也跟著柔和了。

「可是，行不通……我趁大舅子不在時，十二月終於見到內人，但是她很冷淡，不肯聽我好好說Y宅邸的事。她說她實在不能原諒我不和她商量，就將定期存款解約。家裡的錢一直是我在管理，所以將近十年，她都沒有察覺到我解約了。從內人的角度來看，等於是被騙了將近十年……雖然我是為了家人的將來著想。我賣掉到處搜購的雜貨和家具，賺來的錢增加到定期存款的三倍以上。但是，對於內人而言，結果怎樣毫無關係。她說：『你將家人的將來交給不知道會贏或會輸的賭博。我早就知道了，你本來就是那種人。』確實……我太沉迷了。我嘴巴上說是為了家人著想，其實是想要試一試自己的經商才能。我想要做一番大事業。」

這件事聽來有些苦澀。無論是泡沫經濟的勝利組或失敗組，都落得一樣的下場。

「我和內人聊過，才知道定期存款的事只是引爆點，她說她受夠我了，說我們的婚姻已經走到盡頭。她將離婚協議書按在我的大腿上。我想，只好蓋章了。可是最後，我懇求她能不能去看信濃追分的房子一眼時，大舅子回來了。他怒氣沖沖地趕我走，猛撞我的胸口，他在大學是相撲社社員，所以我被他的氣勢……」

吉野一屁股跌坐在玄關脫鞋的地方，大舅子拿起豎立於鞋櫃旁的金屬球棒。驚慌的吉野連鞋子也沒穿，就打開玄關拉門，連滾帶爬地來到門外，感覺大舅子追過來的動靜，狠狠地關上拉門。一陣淒厲的慘叫響徹周遭，拉門夾住了三根手指。那是不鏽鋼製的堅固拉門。吉野穿著襪子逃跑，他以為會被殺掉，逃之夭夭。

大舅子報警了。吉野有告訴妻子Y宅邸在哪，所以不能去那裡，逃到了青梅市內。為了放置雜貨和家具等商品，他從以前就租了歸朋友父親所有的倉庫，他也將田端的家產搬了進去。不知道青瀨何時會上門造訪，所以他不能待在租屋處。他住進倉庫，從那裡趁工作空檔，數度前往妻子娘家。引發事件之後，他向公司遞出辭呈，只做網路販售。大舅子找到田端來，懷裡八成有缺一個印章的離婚協議書。

「我在一個月前左右蓋了章。我不想和大舅子發生爭執，於是將手續委託給律師，然後去警察局自首。警察詢問案情半天，說大概會將相關文件移送檢方。不過，我大舅子……已經不是我大舅子了，他在警察局好像被視為不良分子。」

離婚問題解決之後，吉野才將手機開機，那也成了和青瀨幾度陰錯陽差的原因。

青瀨將手肘靠在欄杆上，吉野也那麼做。湖面因為風而起了波濤。

「你要怎麼處理Y宅邸？」

回到一開始的問題，Y宅邸的「起始」和「今後」……

吉野露出困惑的表情，所以青瀨繼續說：

「事情變成這樣，只好賣掉吧？」

「是啊……但是……」

吉野窺探青瀨的眼神：

「事到如今，我想要把它交給你……」

青瀨搖了搖頭說：

「請賣給我。我會去銀行貸款。」

「你要買？」

「是的。我決定了，所以才來到這裡。」

「可是，家父……家父會生氣。」

青瀨終於說出口，他一直在尋找說的時間點。

「我為令尊感到很抱歉，他被病魔折磨了好長一段時間。」

「青瀨先生……」

兩人之間一陣靜默。吉野的眼睛熠熠生輝說：

「就在那一帶。」

吉野擦拭眼角，手指指向浮子前方：

「有家父蓋的儲木小屋，他從前也在那裡工作。因被水淹沒，政府發了補償金。我們生活窮困，要是用來稍微補貼生活就好了，但是他一毛錢也沒用，全部留給了我和香里江。」

吉野「呼」地吐息：

「那筆錢也作為Y宅邸的資金使用。香里江放棄繼承，託付給我。她說，父親千叮嚀、萬囑咐說想要補償你，如果全部用在你身上，父親一定會很開心。所以，我無法賣給你。我不能收錢。」

「你忘記了嗎？」

青瀨加強語氣：

「我蓋了我想住的房子，這就夠了。我確實感受到了令尊的遺志，請這樣告訴香里江小姐。」

吉野注視青瀨的眼睛許久，然後繃緊身軀，深深一鞠躬。

「我們回去吧。」

青瀨說道。他開始有點擔心香里江的狀況。

他邁開步伐，吉野和他並肩而行。

「我想起了那一天，交屋那一天。」

吉野唐突地開口說道。那一天？

「我和香里江完成了和父親的約定，感慨萬千。可是，被Y宅邸吸引也是真的。我想起了那一天當時的心情。」

「那一天是指……？」

「由佳里小姐待了三小時。」

青瀨停下腳步。吉野沒有看青瀨，繼續說：

「那一天，我陪她一起去Y宅邸。她從屋外眺望了一陣子，然後不斷面向屋子後退，退到身體變得好小，又眺望了一陣子。她在房子裡，只是看著上方。臉部被柔和的光線籠罩，非常美麗。她將手抵在那張訂製的圓桌，維持那個動作好長一段時間。我總覺得自己礙事，所以出來屋外。然後又過了兩小時，我不知道她在屋內做什麼。我在車上等候，打了個盹兒，然後她敲了敲車窗說：『謝謝，我們回去吧。』她明明那麼說，但是又回頭看了Y宅邸好一陣子。」

一切歷歷在目，彷彿自己也在那裡。

幸好沒有蓋我們自己的房子。

青瀨和由佳里隔著那句話，站在同一個地方。他們沒有離去，現在也佇立著。

青瀨邁開步伐，吉野鼓起勇氣說：

「我不行。可是，你……」

「陶特的椅子怎麼辦？」

「咦?!」

「搬到青梅的倉庫？我擔心Y宅邸遭小偷。」

「啊，是，我們搬走吧。如果放著，會挨家父和陶特罵。」

「我想起來了。」

青瀨輕拍了一下手：

「我看到你們兩人的名字並列於信封，才意會過來。」

吉野展露笑容：

「你察覺到了？真不好意思。」

「聽說令尊小時候，名字被人倒過來嘲笑。」

「是啊，朋友都笑他『好臭、好臭』。就算這樣，也用不著將陶特和艾麗卡＊的名字倒過來，替我們取名吧。」

「不只是這樣。令尊在仙台遇見陶特，一定令他相當印象深刻。」

「他獲得了椅子的設計圖。他說，我是陶特的徒弟。每次做出中意的椅子和桌子，這句口頭禪就會冒出來。他會非常開心地說，所以我也莫名開心了起來。他也常說艾麗卡小姐的事，聽說她給了他金平糖。他說，她會將三顆放在他的手掌，然後把他的手包起來，那個金平糖好甜、好甜。」

吉野的表情很開朗。

「家父是個好木工師傅。他遇見陶特，其實不能說是遇見，明明只有一面之緣，但是他製作了家具一輩子。我想，他希望做得更好，希望獲得陶特誇獎、認同，所以用心鑽研。」

「是啊，一定是這樣。」

感覺是七十年前，「建築師的休假」帶來的奇蹟。陶特應該是在洗心亭變成魔鬼，斥責自己。為了燃盡內心的怒火、為了避免因憤怒而毀了休假，相信吉野伊左久這樣的人會繼承自己的意志。

遠方看見香里江的身影，她下車低頭致意。她已經不要緊了。青瀨在她耳畔低喃的話，像是點滴一樣，緩緩地繞行全身。

「吉野先生……雖然現在說這種話有點心急，感覺會被你笑，但我一定會邀請你。改天請和香里江小姐來Y宅邸玩。」

青瀨伸出手，吉野用雙手用力握住它。

「說謝謝……可以吧？我給你添了這麼多麻煩。」

青瀨點了點頭，仰望風之所向的天空。

他心想，必須打電話給J新聞的池園。

告訴他：「托你的福，我找到吉野了。不過，我們沒有到聊任何有關椅子的事，它就像是風神的孩子一樣，又去了某個地方。」

56

青瀨從來不曾像今天這樣，真心希望一整天都是晴天。

一大早，青瀨開著雪鐵龍，徘徊於赤坂周邊，為了尋找停車位，花了一點工夫。下車後，又因為記錯一條路，花了點時間才找到事務所。

「假日早上叫人過來，自己還遲到，真是大牌啊。」

能勢琢已是真的不高興。

廣敞的事務所，讓人忍不住環顧四周。製圖桌格外占空間，所以設計事務所的大小可說是

*陶特的日文發音 Tauto，倒過來與陶太的日文 Tota 的發音相同，而艾麗卡的英文 Erica，倒過來與香里江的日文 Karie 的發音相同。

成功的證據。但如今是電腦作業，辦公室乍看之下，會不知道這裡是什麼行業。

「所以，你在電話裡說的玩笑話是什麼？」

「要抱怨或諷刺，等看完再說。」

「真有自信啊。」

「沒有自信，能夠做到這樣嗎？」

青瀨從圖筒取出圖。首先，是紀念館的立面圖。接著，是瓷磚畫迴廊的……

「給我看。」

「我正在排，等一下。」

三張、四張、五張……青瀨調整適當的角度，一張接一張地豎立於電腦的顯示器螢幕。

「喂，你不要亂來！」

青瀨不理會他，繼續排放。八張、九張，第十張是主要展示廳的平面圖……

身後不再有聲音。大概一眼就看得出來，青瀨不是在鬧著玩或發酒瘋。不久之後，能勢探出身體，肩膀來到青瀨的肩膀前面，頭和眼睛也是。

能勢的身體橫向移動，他一張一張地花時間玩味，深入其中。他已經沒有意識到圖是誰帶來的、它的來歷為何。能勢的腦海中，只映照著圖和透視圖的造型。

他看了十五分鐘，佩服地低聲沉吟，發出「嗯～」的聲音。青瀨沒有聽漏這個唯一的感想。

能勢回到沙發，也請青瀨坐下。他在茶几上，神經質地十指交扣：

「每坪的單價是？」

「一百四十九萬七千圓。」

「你說什麼？」

青瀨將手伸進公事包。

「你確認一下。」

青瀨將厚度不輸給《二〇〇選》的估價單放在茶几上。

兩人都聚精會神，照入事務所的光線增加了亮度。

能勢打破了漫長的沉默：

「不好意思，你拿回去吧。」

「能勢……」

「不管怎樣，這種做法不合理。我不能告訴鳩山。」

「既然這樣，你雇用我。」

「什麼？」

「你說過，你想要雇用我吧？暫時雇用我。那麼一來，我和鳩山就能站在相同的立場。」

「青瀨，你……」

「我並不是一個人來到這裡。你再看一次，你能夠讓那個圖和透視圖不戰而返嗎？」

這次的沉默比剛才更長。

能勢從丹田吐出一口氣：

「要是鳩山說他要辭職，你要怎麼負責？」

能勢認真地問，青瀨也認真地回答：

「任由他去。因建築以外的私情而辭職的傢伙，不是什麼好東西。從前，你看多了那種人吧？」

能勢嗤之以鼻：

「有趣。我就試一試鳩山的度量。所以，你將它交給我們事務所的條件是？」

「沒有，無償給你們，也不需要標註原案設計者和協助人的名字。我只有一個請求。」

「請求？好可怕。什麼請求？」

「前提是假如通過這裡的預先競圖，也通過正式評選，在那片原野蓋了這間紀念館。」

「少吊人胃口。說！」

「我希望你允許我告訴岡嶋的兒子，這是他父親蓋的。」

能勢沒有點頭。

他一臉玩味某種情感的樣子，說不定他眼前浮現了那一天，喪禮中一創的身影。

能勢將目光轉向青瀨，緩緩地眨了眼睛。他同意了……

手機在懷裡震動。

青瀨離席，他一面走向窗邊，一面按下通話鍵。

「啊，爸爸，是我，我只要帶抹布去就行了嗎？」

「嗯，我會準備掃帚和拖把。」

「真期待看到Y宅邸啊！」

「妳要好好擦地板唷。」

昨晚，青瀨獨自去了一趟，他只擦掉了小偷的腳印。

「媽媽說，她今天有工作的會議，不能去。」

青瀨慌了，日向子邀了由佳里？

「喂～可是，原本就說好今天……」

「她說因為工作，今天不能去。」

今天……

「拜拜。你要快點來接我唷！」

通話「啪嚓」地切斷了。

日向子開始行動了。利用這一點，小小的計謀在心裡萌芽。

青瀨從嘴角笑開，搖了搖頭。也罷，這樣也好。青瀨希望就用日向子當作拉近彼此關係的藉口。

他將手機收入懷裡，轉過頭去。能勢還站在圖的前面。青瀨在心中對那張稍微變老的側臉，低頭行禮。

青瀨沒有對他打招呼，離開了事務所。

假日的赤坂一帶還在沉睡。青瀨快步走向停車場，在見日向子之前，他要打一通電話，告訴大阪的客戶夫妻：「蓋一間專屬於你們的房子吧。請再多告訴我一些你們的需求……」

噼～噼噼！

青瀨仰望天空。

燕子飛過澄澈的藍天，青瀨看見牠的鳥喙叼著某種似乎是築巢用的東西。

Eurasian Publishing Group
圓神出版事業機構
用心與你對話・網野無限寬廣
圓神出版社
Eurasian Press

www.booklife.com.tw
reader@mail.eurasian.com.tw

小說緣廊 020

北光

作　　者／橫山秀夫
譯　　者／張智淵
發 行 人／簡志忠
出 版 者／圓神出版社有限公司
地　　址／台北市南京東路四段50號6樓之1
電　　話／（02）2579-6600・2579-8800・2570-3939
傳　　真／（02）2579-0338・2577-3220・2570-3636
總 編 輯／陳秋月
書系主編／李宛蓁
責任編輯／胡靜佳
校　　對／胡靜佳・李宛蓁
美術編輯／蔡惠如
行銷企畫／詹怡慧・陳禹伶
印務統籌／劉鳳剛・高榮祥
監　　印／高榮祥
排　　版／莊寶鈴
經 銷 商／叩應股份有限公司
郵撥帳號／18707239
法律顧問／圓神出版事業機構法律顧問　蕭雄淋律師
印　　刷／祥峰印刷廠
2020年12月　初版

定價 440 元　　ISBN 978-986-133-732-6

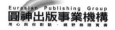

「所謂的現象，難道只存於外在？人心之中沒有宇宙嗎？」

「要正視自己的內心。」

——《線，畫出的我》

國家圖書館出版品預行編目資料

北光 / 橫山秀夫著 ; 張智淵譯. -- 初版. -- 臺北市 : 圓神, 2020.12
400 面；14.8×20.8公分 --（小說緣廊；20）
譯自：ノースライト
ISBN 978-986-133-732-6（平裝）

861.57　　109014860